本书受到上海市东方英才计划青年项目（QNJY2024093）的资助

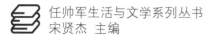

任帅军生活与文学系列丛书

宋贤杰 主编

守望人生

任帅军 著

天津出版传媒集团

天津人民出版社

图书在版编目（CIP）数据

守望人生 / 任帅军著. -- 天津 ：天津人民出版社，
2025. 3. --（任帅军生活与文学系列丛书 / 宋贤杰主编
）. -- ISBN 978-7-201-20753-7

Ⅰ. Ⅰ251

中国国家版本馆 CIP 数据核字第 2024SF9500 号

守望人生
SHOUWANG RENSHENG

出　　版	天津人民出版社
出 版 人	刘锦泉
地　　址	天津市和平区西康路35号康岳大厦
邮政编码	300051
邮购电话	（022）23332469
电子信箱	reader@tjrmcbs.com

责任编辑	王佳欢
封面设计	汤　磊

印　　刷	天津新华印务有限公司
经　　销	新华书店
开　　本	710毫米×1000毫米　1/16
印　　张	22.75
插　　页	2
字　　数	250千字
版次印次	2025年3月第1版　2025年3月第1次印刷
定　　价	98.00元

总　序

我在2018年春与任帅军相识并开始交流。他是一个非常阳光,特别热爱生活的年轻人。对于上进的年轻人,我总是忍不住想要帮助他们做点儿事情。与帅军深入交往后,我才发现他喜欢写东西,还坚持不懈地写了十几年。我很佩服他,但同时也产生这些文学作品以后若能出版会很有价值的想法。想不到,多年以后,他把我当初的这个想法付诸实践,并热情地邀请我当他这套丛书的主编。我既惊又喜,对他有勇气出版这套丛书表示支持;但我感觉当不了这个主编,还得另请高人才能提升这套丛书的社会影响力。可是终究架不住帅军几番热情相劝,我只能出来"冒个泡"了。

呈现在读者面前的任帅军生活与文学系列丛书:《大学哲思》《守望人生》《见证亲情》《复旦心语》《诗性智慧》《龙门之跃》,集结了帅军老师从求学到工作期间对大学教育的若干思考,体现出他自强不息的人生奋斗历程。自觉构建全员全程全方位的育人大格局,离不开高校通识教育与校园文明建设的互动。本丛书围绕实现大学生成长成才的育人目标,从不同主题和文学体裁入手,思考高校通识教育的现实落脚点,呈现帅军对落实高校立德树人根本任务的一些想法和做法。

《大学哲思》是一部以"大学"为关键词,从若干大学故事的讲述中引发哲理思考的作品集。它有鲜明的创造特点和主题思想,集中体现在两个方面:第一,从学生到教师,作者对大学进行双重视角的审视。从学生视角看大学,大学被披上了一层温情的面纱。被誉为象牙塔的大学,为千万学子提供了求知和深造的机会,成为他们一生中最独特,也最难以忘怀的一段经历。随着审视的角度由学生到教师的转换,对大学的认识不经意间就发生了变化。由感性的情感表达,到理性的哲理思考,对大学内涵的探究也随之变得丰富宽广,学生情结也随之变成人文情怀,把大学作为一种追问人的存在的生活方式的认识就得以确立。第二,从北方到南方,作者对大学进行地域变动的审视。地域对一个人的影响是潜移默化的。北方大学的粗犷、直率,与南方大学的细腻、含蓄,自然是不一样的。南北差异反映到一个人的求学历程中,必然会在这个人的成长过程中留下深深的印痕。从对"学而优则仕"的追求,到对"自省、修身、审美人生"的认识,对大学的认知就经历了从外在到内在、从学习书本知识到认识自身的转变,从而达到了陶冶人、熏陶人的效果。对大学的认知不同,取得的收获就不同,《大学哲思》可以给人带来对大学不一样的认知和思考。

《守望人生》从对人生的思考切入,通过记录和反思,形成了守望人生的作品集。它的核心思想是,引导人通过认识自己展开和实现人生价值。首先,人是通过人生经历来认识自己的,这是人生在世的智慧。人生对于任何人来说都是独一无二的,但未必每个人都能够意识到人生的重要性。自省使人时刻保持清醒,在修身养性中人才能获得成熟的状态,在自我塑造中才能创造出人生的审美境界。人的一生会遇到各种问题和挑战，只有对人生保持一种清醒的认识，才会有意识地作出选择，通过所选择的行为塑造人生。其次，对人生的探寻需要与对爱的思考相结合。很多哲学和宗教观点都认为，人是通过爱活在这个世界上的，也是通过爱面对生活于其中的这个世界的。对人生进行发问，其实在很大程度上是对人生是否值得爱与被爱进行发问。在很多人看来，爱是人生最重要、最根本的问题。守望人生，就是在守望人生中的爱。爱与被爱，让人感到愉悦、满足和幸福，感到人生有目标、有意义，感到实现了人生价值。在爱中获得成长、在爱中活出人生，都是为了让人在这个世界上更好地活着。然而对人生的理解不同，人生的展开过程就不同，对人生的审美也随之不同。这就需要获得人生在世的智慧。守望人生中的智慧，是本作品集的一大特色。它告诉人们，人生既漫长又短暂，需要欣赏且珍惜。

《见证亲情》饱含了作者对亲情的思考，把人性中最动人的一面呈现出来，可以将之视为描写千万中国人生活百态的作品集。它想要表达两个主题：一是书写创伤，二是书写苦难。一方面，化创伤为前行的动力。在中国，男人在家庭里面大多是顶梁柱。男人的早逝意味着一个家庭的崩溃。遭遇变故的人，最能体会其中的伤痛。把受到的伤害体验写出来，把普通人受创的反应表达出来，不是为了往伤口上撒盐，而是为了揭开伤口的千疮百孔，让人能够直面挫败，正视人性。这是对生命、死亡的直视。创伤会对生活造成压抑，会使心理产生焦虑，对普通人来说，会造成身心方面的沉重打击。这就需要对创伤进行思考，使人有能力走出阴影。以创伤为创作主题，体现了对个体生命的悲悯和慈爱。另一方面，在苦难中见真情。对苦难的肯定和描写，不是为了博取同情，更不是惧怕苦难，而是展示身处苦难中的人，如何守护人性中的良善,如何克服生活中的困难,如何改变无法撼动的现实。正视苦难,是将同情与悲悯的目光转向芸芸众生,从他们身上审视生命的脆弱、灵魂的无助,正视和反思自己身上的不足,进而改变自己,成为一个真正大写的人。

"复旦"二字,取自《尚书大传·虞夏传》里的名句"日月光华,旦复旦兮"。这句话的大意是,日月的光辉,日复一日,敦促莘莘学子追求光明、自立勤奋、自力更生、自强不息。《复旦心语》这本作品集以复旦大学师生为关注对象,讲述他们在求知中追寻意义的一些故事。对于个体而言,每个人都在探索自己生命的意义,体会生命的价值。要想在求知中学有所成,就必须去追求,使自己每一天都有一些心灵的启示与智慧的增长,每一天都对这个世界有一些回馈和奉献。《礼记·大学》里的"苟日新,日日新,又日新"就是这个意思。记录在复旦大学求学的历程,不是将它作为可以炫耀的"资本",也不是将它作为人生的"装饰品",更不是将它作为求职的"敲门砖",而是将它作为悟生活之道的"精神场域"、求一技之长的"育人园地"、立人生志向的"心灵港湾"。这就是复旦大学对一个人的影响。它使人认识到,人就是应该具备一种敢于拼搏,不怕苦、不怕累、不怕付出的大无畏精神;具备一种追求真知、敢为人先的勇气;还要具有一种勇往直前、愈挫愈勇、百折不挠的信心。因此,可以将《复旦心语》看作记录作者在求知过程中表达一种精神上的熏陶、一种与真理为友的作品集。

诗歌从来就是能登大雅之堂的文学形式。首先,诗歌里的"雅"具有多重意境。首先,"雅"是志向的一种表达。诗歌的语言既是抽象的,用较为抽象的语言表达作者对大千世界的看法;又是具象的,生动形象地表达作者的丰富情感,让人一读就马上心领神会。《诗性智慧》用春·生、夏·长、秋·收、冬·藏、你·我·他、诗意生活来言志、来抒情,鲜明地展示出诗歌的这一特性。其次,"雅"是对光明的向往和对理想世界的追求。在普通人眼里,春夏秋冬只是四季的交替轮换。可是在这本作品集里,春夏秋冬被寄寓了不同的情感——春夏秋冬不是要表达作者对季节的适应,也不是要表达作者对季节的留恋,更不是要表达作者对季节的拥抱,而是要表达作者对季节的反思、对季节的冲破、对季节的塑造。就像英国浪漫主义诗人雪莱歌颂云雀,不是歌颂留恋家园的云雀,而是歌颂蔑视地面、云游苍穹的云雀。不管是云雀,还是春夏秋冬,都不纯然是自然界的事物,而是作者自我的一种理想表达或理想的自我形象,表达了作者对光明的向往和对理想世界的追求。最后,"雅"是对人间疾苦的观照。雅不是俗的对立面,是对俗的认知和超越。所谓"大雅即大俗",就是大众普遍接受了雅。本作品集对现实生活的关注,你·我·他和诗意生活从日常生活的真情实感中生发出诗意和爱,无不饱含了作者对现实的人的深情关怀和对人性真善美的不渝追求。因此,《诗性智慧》值得大家一读。

小说是文学写作中较难把握的一种体裁,它要求在创作上有清晰的主旨思想,在艺术表现手法上有独特的叙事模式,在语言特色上有鲜明的行文风格,在人物形象塑造上有代表性,等等。以《龙门之跃》命名的作品集中包含长篇小说《龙门之跃》和中篇小说《媳妇飞了》,力图呈现小说的基本要素。这两部小说都以改革开放以来农村社会的变迁为主题,揭示广大农村社会融入现代化的历史进程中所呈现的种种问题,以此引起社会的关注和人们的反思。在叙事模式上,这两部小说均采用"迷茫—引导—改变—受挫—感悟—成长"的叙事逻辑结构,把农村人的性格特征呈现出来。人物形象在极为复杂的特质中,呈出立体饱满的感觉。故事中人物的命运并非都是线性的发展。虽然他们承受了诸多苦难,但能从他们身上感受到浑厚的生命力。小说的基调总体而言是昂扬向上的,体现了人文主义的情感关怀。这种对人的直视,并不刻意回避人性中的弱点和生活中的丑陋。对现实的不满反过来更加促使人反思自己的不足,达到对所谓命运的超越。由于作者独特的人生经历,无论是《龙门之跃》还是《媳妇飞了》,都离不开对命运抗争的描写和对生命意义的追问。正如希腊德尔菲神庙大门上镌刻的阿波罗神谕:"人啊,你不是神。认识你自己!"认识自己,可以从阅读这部作品的两个故事开始。

以上感悟,是我阅读任帅军老师的作品后的一些不太成熟的看法,还请各位专家同行批评指正。

上海大学为任帅军老师提供了新平台。来到这里,站在人生的新起点,我相信他会把握住当下,通过创造人生的新气象来获得人生的全新意义,并在享受当下的过程中感同身受地体验作为学者的生命意义。作为他人生路上的重要家人,我为本丛书的出版感到高兴,也希望他能获得更好的人生。

是为序。

宋贤杰

复旦大学

2025年春

前　言

　　呈现在读者面前的丛书包括:《大学哲思》《守望人生》《见证亲情》《复旦心语》《诗性智慧》《龙门之跃》,是我从2007年开始写作,断断续续,一直持续到2024年春节,整理出来的六部书稿。

　　这么多年来,在用文字记录生活方面,我虽然一直坚持着,但是从未奢望将它们公开出版。本丛书主编宋贤杰教授在几年前提出了让我出书的建议,这令我备受启发。当我萌生这个想法后,时光流逝,出书的执念不仅没有跟着消逝,而且越来越强烈了。既然要鼓起勇气做这件事,索性就认真对待,把这些年的文字好好整理一下,争取早日与大家见面。我执意邀请宋教授作为这套丛书的主编,这也是对他热心提携我这个后辈的一点儿微不足道的回报。

　　要问我为什么会有写随笔的习惯,还得从我的求学经历开始说起。2007年的秋天,我来到上海大学攻读法学理论专业的硕士研究生。上海的生活打开了我的眼界,促使我不断地反思自己,反思我的家庭和以前的生活环境。于是,我将自己在求学阶段的所思所想记录了下来。我当时没有想到,这种随手记录的习惯,竟然持续了这么长的时间。

一开始,我只是对文学抱有好感,用文字来慰藉我脆弱的心灵,逐渐发展到这种"文字涂鸦"成为我的一种重要的生活方式,再到我用文字交了很多知心朋友,这些文字也成为我的心灵朋友,直到最后,我萌生了一个想法——想要给它们找一个理想的归宿。经过这么多年的积累,已经形成百万字的书稿。我把它们按照体裁和主题分门别类,共形成了六部作品。

散文形式的《大学哲思》,记录了我从2007年以来,在上海大学、杭州师范大学、复旦大学等地求学或工作期间,在高校学习和生活的所感所悟。这本书按照不同主题分为九个部分。"大学生活"记录了我对大学生活的认知和反思;"大学亲证"写出了我的求学感悟,以及我在求学的过程中形成的学生情结;"大学留痕"记录了我求学时的生活方式和生活习惯;"大学友人"里面的好友都不是千篇一律的人,都有各自鲜明的性格特征;"身边伟人"讲述了钱伟长如何走入我的生活世界,以及对我的影响;"上大岁月"讲述了我在硕士和博士阶段求学时,对上海大学的感情;"读书生活"里面的心得体会,记录了求学阶段对我产生很大影响的各类名著;"影中世界"里面的故事,陪伴了我孤独的求学旅程;"音随我动"里面的歌曲,陶冶了我的性情。凡有所学,皆成性格。我的性格养成的秘密,就隐藏在这些文字当中。

散文形式的《守望人生》,记录了我在高校求学期间展开和实现人生价值的若干思考。这本书按照不同主题分为十个部分。"志愿人生"讲述了我从本科开始一直到现在,从事志愿活动的切身感受;"为心而生"通过关注心灵与人生的关系,探讨一个人如何才能使人生获得力量的问题;"反思人生"告诉我们,人生之路充满坎坷,只有学会反思,才能真正获得人生的意义;

"人生冷暖"通过呈现人生中的酸甜苦辣咸，让每个人都能回首自己的人生；"人生价值"直面"人生在世"的核心问题；"人生故事"通过记录好友的人生片段，把我生命中的点滴温暖留存在故事里面；"人生哲理"就是要破解如何才能使人生、生命有滋有味的问题；"十二生肖中的人生"记录了我人生中的一个完整的十二年；"人与社会"把人放到社会中，又通过讨论一些社会问题来探寻人应当展现出来的一种追求姿态；"人在旅途"记录了我为数不多的旅游感受。人生需要守望，守望的本质是回答人如何才能更好地活着的问题。守望人生的智慧，就隐藏在这些文字当中。

散文形式的《见证亲情》，记录了我如何通过求学、拼搏和经营，一步一步地改变自己和家人的命运。这本书按照不同主题分为九个部分。"父亲"讲述了我父亲短暂的一生，他虽英年早逝，却给我们留下了宝贵的精神财富；"母亲"讲述了我的母亲承受了常人难以忍受的苦难，在极为困难的情况下为三个儿子成家立业努力拼搏的故事；"大弟"讲述了任帅勇在外打拼的故事；"小弟"讲述了任帅超略带传奇色彩的成长故事；"身边的亲情"是对老家亲情的一种记录和留念；"我的素描"讲述了独一无二的、特立独行的我的故事；"故里亲情"写的都是发生在老家的事情，是对往昔的追忆，也是对时代变迁的一种记录；"我的家乡"里有对家乡特色的描写，也在这种讲述中思考家乡的发展；"津津"记录了我儿子任薪泽的出生，带给我与妻子和家人的快乐和幸福。世间情感有千万，唯有亲情永相伴。我的成长离不开亲情的浇灌。亲情对我的影响，就隐藏在这些文字当中。

杂文形式的《复旦心语》，记录了我从2015年5月以来在复旦大学做博士后期间，这所学校对我的学术成长和生活感悟的影响。这本书按照不同主题分为六个部分："新征程"开启求学路上的新篇章，"新努力"记录自强不息的奋斗点滴,"新体验"讲述了全新的精神感悟,"新伙伴"把与学生的交往娓娓道来,"新变化"记录了从求学到工作、从邯郸路校区到江湾校区的变化过程,"新憧憬"道出了对未来的美好愿景。从作为第三人称的"旦旦",讲述自己在做博士后期间的求学经历,以及从其中感受到的苦与乐;到作为第一人称的"我",把自己当作复旦大学的一分子,与这所学校产生了一种同频共振。叙事视角的转换,既展现出他者眼中的复旦大学,又表达了复旦人眼中的复旦大学。在多重视角的审视中,通过一所学校反映出高等学府的莘莘学子对求学的认知。复旦大学对我的影响,就隐藏在这些文字当中。

诗歌形式的《诗性智慧》,记录了我从大学教师和学生的视角,运用诗歌形式对社会现象进行的一些思考。本书分为六个部分:"春·生"寓意梦想的开始,取意春天是希望的季节;"夏·长"隐喻生命中的困惑,正如夏天的热让人焦躁不安;"秋·收"象征着人生的收获,像秋天那样寄语人生;"冬·藏"表达了生活中蛰伏的状态,就算是冬天的寒冷也要把它熬过去;"你·我·他"是在我、妻子、儿子的互动中生发出来的含情脉脉,家的温暖尽显其中;"诗意生活"是我在妻子孕期创作诗歌的情感记录,记录了我当时写诗的情绪和心境,可以从中一探我创作诗歌的真实情境。不管是运用五言绝句、七言律诗,还是现代体裁的诗歌,都是为了实现"诗以言志"的目的。诗歌是对人生志向的一种较为凝练的表达形式。"诗者志之所之也。在心为志,发言为诗。"(《毛诗·大序》)我的人生志向,就隐藏在这些文字当中。

长篇小说形式的《龙门之跃》,以王心恒求学生涯中的若干重要节点为故事情节展开的线索,实际上讲述了我的成长历程。因此,这部小说本质上是一部自传体小说。中篇小说形式的《媳妇飞了》,讲述了阿淳的父母为他讨老婆的故事,反映了农村地区的一些大龄男青年择偶难、结婚难的现象。

小说主要是通过故事情节和人物命运的描写反映社会生活,引发人们对社会问题的关注。之所以写这两部小说,是因为社会阶层流动问题、农村大龄剩男问题等长期占据了我的生活,是我在与这个社会相结合的过程中始终绕不开的话题。那么我是如何克服这些困难的,我自己与社会相结合的方式又是什么,答案就隐藏在这些文字当中。

我写出来的这六部作品,都有着特定时间和空间的"在场",即它们是在它们碰巧产生的地方的唯一存在形式,假如换一个时空,它们就不会存在了。这些作品的这种"唯一存在",决定了它们有在其存在的特定时空内自始至终所从属的历史。这个历史就是我在校园里的成长史。

虽然这些文字是在我的脑海里形成的,是我让它们成为文学作品,使它们借由各种机缘而获得生命。但是当它们形成以后,就具有了不一样的生命。更为准确地说,是和我一样的独立,而且是独特的生命。当它们散落在不同的读者之间、不同的文化之间,它们的生命就一次又一次地展示了出来,这就是这些作品的无数次生成的形式。我期待着这些作品,以及形成它们的机缘,能够在其他时空,能够在其他人身上,以另一种形式得到实现。

目录 CONTENTS

❋ 志愿人生

❋ 为心而生

✱ 反思人生

❋ 人生冷暖

❋ 人生价值

✳ 人生故事

✳ 人生哲理

❋ 十二生肖中的人生

❋ 人与社会

❋ 人在旅途

志愿人生

爱与成长

——与志愿者同行

我心中经常会产生一种需要他人关爱的情感诉求,也时常会萌生关爱他人的精神需要。在爱与被爱中,我试图窥视人性的奥秘。在感动和被感动的过程中,自己已经触到了上海的脉搏。也是在这样的人生经历中,发现自己在不经意之间成长。我已经长大,回不到过去。上海就更加像晨曦中的启明星熠熠生辉,永远地照亮我的心灵。

我对人生的探寻是在对爱进行思考的过程中展开的。与名著《爱的艺术》结缘,我才找到多年志愿者经历的理论源泉。我惊叹于弗洛姆对爱的思考:爱是一门艺术。爱的问题不仅是一个对象问题,而且是一个能力问题。如果不努力发展自己的全部人格,任何爱的试图都会失败;如果没有爱他人的能力,自己在爱的生活中也永远不会得到满足。

从事志愿者活动是我生活的一个重要组成部分。我一直有这样的想法,志愿者是衡量社会文明程度的一把标尺,他们是社会的一道亮丽风景线。我认为志愿者应当具备献身的精神和奉献爱心的品格。更进一步说,志愿者应当具有无私奉献的精神和敢于承担社会公益性责任的品格。

志愿者的行动充分体现了弗洛姆的想法:"我需要你,因为我爱你。"这是一种成熟的爱。志愿者知道,他们是社会的良性细胞,是实现社会自控和管理能力的最好体现。上海世博会的志愿者就是上海乃至中国的文明标志。社会为什么需要志愿者?因为有人需要他们,我们开始关注并想要关怀他们。我们的人生为什么能够在志愿活动中得到升华?因为人生就应该如蜡烛一样,从顶燃到底,一直都是光明的。志愿者就是这样的人。他们在社会公益性活动中无私地奉献自己。

这就是成长的见证。

人类的成长在于其孕育了这样一个群体:成千上万的志愿者友爱奉献。我难以忘怀一次次的志愿者经历。在大学期间,从事支农支教活动的我把自己的足迹留在了山西的贫困山区。在山西省临县做农村小额贷款问卷调查的我,知道了农村经济的真实状况;在山西省太谷县大威村小学支教的我,感受到了村里学生对教学资源的渴望;在山西省临汾地区开展的"保护母亲河——汾河"行动中,我感受到了保护环境与解决"三农问题"密切关联的紧迫性……来到上海,我负责首届中国高校校园戏曲节志愿活动,定期参加上海市科技馆的志愿活动和上海市博物馆的志愿活动。我更加深切地体会到提升上海"软实力"的关键是培养一批在为社会无私奉献中实现自己人生价值的志愿者队伍。

社会的成长在于其包容了这样的一个群体:成千上万的志愿者正在行动。面对人生道路上的多重抉择,他们选择了一些高尚的、能够做到的、对人生有意义的生活,这才是有价值的。志愿者在参加志愿活动的过程中往往不会带有过多的功利性目的,这样活动的开展就会有序、和谐地进行。从社会层面来看,这样的社会就是和谐社会。费孝通先生所说的"各美其美,美人之美,美美与共,天下大同"的和谐社会,也特别需要通过志愿者的工作来得到体现和实现。

自我的成长在于我成为这样的个体:奉献、宽容、友爱的志愿者。志愿者让我永远保持一种上进的生活姿态。因为我真心付出过,所以我才珍惜这个称号。我在志愿活动中付出了精力和时间,因此志愿者这个称号对我来说很重要;它让我在任何时候都要对自己进行深刻的反省:我是否具备志愿者的品德,是否还在经常从事一些公益性活动……我需要志愿者这样的生活方式,所以我会把它当作一生的事情努力做好。

放大公益

公益离我们越来越近，还是越来越远？这是一个需要迫切回答的问题。

公益离我们越来越近。从某种程度上说，现代人都在享受公益带来的好处。在马路上不认识路，问一下身边的行人，你可以节省到达目的地的时间；别人落下东西而没有察觉到，你马上捡起来递给他，他就会很高兴，连声对你说："太感谢你了！谢谢！"这些都是公益的体现。公益活动缓解了现代人紧张的心情和生活压力，让人们感觉到生活的温暖和美好。

上面的例子都可以认为是公益活动的体现。公益活动需要一颗公益的心。每天给见到你的人一个灿烂的微笑，别人就会觉得你很阳光，感觉你的心情很好，感觉你的生活很好，感觉你很有魅力。久而久之，这些人就会被你感染，都想成为像你一样的人。这就是公益活动的"蝴蝶效应"。想要达到这种效果，首先需要你有一颗公益的心。做公益活动，一颗真诚的心是最重要的。

你可以在公交车上给需要的人让个座位，这也是公益的体现。其实公益就体现在日常生活当中。公益是从做一件件有利于他人的小事情开始的，比如有成千上万的爱心人士把一元、十元、一百元捐给了希望工程，让许多孩子可以有书读、有学上。这就是公益的力量。

越是能够做好身边的小事情，公益就会离我们越来越近，也会离社会越来越近。我们都有这种感觉，身边会有自私自利的人，这让社会风气很浮躁，让我们生活的社会环境和心理环境受到挤压。其中一个很重要的原因就是，有些人缺少公德心。公益活动是积累功德的人类活动，涉及社会公众的福祉和利益。能够从事公益活动的人，都很重视个人的修为，尤其是个人心灵的成长。他们能够在从事公益活动的过程中升华自己的生命体验。这种生命体验并不一定非要来自成就丰功伟业，也可以在帮扶他人度过生命困苦的过程中提升自己的生命感悟能力。用生命帮扶生命，更能彰显出生命的价值。

想要放大公益，必须做实小事。打动人心的，并不仅仅是公益活动的结果。公益活动的过程以及在这一过程中彰显出来的美丽生命才是真正能够打动人心的东西。就像见证一朵花的绽放这一过程比直接看到一朵美丽的花更能让人惊喜一样，我们需要这样的过程。做实身边的小事就是这种美丽的绽放。唯有这样，才能真正放大公益，才能让公益真正走入你的内心。

 # 我的献血情缘

　　生活中有些事情一直感动着我。这些缀满我心田的感动萦绕着我,使我理解生活的意义。或许,我不能一下子明白。经历了这么多场爱的上演和谢幕后,我渐渐地明白了生活的意义。德国著名哲学家黑格尔说过:凡是存在的,就是合理的。这些爱使我感到"生命不能承受之重",这些爱引导曾经落寞的我积极地走出人生的低谷,探寻生命的高尚和生活的意义。这就是感动的力量。

　　躺在洁白的床铺上,暖暖的温情漫腾在我的心间,我感受着满足的幸福。献血对我来说具有一份特殊的重要意义,这份情结源自大学期间的一份友情。他是我的好友,给我留下了许多宝贵的无形财富。

　　那天,在学校植物园里,听着他唱《再见了,我最爱的人》,听着他讲述他与他弟弟的故事,我们一起感动着。我们都来自山西省的农村。在他很小的时候,他的弟弟不在了。家里债台高筑依然无法阻挡白血病对生命的掠夺。一切都发生得那么突然,一切都结束得那样平静。留给他的只有剩下的回忆和心中无法释怀的情结。他以前曾不止一次地对我提到他的弟弟，我也向他提到我的弟弟。两人年纪相仿，我说，就让他们两个见见面吧。他沉默无语。当时的我自然无法理解他的沉默。我的几次追问，打开了他的心扉，我才知道那段往事，他原本是不愿告诉我的。

大学期间，学校组织了几次献血。每次我都和他一起去献，然后被拒绝的我和坐在采血车里的他相互鼓励。看着已经累积献过2000ml、献血证一大堆的他，心中涌动的永远是对他的羡慕。他为人乐观，乐于奉献。与他在一起，我感到了生活的美好。他对待生活的仔细和热爱是我受用一生的财富。在他的寝室里，各种精美的手工艺品是他变废为宝的杰作。那时，我们学习和工作都很忙。闲暇时，到他寝室小憩是我们的一大乐事。我们相互交流工作和学习的事情，这段快乐的时光已经成为过去，成为珍藏在心田里的美好回忆，温暖着我的心。

后来，我在太原见到了他。那时我们已经半年多没有见过面了，他一见到我就先给了我一个深情而长时间的拥抱。坐在明媚的窗前，洒着温暖的阳光，我们聊了很久。这次是在他的办公室。他问我还记得在二号楼里我给他捡塑料瓶的事情吗，我说当然记得。他对我说，只有我肯弯下腰，顶着别人不解的眼神和异样的表情，有时甚至是嘲笑和讥讽，为他捡那只值一角钱的塑料瓶，并且一捡就是一个月。他说，他真的被深深地感动了。我是他这辈子最值得交往的朋友。我莞尔一笑，说这没有什么，我是自愿并乐意这样做的。当时的我被这股温情暖意感动着，这种爱一直延续到现在。

我们的辛劳换来了丰硕的成果。他被评为优秀学生干部和优秀毕业生，我也被评为优秀学生和优秀志愿者。我对他说，我唯一的遗憾就是没有献过血。他笑着问我是什么血型，我回答好像是B型。他说等我有像他一样结实的身体了，再献也不迟。我说已经等不及了。毕业前夕，全国高校开展学习洪战辉的事迹。我们各自所在的学院叫我们写一份申报山西省"自强之星"的材料，"自强之星"旨在奖励家境贫寒、品学兼优的在校大学生。那是 2007 年的暑期刚要开始，我们都被评为山西省"自强之星"，这个称号凝结了太多的东西，包含我们四年的辛勤耕耘，同时也见证了我们四年的那份友谊。它成为我们四年"自强不息"的精神和经历的见证，也为我们四年的大学生活画上了圆满的句号。

继续求学的我心里一直装着大学里没能献成血这件憾事。我就用英国大诗人雪莱的诗句勉励自己：冬天来了，春天还远吗？终于有一天当鲜血缓缓地从我的体内流出来的时候，我满脑子想的都是他。知道我符合献血条件的时候，我毅然报名参加了无偿献血，这是我对我们的那份友谊的承诺，尽管我并没有对他承诺什么。当得知院里会议决定把我列为替补时，我的心一下子失落了。我很感谢他们对我的体恤。但是献血是我未实现的一桩心事，我必须实现我的这个梦想。最终，在献血现场辅导员决定让我去献。尽管献过之后，我感到有点儿不舒服，可是这一切对我来说都算不了什么。当初，他约我一起加入山西省造血干细胞骨髓库，我答应了。最后，他加入了，而我没有加入。他就像一位斗士，勇往直前。而我只能欣赏他的作为。诺贝尔文学奖获得者、印度大诗人泰戈尔曾经写道："天空不曾留下痕迹，但是鸟儿已经飞过。"回想起陪他一起献血的往事，眼前舒卷的是当时的一幕幕场景，心中掀起了无限的怀念。我终于也走出了这第一步。

我给他发了一条短信。他回复道："你知道吗？你的血正在拯救一个人的生命！你做得多好啊！这是件利人利己的好事！我为你感到高兴！加油！"短短的几十个字道出了他的心声，也道出了所有献血者们的心声。正如苏联的柳·科斯莫杰米扬斯卡娅在《卓娅和舒拉的故事》一书中写的那样：
"我们虽然不一定能够成为伟人，但是我们每个人都要做一些高尚的事情，我们都能成为高尚的人。"现在我可以这样说了，我们这些无偿献血的人都是高尚的，从我们身上能够体现出对生命的尊重和对他人的关爱，这才是生活中的真心英雄。

我的志愿者情怀

　　人生道路上总会有各种各样的选择。每一次选择，都是对我们的考验。进行一些高尚的、能够做到的、对人生有意义的选择，对于我们来说才是有价值的。

　　在上大二那年，我开始了志愿者生活。接触这个特殊群体起因于我的一次校园问卷调查。当时全国高校改革大学英语四六级之风鹊起，我以《四六级改革对大学生的影响》一文参加了第八届"兴晋挑战杯"全省师生论文大赛并获得"优秀奖"。之后，我的指导老师让我参加了一个关于农村教育改革的课题申请。在参与的过程中，我结识了这样一群人：他们关注农村的发展状况，关切农民的生存情况，积极投身农业的生产。他们利用暑假、寒假和周末到附近的村庄进行义务支教，帮助农民建沼气池，在农村开展种植养殖经济合作社，成立妇女文艺队……他们的活动从2005年开始一直走到了现在。

　　我就是他们中的一员，曾经是这些活动的策划者和组织者之一。再回首,这些虽然已经远去,给我留下的是一段难忘的经历和美好的回忆。这就是幸福吧!我常想,如果当初没有作出那样的选择,我当时和现在会是什么样子?我想,我作出了正确的选择,这是适合我的选择。

难以忘怀那段支农的日子。体会站在三尺讲台给渴望学习的孩子传授知识的喜悦,感受和参加支农培训的队员一起唱支农队队歌的激情澎湃……我收获到了泪水、感动、喜悦和成长。

参加支农培训的队员大多来自农村,过过苦日子的孩子,懂得付出,懂得努力。在他们加入支农队时,我对他们说:即将从事的活动没有回报,只有付出。他们毅然加入支农队的行列。之后,他们对我说:生活就是这样,当你关爱别人时,也在为自己储蓄幸福。我们的队员无悔自己的选择。

2007年中央高度重视"三农问题",在贵州山区长期支教的徐本禹被评为2007年"感动中国十大人物"。继续求学的我来到了上海大学,也参加了学校的志愿者活动,感慨很深。

我一直认为,志愿者可以在为社会无私奉献的过程中实现自己的人生价值。志愿者应当具备两个方面品质:一是具有奉献爱心的品格,二是具有无私奉献爱心的精神,不求回报。我们的支农队队员从来没有用过"志愿者"这样高尚的名字,但是他们把自己的美丽人生定格在了需要他们的角角落落。他们没有得到学校和当地政府的物质奖励,但是他们依然乐于将自己的青春洒向农村。他们得到了回报:被帮助者的感激和自我人生价值的升华。

志愿者是衡量社会文明程度的一把标尺。作为国际化大都市的上海,需要大量的志愿者服务社会,以此来提升上海市的"软实力"。志愿者要有准确而良好的角色定位。我一直认为志愿者不应该有过多的功利性目的。萧楚女说过:"人生应该如蜡烛一样,从顶燃到底,一直都是光明的。"志愿者就是这类人。他们是光明的使者,应当在参加社会公益性活动中无私地奉献自己。

选择志愿者,就选择了一段有价值的人生。

相信自己,无悔的选择!

慈济：心灵的家园

　　我有一个家，一个温暖的家。这个家在我最需要帮助的时候，给了我许多的关爱。我很幸运，我是这个家的一分子。这个家的名字叫"慈济"，它也是全天下人的家。

　　这个慈济组织把全天下人都当作家人。当我看到《新京报》转载了"龙泉之声"上面的文章《慈济：把全天下人都当作家人》时，内心激动万分，久久不能平静。

　　我接触慈济是在2007年的冬天，上海大学联合上海慈济为研究生困难新生设立了慈济助学金。我有幸成为那一年五十名接受慈济助困的新生之一。

　　瑟瑟寒风，皑皑白雪。上海慈济家人在一个黄昏的傍晚来到上海大学为我们赠送慈济助困物资和慰问金。慈济家人还为我们精心准备了爱心捐赠仪式。他们教我们唱《感恩的心》，教我们做爱心手势，教我们如何拥有一颗爱心，学会感恩他人。

　　慈济家人中有还在读书的高中生，有在小学、中学、大学任教的老师，有在公司企业工作的职员等，他们都是慈济的义工。他们牺牲周末的休息时间为我们捐献爱心，我感到内心暖意融融。

　　淑娟妈是上海慈济家人的长期义工。我一直坚信，她生命中最开心、最幸福的时刻都是在开展慈济组织的慈善事业中度过的。与淑娟妈结缘，也是因为我曾是慈济的受助对象，对慈济的义举甚为钦佩。我能够成为慈济的一个义工，离不开淑娟妈对我的关怀和帮助，她教会了我如何走进慈济的事业。当我由受助者变成慈济的一个义工，才更加深刻地感到慈济胸怀的博大、对善念的坚守，以及做善事的细腻和持久。

　　慈济家人感恩自己能够有机会帮助他人，他们用自己的行动呼唤更多的爱心和义举。他们明白公益事业是全天下人的事业，这个世界需要我们每一个人来关爱。虽然我们可能物质贫乏，但是我们的精神是富有的，因为我们拥有一个富有的精神家园，这个家是慈济。

　　慈济家人把一颗感恩的心播撒世界，他们用爱和行动赢得了全世界的尊重。中国第三届消除贫困奖对慈济的颁奖词是这样说的："它是中国慈善组织在全球做扶贫和人道主义救援的楷模。"近二十年的时间里，慈济组织先后在七十多个国家和地区做过扶贫和人道主义救援，救援资金物资达数亿美元，惠及数千万贫困和受灾人口。在逐渐成为世界第二大经济体的今天，中国应该也能够为全球扶贫和人道主义援助做出更多的贡献。慈济作为一个中国慈善机构在全球扶贫的实践，对我们具有示范意义。

　　身边有很多人时常向我诉说，生命有何意义？人活着到底是为了什么？我想，他们之所以这样发问是因为他们精神的匮乏，而不仅仅是因为他们其他方面的贫乏。这类人没有找到丰富自己精神世界的途径，没有找到精神上的归属感,自然会对这个世界产生虚无的认识和感觉。

其实意义世界的构建,全在于自己是否有一颗真诚的爱心。慈济在关爱他人的过程中关爱自己。他们坚信:慈济慈善可以利他利己。如果人类的繁衍和生存依赖文明的光辉普照,那么爱人的光辉就是文明的核心价值。慈济组织正在用自己的善行抒写着人类最光明和最温暖的一页。

志愿者是社会的一片美丽天空

因为有缘，我们相聚在缘分的天空里。因为有爱，我们成为有爱心和责任心的志愿者。这里是一片令人感动的天地。这片天地留下了我们的足迹，印上了我们的品格，更重要的是升华了我们的气质。

相聚虽然短暂，但是这段经历却足以让人难忘。我们的碰头会，大家群英荟萃，为活动的开展出谋划策。我们的后勤服务，从开始接团，到联系车辆，安排每天的饮食和行程，到走台、演出、送团。这段难忘的经历历练了我的人生。通过这次活动，我对志愿者也有了更深层次的认识。

在上海大学承办的首届中国高校校园戏曲节上，志愿者的努力和付出体现的是作为国际化大都市的上海的社会文明程度。提升上海"软实力"的关键是提高其社会自控和管理能力。而社会的良性细胞、优秀个体——志愿者，是实现社会自控和管理能力的最好体现。另外，在戏曲节上志愿者的努力和付出也是上海大学对外宣传的一扇文明窗口。上海大学的志愿者定期参加上海市科技馆的志愿者活动、上海市博物馆的志愿者活动。北京奥运会上海赛区的志愿者中,也有为数不少的志愿者来自上海大学。可见,上海大学的志愿者深刻地理解了志愿者的内在精神,即志愿者的公益性品格和敢于承担社会公益性责任的奉献精神。

我一直认为,志愿者是在为社会无私奉献的过程中实现自己的人生价值。在短短的五天里,我联系的团队华中科技大学要参加上海市越剧院的演出。这是在预先安排的行程里没有涉及的,也就是说不属于我的职责范围。但是我积极与事务协调中心的老师联系,为华中科技大学的老师和同学们联系车辆,安排餐饮,同时参与他们在上越的演出准备活动。最后,他们在宛平大剧院的演出圆满成功。我的这次服务给华中科技大学的老师和同学们留下了深刻的印象,也为我们戏曲节活动的开展奠定了良好的基础。他们的演出也捧回了首届中国高校校园戏曲节的"最佳编剧奖"。

志愿者是社会的一道亮丽风景线。在上大学期间,从事支农支教活动的我最难忘的还是把自己的足迹留在了山西的贫困山区。当时的"感动中国十大人物"之一、华中农业大学硕士研究生徐本禹激励了我们这些长期深入农村开展支农支教活动的志愿者。虽然我们的物质生活条件艰苦,但是通过支农支教,与当地的村民和学生进行沟通,我们为当地的发展做出了自己的贡献,实现了人生价值。同时,在支农支教活动的过程中,我们了解了当地人们的生活现状,这也有助于我们更深入地理解他们的生活环境。我们的人生阅历得到了丰富,精神素养得到了提高,生活情感得到了充实,生命体验得到了升华。可以说,正是无数个个体的志愿者,我们的社会才显得生机活力。正是志愿者们的无私奉献,我们的社会才尽显人文之美、奉献之美、和谐之美。

志愿者是社会的一片美丽天空。我们经常感慨国外的社会运行机制比较成熟,这主要是因为发达国家的社会运行机制主要是靠从社会自身中产生的社会组织来运行。而这些组织中各种基金会、社会福利性组织、志愿者协会就是由一个个个体的志愿者发起、成立、运营、管理的。这些社会细胞即个体的志愿者组织协调政府举办各种大型活动,更重要的是他们更加深入地关注到了一些社会领域,如对于残疾人的关爱、对于保护环境的关注等等。我认为,这些志愿者和志愿者组织在引领或者说是在倡导一种社会文化氛围,即摆脱由科技异化带来的物欲控制下的功利主义倾向。志愿者在参加志愿者活动过程中往往不会带有过多的功利性目的,这样活动的开展就会有序、和谐地进行。从社会层面来看,这样的社会就是一种和谐社会。

为心而生

 # 养 心

荀子说:"养心莫善于诚。"对于在外求学的我,养心是我的"心灵鸡汤"。

我心中常怀对父母的感恩。我一直被母爱温暖着,母亲的双手承载着我的情感。母亲患有类风湿性疾病,一到冬天,她的手像龟裂的树皮,鲜血流淌。我知道她的双手为什么总是爬满了口子,这是抚养我们兄弟三人的岁月见证。好多次深夜中醒来的我,看见母亲在火炉边烤火,我知道她手上的口子让她很是心烦意乱。我搓着她的手,问她为什么干活的时候总是气定神闲?她笑了。多年之后,我才懂得:生活的操劳和双手的疼痛反而让她更加乐观地面对生活。我们是她面对病痛的养心秘诀。

父亲对我们的人格影响很是深远。他一直教育我们礼貌待人,善待他人,严于律己。有年夏天,家里新房刚起。父亲沿梯修理房屋,扶着梯子的我看到他的后背淌着的一道道汗水,泪水涟涟。就在家里最困难的那一年,父亲考虑再三把我送进了高中,而渴望继续求学的我当时不敢存此奢望。我们兄弟三人都在上学,是村里少有的情况。村里人都说,父亲的心劲很

大！只有我们能够切身体会到：我们的求学之路是踩在他的脊梁之上的。父亲一直在为我们的成长和今后的人生铺路。这股巨大的压力对于别人早已不堪重负，他何以承担？父亲相信儿子们定会学有所成，这份憧憬是父亲的养心之道！

有时候，我心情难免低落，当一个人独处的时候，总是能够想起远方的父母。如果不努力学习，总是觉得对不住他们。父母的爱是我的情感依托，但是有时候我的心灵港湾依然会暴风骤雨。烦乱的心灵在继续寻找着寄托情感的栖息之所。

在做志愿者的时候，我与杨敏邂逅是一种美丽。在一次聊天中，她说："在上海读研，认识我是她的幸福。和我在一起很是快乐。"一起聆听雷特米尔·马蒂诺维奇的钢琴独奏音乐会、探讨《卓娅和舒拉的故事》、观看《集结号》……似乎只有在高雅艺术、精英文化的情结中我们才能开怀地释放心情，让快乐飞翔，让幸福花开。有人说：交朋友的第一种类型是能够交到既高雅又有情趣的朋友。她或许就属于这一种类型。

已经记不清与子仙初次相遇的情形了，与他相处久了，才敢打开自己的心扉。他总是很认真地对我说：我太理想化，总是在追寻真理。与真理同行的旅程，在即将抵达尽头的时刻也是那么幸福。可以和他一起欣赏别人不曾留意的路边风景，讨论福柯、萨德、吉尔兹和萨特，观看绘画展览，欣赏话剧《商鞅》……轻松愉快地相处，自在地讨论学术和人生，可以让人感到时间的飞快流逝和生活的多姿多彩。

师震既是我的学长，又是我的老师，也是我的朋友。我曾对他说：他是我在上海大学求学路上的一股动力。好多次他主动与我谈话，了解我最近的生活情况，他还在学术之路上对我进行帮扶。能够在远离亲人的地方受到他的友善关爱,我一直被这种温情所感动。

他们使我灰色的心情得到调和。和他们是一种意境的交往,而不是仅仅显示出一份情感的寄托。他们是我养心路上不可或缺的人。

路边的三色堇常令我生出真切的感动。它让我想起多年前的曹芳在那个微雨的下午一口气带我转遍校园,让我与三十多种花花草草结缘。多年之后,我才意识到,"三色堇们"就像美德之类,已经深深地扎根在我的心灵深处,我再也没有为其他意识形态留下地盘。正如"碗里的水多了,米就少了;眼里的草多了,花就少了;心灵里的腥气多了,芬芳就少了;耳朵里的噪乐多了,仙乐就少了;一些不必要的知识多了,一些珍贵的知识就没有地方落脚了"。我始终没有动摇我的理想和信仰。

我是一个不太懂得珍惜和关爱自己的人,和他们的相处让我懂得了一个人首先要学会自己关心自己,自己慢慢调适和料理自己的感情。而对自己的照顾就首先从养心开始吧!

养心意味着一种慢的境界,可以在享受亲情、师生情、友情和爱情中慢慢展开。享受的过程即是养心。

心　泉

　　一眼清澈的心泉流淌进我的生命。

　　时常把生命想象成一眼泉。由泉生溪，溪水奔腾不息。时而湍急地流过险滩，时而潺潺地淌过溪石。

　　如歌，生命的泉水欢快地奔腾。溪水顺势而流，时而面临急滩险涂，时而途中一马平川。潺潺的溪水让人感到溪水流淌的从容，然而想要看到溪水的万千气象还必须观察急滩险涂。急滩险涂蓄势水流，激起晶莹剔透的浪花朵朵。然而永远奔腾不息的溪水，不因急滩险涂而原地打转。朵朵浪花开辟了前进的征途，一次次"美"的征服展现了溪流强大的力量。

　　人的一生就像那条悠长的溪流。处于高峰时期的人意气风发，往往感觉人生风光无限美好；处于低谷时期的人坚忍自强，更加坚守人生理想永不言弃。低谷时期的人明白人生的哲理：人生好比数学上面的正弦曲线，低谷也是人生的常态。高峰低谷平分秋色。

　　智者的智慧不仅仅停留于此。由低谷到高峰的转变是一个美丽的过程。这是一个展现生命可能性的过程。人生的多种可能性都在于自己的选择。你可以选择"大隐于野"的人生，可以选择"中隐于世"的人生，也可以选择"小隐于朝"的人生。"大隐于野"追求生命的深度，"中隐于世"追求生命的宽度，"小隐于朝"追求生命的高度。维度的标准不一，彰显了生命的种种可能性。

这是一个展现生命超越性的过程。高峰的雄伟壮观正在于低谷的幽沉陪衬。低谷的生命需要一次次地勃发，"生命之溪"在这里激起朵朵浪花，展现人生的美丽。我时常惊叹史铁生的刚毅坚忍，他用生命抒写了一卷卷动人的篇章。沉重的肉身并没有带给他沉痛的心灵，反而让他思考并写出《灵魂的事情》。他的文章是他对平凡生命一次次的伟大超越，他的生命之美尽显其中。

这是一个展现生命多样性的过程。由低谷通往高峰的不同路径展现了生命的丰富多彩。有些人追求简单的快乐，他们觉得幸福就在身边。庄子是幸福的。楚威王闻知庄子贤能，曾以宰相的官职相许。庄子嗤之以鼻，认为官职并不能换来他幸福的生活。古希腊犬儒学派的创始人第欧根尼是幸福的。亚历山大大帝慕名拜访他，这位大思想家只说了一句：走开，别挡了我的阳光。第欧根尼更愿意享受阳光照耀下的幸福。有些人追求丰富的痛苦，他们认为这就是幸福。《傅雷家书》言道："莫扎特的生活只有痛苦，但它的作品差不多整个儿叫人感到快乐。"生命在这里展现为苦中求乐，所以"莫扎特的作品不像他的生活，而像他的灵魂"。

每个人都有一眼心泉。"生命之溪"由心灵之泉而生。

古语有言："无善无恶心之体，有善有恶意之动。知善知恶是良知，为善去恶是格物。"如果说"生命之溪"彰显了生命的精彩，全由心灵之泉相向而生。只有心泉清澈透亮，方能流出清新的泉水；如果心泉藏污纳垢，哪能有润泽生命的溪流。

"无善无恶心之体。"心泉本无藏垢纳污之能，亦无蓄清涤浊之用。英国哲学家约翰·洛克说过："人生就像一张白纸，洁白无瑕，美丽的人生画卷关键是后天对它的描绘。"这句话说明：人性本无善恶，人心本无美丑，人生本无高低，心性本体如此，这是人最初的所有秘密。

"有善有恶意之动。"泉水喷涌，可能清澈，可能污浊。心泉涌动，可以为善，亦可为恶。善恶之别有时全在一念之间。意念在一些人那里成了成功不可或缺的因素，而在另一些人那里成为行恶的帮凶。生活不能缺少意念的指引，这种非理性的感知还需要人的正确认知及其正当的价值判断。良心是引导意念，辨别善恶的道德定盘针。

"知善知恶是良知。"心泉有"善泉"和"恶泉"之别。"善泉"之水滋润万物，"恶泉"之水荼毒生灵。孟子曾说："人皆有不忍人之心……无恻隐之心，非人也；无羞恶之心，非人也；无辞让之心，非人也；无是非之心，非人也。恻隐之心，仁之端也；羞恶之心，义之端也；辞让之心，礼之端也；是非之心，智之端也。人之有是四端也，犹其有四体也。"这段话很好地概括了良知是什么以及良知的作用。良知首先教人"知善知恶"。

"为善去恶是格物。"格物才能致知。"善泉"之水全靠清澈灵透滋养万物。心善则行正，心恶则意歪，犹如泉善则水灵，泉恶则水锈。"生命之溪"需要"善泉"之水喷涌勃发，才能长流不息。"善泉"之水需要心泉本善，才能泉源纯正。泉源纯正需要后天修为，生命的美丽展现正当如此。

我们都需要一眼心泉，我们要有信心：在生命的美丽展开中都能够找到属于自己的那眼"心泉"。

 心 结

　　每个人都有自己的心结吧!

　　心结就像是心中的伤疤,不痛的时候会暂时忘记它的存在,痛的时候就怎么也过不去。心结就是潜伏在内心深处的隐隐约约的痛。这种痛一般难以言表,就成为心中无法向人诉说的秘密。每个人都有自己的秘密。一方面,这是私人空间,是最能体现个人尊严的神圣的地方,任何人都无从得知。另一方面,没有约束的秘密可以任意生长。如果这个空间出了什么问题,任何人也无从得知。这就是从"心"生,而"结"止吧。

　　以前常从"拿得起,放不下"来理解心结。在内心深处,把莫名的压抑和隐约的痛都打成了一个个心结。失恋了,情感上会有心结;失败了,心灵里会有心结;失望了,信念里会有心结;失常了,生活中会有心结……所以我才会认为,心结就是"心"在"结"中。心中装满了这么多的"结",就像人生中有太多放不下的事。这些"结"和这些"事"到底是要生命不能承受之轻呢,还是要生命不能承受之重。这恐怕会让自己左右为难,很难回答。

其实心结何尝不是"结"在"心"中。"心"在"结"中,亦是"结"在"心"中。不同之处在于,"结"只占"心"中一处,而非全部。这就像苦难是人生的一部分,人生并非全都是苦难。所以我相信,没有人会对所有事情都"拿得起,放不下",也没有人会对所有事情都"拿得起,放得下"。能够"拿得起",说明曾经心为所动;"放不下"说明心有牵挂,"放得下"说明心结已开。任何人都有烦恼,烦恼就是纠结日常生活中的"放不下"与"放得下"。

这样分析一下,内心深藏的许多心结都被打开了。有心结,说明我很在乎一些事,还有一些人;有心结,说明我对已经发生的许多事很不满,而这些事都没能嵌合在我的心坎里;有心结,说明我对许多人一直怀有复杂的内心感受,这些人都曾在我的内心"拿得起",却最终没能放在合适的位置。于是,一直在内心深处"放不下"。"放不下"也是因为一直没有找到合适的人,或者没有把本来可以做好的事情出色地完成。生活中总会有遗憾。有些人一直都在擦肩而过,不管是过去还是现在。有些事也不必再斤斤计较,时间自然会把这些"糟事"冲淡冲远。于是,只剩当下。

面对不需要计较的过去,会突然觉得当下有点儿落寞。过去太在意的事或者太在乎的人都已经变得不那么重要,甚至一点儿都不重要,那为什么还要让它们长满心田,长成一个个心结。有时候,我确实会做出些傻事,一直执着地坚守着自认为非常重要的东西。其实只要在心里把它放下来,就会很轻松。为什么自己要跟自己过不去呢。只要尝试转换一下认识的角度,就会把历史的陈旧包袱都轻松卸掉。就让历史归于历史吧。面对未知的生活,我还是要乐观地思考,阳光地生活。这是乐观的我对我的悲观的积极暗示,这是阳光的我对我的孤寂的奋力拯救。

安放心灵

　　一颗漂泊的心总是让人感到无所适从。于是,我一直在找寻能够慰藉心灵的声音,找寻能够温暖心灵的朋友,找寻能够带来希望的动力,找寻能够得到温暖的寄托。

　　找寻的过程可能历尽千辛而无所收获,这个时候的心灵往往疲惫不堪。心灵易于疲倦,尤其是当一颗心无法与另一颗心沟通的时候。心灵也易于受到伤害,在挣扎无望的时刻会归于寂灭。现在的社会,为什么有的人活得疲惫又那么痛苦。当一颗心对一切都无所谓而不是无所畏惧的时候,人们将拿什么来拯救他的人生。

　　想要安放心灵,就要先为自己的心灵寻找一个可以安放的场所。它不一定宽广,但对你来说一定很温暖;它不一定厚实,但对你来说一定很坚固;它不一定热闹,但对你来说一定很舒心;它不一定奢华,但对你来说一定很幸福。这个空间专门为你的心灵而设。你可以把你的秘密、你的烦恼、你的悲伤、你的愿望都放到这里。它会守住你的秘密,赶走你的烦恼,抚平你的悲伤,让你的愿望生根发芽。这个地方只属于你自己,你不用担心有人抢走和干扰它。

在这个地方,兴趣爱好是点缀你心灵的满天繁星,你的点滴成长是记录你心灵的相片日志。当你用心营造这个只属于你的天空,你会发现生活变得丰富多彩。因为你拥有自己的心灵家园,你的心将不再落寞空虚,你也不再像忍受风吹雨打的孤零秋叶不安地飘摇。你会发现,外界的纷纷扰扰与你无关。你会发现,自己的点滴进步让你欣喜若狂。

每个心灵都会记住自己的成长过程。可能我们很多人都不太留意自己的心灵成长过程。当你忽略它的时候,其实它一直伴随着我们。它在感受着我们的爱与恨、欢与忧、喜与悲、真与假。只有当我们的心灵受到了伤害,我们才把感受到的一切呈现出来,认真地加以对待。这个道理就像我们做错了事情,只有当不希望出现的结果呈现在我们面前的时候,我们才开始回忆发生整个事情的过程。

其实,用心感受自己的心就会知道自己真正需要什么。有时候,取舍会让人痛苦。当真正需要作出改变的时候,心灵会告诉你应该怎样去做。你用心了,你的世界就会维护你的存在,你就会感到心灵有所依靠和慰藉。安放心灵就是为你的心灵找寻一个能够继续存在的理由。

有很多心灵容易被走进,有很多心灵能够感染他人,有很多伟大的心灵让人敬畏,也有很多高尚的心灵让人的灵魂平凡而伟大。能够感动他人的心灵,这个人的心也经常被感动;能够走进他人的心灵,这个人的心也一直渴望被理解;能够让人感到高尚,这个人的心期待着能够结交一个同样高尚的心灵。

结交一颗志同道合的心属于可遇而不可求的幸运。当你发现了一颗可以生死相依的心,你会用心守护。你的热情和爱会让同样的两颗心心心相印。心灵在这个时刻冲淡了时间和距离,让你感受生命的美好。

　　友谊会有生命,心灵的交往也有时间的长短和距离的远近。安放心灵在你的心灵受到另一颗心灵伤害的时候尤为重要。在安放你心灵的空间,你会让熟悉的氛围和感觉温暖着你。你能用自己的所长和思考进行力所能及地安排。没有人能够干涉你的做法,没有人嘲弄你的情感,你的心灵在慢慢地缓解和释放中弥合伤痛。

　　人生道路充满着波折。想要保持一颗完整而健康、真诚而高尚的心灵越来越难。越来越多的心灵"无家可归"。如果说要拯救一个误入迷途的人,还是首先从拯救他的心灵开始吧。要想拯救他的心灵,先要为他找寻一个可以安放心灵的"家园"。

不忘初心

如果说一个人活一辈子能够随遇而安,那么他肯定是做到了不忘初心。不忘初心是一种人生感悟,是一种生活态度,是一种选择和坚守。

北宋张载曾说:"为天地立心,为生民立命,为往圣继绝学,为万世开太平。"这句话可以翻译成:为社会确立精神价值,为民众指明生命意义,为前圣继承已绝学统,为万世开辟太平基业。他从精神价值、生命意义、继承学统、社会理想四个方面概括了自己一生的理想和抱负,对古今仁人志士产生了很大的精神指引和激励作用。

这是一种很高远的生命追求和人生境界。"为天地立心"就是要为社会确立某种精神价值,那么自己首先要有明确的精神追求和价值判断,并且这种精神追求和价值判断要能够成为社会的精神指引和价值共识;"为生民立命"就是要为民众指明生命意义,那么自己首先要弄明白生命意义是什么;"为往圣继绝学"是关于个人志向的问题,所谓人各有志;"为万世开太平"是普天之下老百姓最朴素的社会理想。然而要真正做到其中一个方面都很难,如果把四个方面都做好,那就达到了圣人的境界。

每一个人或多或少或浅或深,都对这四个方面有所思考。有些人会对其中的某一方面深有感悟。例如英国罗素曾说:"对爱情的渴望,对知识的追求,对人类苦难不可遏制的同情心,这三种纯洁但无比强烈的激情支配着我的一生。"这说明他以"为往圣继绝学"和"为生民立命"为己任。这就是初心。初心是一种人生志向,其建立在一定的人生感悟之上。当用一种生活态度来表达,用一种行动选择来坚守,用一种精神境界来指引,就可以说是不忘初心。

对我而言,我一直在通过求学寻找自己的生命意义和人生价值。自己为什么要活?怎样才能活出意义?人生有没有价值?如何才能找到人生价值?这些问题源自我内心的困惑,可以说是我的初心。只不过这种初心是以一种未解的方式存在。随着求学的深入,往圣绝学解开了我的困惑,让我对自己的人生有了一个全新的认识。而这一认识并没有因此中断,而是不断地深入,最终以一种不可遏制的求知欲想要"为往圣继绝学"。我的初心经历了一个由隐到显、由自在到自为的过程。

孔子说:"三十而立。"对于到了三十岁还在继续为求学而忙碌的人来说,心中不免有些疲倦。而立之年,要立什么?已经立了什么?如果对这些问题没有一个明确的认识和回答,几十年的求学生涯就只能是一场没有目的的远航。恰恰是在对这些问题的追问中,我才发现自己所立并非事业和婚姻而是学业。学业尚未全立,只立了基础,尚待更加努力,自然没有精力顾及其他。那么我的初心是什么?是"为万世开太平""为往圣继绝学"?或"为生民立命"还是"为天地立心"?我现在还不敢妄加言语。我只能做好自己应该做好的事情。或许在这个过程中,我已经体会到了更高的人生境界,也更加明白我的初心到底是什么?这便是我的不忘初心。

心中的家

　　人到三十而立,越发想要建立一个家。

　　虽然不知道这个家将会是什么样子,心中也会无限憧憬。每当想起父母含辛茹苦为自己建立一个家,就会有各种心绪四处迸发。这个家就是用心中的牵肠挂肚让我珍惜生活的点点滴滴。于是,我也想要一个家。

　　我想拥有一个什么样的家,这直接源于我对家的感受和理解。家时常让我感受到温暖,因为家里有父母对孩子的宽容。家时常让我备受感动,因为家中的父母对子女总是无私地关怀。家总是让我牵肠挂肚,因为家里的父母是心中最近的亲人。家又无时无刻不在激励我奋发上进,因为心中的责任感就是生活的坐标,为我指引方向,这就是成熟。

　　我应当发自肺腑地感谢我的父母。他们日复一日地忙碌奔波,努力为我建立一个完整的家。当这个家深深扎根我的灵魂,我只能诚惶诚恐地接受来自父母的这份永不消逝的爱。岁月催人老。父母的爱经过时间的洗涤变成了我们对父母的爱。这些爱的表现中最重要的就是为自己找一个人生伴侣,组建一个新的家庭。让这个新家延续父母对我们的爱,也让这个新家承载我们对父母的爱。这就是我心中的家。

人生不易。这个家让我们在感受世间百态的同时抚平我们内心的沧桑。这时,家就成了心灵的港湾。在属于我们的这片小天地里,家让我们感悟生活百态,思考人生意义,探寻心灵共鸣。

这个家是我们生活的舞台。在这里,我们会拥有属于自己的生活方式。让写作和绘画成为一种生活方式,让欣赏和感动成为一种生活情趣。我们会过得平淡而真实。

"女有家,男有室,无相渎也。"如果说人生是一种漂流,那么家是什么呢?我们可以漂过岁月之河,那是因为有家相伴。你说得好,"人生,也不过是在路途中,寻找,然后相伴……"我的内心总是充满各种感动,那是因为有你相伴,纵是千百年的轮回辗转,也能解我这一刻的心愿。

"樱枝纠缠,莲花蔓延。"或许,这就是宿命。即使羁绊,终生无悔。我把与你共同呵护的家当成了人生最重要的那道风景,愿与你不离不弃,相伴终生。你可否知道倦鸟思巢,落叶归根。家是游子梦魂萦绕的永远的岸。你可否知道,"渔灯暗,客梦回,一声声滴人心碎。孤舟五更家万里,是离人几行情泪"。你可否知道家就是你生命的印迹。不管岁月如何更迭,这个家都是你守望的归宿。家就是这样太过于平凡的一个存在,可以记录你生命中的酸甜苦辣咸。

心中有家,才会有家。让我们把家看成一粒种子,用心浇灌,让它生根发芽。让我们把家看成一棵大树,用心栽培,让它开花结果。既然家是我们心中永远抹不去的一丝丝情意,我们就要用心感悟。既然家是我们生命中最弥足珍贵的一幅幅画卷,我们就要亲手描绘。不管我们的人生将会面临怎样的风风雨雨,只要我们同舟共济就会不断迎来心灵的春天。

心灵的力量

　　心灵是支撑生命的力量。一个拥有强大的心灵力量的人让人心生敬畏。

　　我想探寻心灵的奥秘。霍金的心灵到底是怎样的广阔,《时间简史》是用一颗怎样的心灵寻找宇宙的未来;贝多芬的心灵到底有多么的深邃,《命运交响曲》震撼着世人心灵的同时,又诉说了一颗多么美丽的心灵。

　　或许我们早已忘记了张海迪,海伦·凯勒也不再是我们的话题。面对生活的许多困惑,我们是否还有人生坐标。生活的诸多烦恼源于心灵的困惑。我是一个对生活迷茫的人吗？我看得清楚现实的生活和未来的希望吗？如果有人这样发问,思考有关这类问题,他正在探寻心灵的奥秘。

　　我时常在想,挪威作家乔斯坦·贾德创作的《苏菲的世界》为什么能够吸引那么多的心灵。一个小女孩对这个世界发问却不茫然,真诚而执着,让人心生感动。苏菲的心灵是强大的。她的心灵已经强大到了可以把瘦弱的身躯与广袤的宇宙连接在一起。

　　一个探寻心灵奥秘的人可能内心会很痛苦,这样的尝试却很有意义。难以忘怀史铁生的《我与地坛》,地坛里面装着他的痛苦,也装着他的心灵。他是幸福的。多少身躯健全的人茫然行走在地坛中。史铁生倚着轮椅,《想念地坛》《我的遥远的清平湾》《病隙碎笔》《灵魂的事》《务虚笔记》等信笔而生。这是痛苦的思考,这是心灵的杰作。

　　强大的心灵需要信念的支撑。为信念而活是一件幸福的事情。为信念而活,需要一颗强大的心灵。当心灵为信念而生,信念为心灵所动,人生路上还会有几多坎坷、几多磨难。《甘地传》这部影片将长久地停留在我的脑海。人们看到的是甘地通过非暴力不合作运动争取到了国家的独立和人民的景仰,我却被他强大的内心世界所折服膜拜。

　　拥有这种信仰需要勇气。影片《阿甘正传》为我们展示了另一种心灵的力量。阿甘执着地做着每一件事情,一次次地在平凡中创造奇迹。只有强大的心灵才会对他说:生活就是一盒巧克力,你永远不知道下一颗是什么味道。心灵只有这样才能更加美好。

　　我们都需要一颗强大的心灵,这样的心灵通向高尚。作为一种信念,柳鲍娃·奇莫菲耶夫娜对卓雅和舒拉的一句话已经铭刻在心:"我们不一定能够成为伟大的人,但我们都可以成为一个高尚的人。"我喜欢做志愿者工作,只有在参加各种社会公益活动中,我才能更加真切地感受心灵的美好和生活的美丽,我的生命才会更加完整。

　　寻找心灵的力量是一个意味悠长的命题。当这个命题被抛出来的时候,心灵应当得到关注。不管是"心灵鸡汤"还是毕淑敏的《心灵处方》,今天你关注你的心灵了吗? 你的心灵还有力量吗?

心灵后花园

　　我的心灵深处有一个后花园,这里保存着我最隐秘、最难以捉摸的心情。

　　在我失意的时候,这里就是我心灵停靠的港湾。我拿什么来安慰一下自己呢。信手拈来一本书,随便看看,压抑的心灵就在这个过程中得到了舒缓。我喜欢看名人散文,他们把自己的心路历程随手记录下来,这就是对自己、对生活的热爱。我不也一样喜欢记录自己的心情吗?用文字来疗伤确实是一种办法。没有文学对我生命的支撑,很难想象我这么多年是怎样往下熬的。这样说来,我的心灵后花园就建立在我的文学作品之上。

　　听音乐是调节心情的好办法。在我心情不振的时候,听听自己喜欢的音乐,真是一种美好的享受。我大概是因为喜欢唱歌,才喜欢上听音乐吧。我喜欢富有激情的高亢音乐,所以张雨生是我最喜爱的男歌手。从高中开始一直到现在,他的歌曲总是激励着我。我就是"一天到晚游泳的鱼",从来不想回过头来看看自己糟糕的人生。正是"我的未来不是梦",让我甘愿流着眼泪和汗水默默辛苦地工作。那就在心灵疲倦的时候,来音乐后花园追求一下可以用来疗伤的温柔吧。

我还喜欢把时间"浪费"在看电影上面。电影里有我想要的生活。或许,这样的表达看着就很愚蠢。难道现实中就没有我想要的生活吗?在现实生活中,我确实很努力地活着,用做出来的成绩证明自己存在的价值。可是,我知道我还是活得不开心。看着电影里演绎的生活,我的心灵就慢慢地放松下来了。我在现实生活当中过得不太理想,那就在电影里憧憬理想的生活吧。这也是一种很无奈的浪漫表达。我的心灵后花园从来就不能缺少电影的色彩。

那些年,曾在一起同窗苦读的好友,你们现在都还好吗?曾在一起随意地谈天论地,也是一段难忘的人生经历。虽然我不清楚你们现在过得是否都好,可我老是怀念用书生意气"指点江山"的岁月。我喜欢简简单单的校园生活,那是因为有你们留下过求学的痕迹。随着那伤感的毕业之幕徐徐拉开,我就把你们都放到了我心灵的后花园里面。在我孤独寂寞的时候,想起你们也在勇敢地活着,内心深处就会泛起一阵阵的温暖。

这些年,除了亲情,就是这些在支撑着我的生命。让我有些失落的是,我的学业不在我的心灵后花园里面。我确实在学业上面耗费了主要精力,以至于除了写论文,我都不知道还能再干些什么。我很清楚,自己不是撰写论文的机器,也不是特别擅长,还乐此不疲地为之忙碌着。我不会为了所谓的学术名声到处奔波,也不会刻意迎合功利的评价体系。然而学业对我而言,确实就是生命的战场。我只有硬着头皮在这里进行无情的厮杀,直到灵魂疲惫不堪的时候,解甲归田到心灵的后花园。

这是一种难言的无奈。还好我的心灵后花园接受着我的无奈。在这里,我可以痛苦而快乐地活着……

走向圣人之心

老子曰："圣人无常心，以百姓心为心。"百姓在教师心中即为学生，教育的最终目的是让学生走向圣人之心。

老子说的"圣人"是得"道"之人，按"道"治国之人。老子说的圣人之道是：善者吾善之，不善者吾亦善之，德善。信者吾信之，不信者吾亦信之，德信。圣人在天下歙歙焉，为天下浑其心。百姓皆注其耳目，圣人皆孩之。

在教育管理的过程中，教育者有时候会执着于一个观念和意志。当这个观念和意志与身边的教师或学生不相同时，就觉得别人错了，自己是对的。可是别人并不会改变他的观念意志，也不接受我的观念意志，于是就产生矛盾和困惑，甚至感到痛苦，这都是由"我执"造成的。在这种情况下，也许只要我们自己改变一下自己的"心"，改变一下自己的观念意志，把不同的观念意志当作善，以善对善、以善对不善而非以不善对善，才会在认识上豁然开朗。

"凡夫转境不转心，圣人转心不转境。"对待教育过程中的"善者"和"不善者"，是以善对善，不善对不善，还是以善对善，以善对不善至关重要。教育者在教育过程中采取一种无差别的教育态度即后者，这是包容慈爱的表现，也是教育者转心不转境的圣人境界。

《辩问》载"俗所谓圣人者，皆治世之圣人，非得道之圣人。得道之圣人，则黄老是也。治世之圣人，则周孔是也"。孔子说的"圣人"和老子说的"圣人"有所不同。孔子说的"圣人"是具备仁义礼智之人。孟子曾详细进行说明："人皆有不忍人之心……无恻隐之心，非人也；无羞恶之心，非人也；无辞让之心，非人也；无是非之心，非人也。恻隐之心，仁之端也；羞恶之心，义之端也；辞让之心，礼之端也；是非之心，智之端也。人之有是四端也，犹其有四体也。"

老子主张，"圣人"的人生态度是"歙歙焉"，即本性收敛谨慎，目的是使天下所有人都回归到纯朴的"道"上。当今社会，这时刻警示我们不要动用心机算计别人，不要贪权逐利侵略别人。孔子主张，"导之以政，齐之以刑，民免而无耻；导之以德，齐之以礼，有耻且格"。只有用德治和礼治才能进行教化。

不管是"内圣"还是"外王"，都需要教育者具有良知。王阳明曾说："心之良知是谓圣。圣人之学，惟是致此良知而已。"良知即圣人之心。教育者首先具有良知才能教育学生具有圣人之心。所谓"无善无恶心之体，有善有恶意之动。知善知恶是良知，为善去恶是格物"。良知之心，首先要知善知恶，知道什么是对的，什么是错的，应当去做什么，不应当去做什么。其次，良知之心要善待众生。教育者对待学生要采取"德善"和"德信"的态度，最起码也要采取德治和礼治的方法，而不是行政打压或体罚惩治。

"己所不欲，勿施于人。"教育的作用过程，一是从自觉到觉醒他，二是从自立到助立人。真正的教育是"发现、给机会",最好的教育是"不教育"。教育的目的是要培养学生成为一个"饱满人",即一个全面发展的人。具体来讲,体现为知识就是力量到知识化成智慧的一个过程。这个"转识成智"的过程更需要自我的智慧和自我的教育。

教育与修心相通。"过去心不可得,现在心不可得,未来心不可得。"所以圣人才转心不转境,圣人才以百姓心为心。只有走向圣人之心才能彰显出教育的意义和生命的价值。

通往心灵的城堡

住在一个城堡的时间久了，就会心生厌倦。

每天睁开眼睛，映入脑海的第一件事情就是发现自己还活着。伸开手掌，发现五指健全。照照镜子，发现模样依旧。迅速地拉开窗帘，外面的世界并没有因此而发生什么改变。一种突如其来的感觉涌上心头，然后我一次又一次地叩问心灵："我在哪里？"

我就住在这个城堡里。对于这个事实我很确信。但是我又不知道我在哪里，因为周围的一切是如此熟悉，熟悉得有些陌生。我在洗脸吗？为什么我要洗脸。我在吃饭，难道我饿了吗？我就住在这里，这是我的城堡吗？

每次醒来，都要面对同样的问题。是这样的生活让我感到厌倦吗？好像到目前为止，我也没有什么损失。但是为什么我会有种失落的感觉？可能是怕这种一成不变的生活方式永远没有尽头吧。要不出去走走，看看外面的世界。

走到城堡的大门口，心中又有些难舍。犹豫了半天，最后我还是走了出去。很快一种自由愉悦的感觉让整个人都欣喜若狂,我又快乐起来了。只见树叶轻轻地在舞,在斑驳陆离的间隙,阳光舒缓地洒在草地上。虽然我还记得自己忘记和城堡挥手告别了,但是不一会儿,我就把这件事忘记在脑后了。

不知道走了多久,我发现另一个城堡。这个城堡有些奇怪,人们神色慌张,走起路来匆匆忙忙。本来我还想问问这是哪里。只见每一个人都表情凝重,沉默不语。顿时,我的内心有些胆怯。

城堡的门口散落了一些五光十色的面具。每一个面具都经过精心打造,显得光彩夺目,只见要进城堡的人都要捡一副面具戴上方能入城。人们在挑挑拣拣,不时地选择一副面具试戴。我感到好奇,为什么非要戴上面具才能入城呢?

我在犹豫自己要不要进去。以前没有戴过面具的我,戴上面具会不会感到不舒服。先戴上试试看吧。我选了一副超级可爱的面具,戴上以后来到了戴面具的王国。人们都在忙忙碌碌,感觉好充实的样子。这与我以前生活的城堡截然不同。我突然有一种想要融入他们生活的感觉。

我在城堡里找了一份工作。这份工作跟我戴的面具很和谐。我专门吹肥皂泡。我必须一刻不停地专注于吹肥皂泡。这对于我来说是一件神圣的事情。因为肥皂泡虽然很轻,也很容易破碎,但正因为如此,它才能飞向蓝天。我认为自己在制造梦想,肥皂泡就是五彩斑斓的梦想。

可惜我看不到他人欣赏漫天飞舞的肥皂泡的表情,大家都戴着面具。我多想看到大家欢乐的表情啊!突然我恨起面具来了,我要摘下自己戴的面具。可是我一旦摘下这个面具,我就不能住在这个城堡了。我在痛苦中挣扎着。

　　我又一次不能忍受了。我疯了似的逃离了这座城堡，又踏上了人生的旅途。我到底想要什么？我一次又一次地问着自己。在问我自己的过程中，我感到胆战心惊。我怕自己不知道自己到底想要什么。或许这就是我逃离自己城堡的原因吧。

重视心灵的习惯

在日常生活中,我们比较关注自己的生活习惯,但可能很多人都不太关注自己心灵的习惯。如果"播种一种行为,收获一种习惯;播种一种习惯,收获一种性格;播种一种性格,收获一种命运"这句印度谚语有道理的话,那么我们的日常生活习惯就来自我们的心灵习惯。它左右了我们的日常行为与观念,预设了我们的生活思维与情感。因此,有必要开始重视心灵习惯的养成和改造。

每个人心灵的习惯千差万别,就像在你面前展开了一幅千姿百态的内心世界的画卷一样。正是因为每个人心灵的习惯不同,所以人们表达的生活感受和思想见识等就有所不同。在人们中间盛行的各种舆论和行为习惯都可以看成由各自心灵的习惯表达出来的人生姿态。于是,心灵的习惯似乎就成为每个人情感的基石、行动的指南和信仰的源泉。

其实,每个人都在遵循自己心灵的习惯,可能是有意识地强化,也可能是无意识地服从。不管是以哪种方式对接心灵与生活,都必须意识到心灵的习惯具有封闭性。形成心灵的习惯,就意味着心灵的一种安适。这种安适,会让心灵只在已经习惯了的空间驻扎,从而无形中把心灵的空间领域封锁住,排斥了其他可能性的尝试。心灵的习惯具有封闭性,有很多好处。比如,稳定的心灵状态可以让人减少焦虑,尤其是在日新月异的现代社会里;心灵的封闭状态也有助于个体寻找自我认同感,从而帮助个体树立自信心。

每一枚硬币都有两面。心灵的习惯具有封闭性也给个体带来了无尽的烦恼和痛苦。比如,稳定的心灵状态就很排斥心灵的各种可能性尝试。当你突然发现可以用一种更好的方式生活,这时的你要转变思维的定式,情感上就要费一番周折。这是因为先前的生活已经让你的心灵习惯了那样一种状态。再比如,心灵的封闭状态就容易让你缺乏对自己心灵的拷问和反思。当你认为自己的想法"天经地义"或"无可厚非"时,其实是你在认同自己心灵的习惯。不管是对还是错,你都在遵循它。于是,很多人就缺乏对自己灵魂的拷问或心灵的反思。

重视心灵的习惯就是因为生活中有很多人不重视对自己的心灵进行反思。他们都很"自爱",都非常在乎自己的内心感受,于是就长时间地遨游在自己的内心世界里,循着心灵的习惯生活。他们不明白也不知道的是,其实心灵并非一成不变,而是在不断成长的。生活中的经历会投射到心灵的世界。心灵就在不断地反思中"守旧"或"革新",以此来权衡利弊得失。好的心灵的习惯就是心灵能够在稳定性与尝试性中找到可能的安适空间。表现在行动上,就是生活中的行为和习惯既非一成不变,也不是古怪离奇,而是具有规律性。这就是"从心所欲而不逾矩"的生活境界。这才是真正地爱自己。

我们正处在思想开放和自由的时代,势必造成多元思想的共存和发展。

在这样的一个大环境里,每个人都是从最基本的人的生存和发展出发,在努力肯定自己并实现人生的价值,从而赢得社会的尊重。这就要求每个人心灵的习惯与其他人心灵的习惯在生活中能够达成一定程度的契合。这就要求每个人重视自己心灵的习惯。一个好的心灵习惯的养成会助成一段精彩的人生。

公益时代的
爱心景象

　　我们生活在公益时代,有幸感受着公益时代的社会福利。所谓公益是指有关社会公众的福祉和利益。更广泛地讲,一切对社会有益的事都可称之为公益。公益时代最显著的特点是社会公益组织的产生、社会公益活动的兴起和社会公益心态的普遍化。随之而来的是,那些以社会公益事业为主要追求目标的非政府非营利性社会组织和个人,自愿通过行善举和做好事为社会提供力所能及的帮助。

　　公益的本质是爱心的体现。爱是人类最本质的情感。人类需要爱的滋养,就像花草需要雨露滋润一样。从我们存在的那一刻起,爱就如影随形,伴随着我们一生。我们的生活、成长和幸福都离不开爱的呵护。同样,我们也需要把爱心传递给其他人。公益活动就是我们传递爱心的一种表达途径。其向我们阐释了一个道理:爱的问题不仅是一个对象问题,而且是一个能力问题。这是弗洛姆在《爱的艺术》一书中反复强调的观点。

　　公益活动中的爱不是父母对子女的爱,因为这是一种本能的爱,这种爱仅仅关注爱的对象问题;公益活动中的爱不是朋友之间的爱,因为这是一种伴随我们成长的爱,这种爱只适用于情投意合或志同道合的朋友;公益活动中的爱不是恋人之间的爱,因为这是一种通过一生而得以培养的爱,这种爱有着鲜明的时空和对象限制。公益活动中的爱是一种能充分体现爱的能力的爱,我们之间可以没有亲情、友情和爱情关系,但是我会通过行善举和做好事帮助你。这说明,公益活动中的爱已经超越了爱的对象问题。行善之人正在用爱的能力关心他人。

我在大学阶段开始接触公益活动。通过参加全国大学生支农支教志愿者活动,我明白了志愿者是在为社会无私奉献的过程中实现自己的人生价值。之后,我参与了台湾慈济上海组织的义工活动、杭州生态文化协会活动和上海市的各类志愿活动。这让我知道,我在进行一些充满爱心并对他人有益、平凡但不平庸、力所能及但没有负担、对人生有意义和有价值的选择。我在这一过程中得以成长为这样的一个个体:有能力爱其他人的普通人。

我同样也得到了这类人的爱。求学阶段,许多老师都关心我的生活,学校里的后勤员工也力所能及地帮助我,这让我很是感动。学校里会有一些奖助学金资助品学兼优却家庭困难的学生。正是靠着这些奖学金、助学金,还有课外的勤工俭学、家教和兼职上课,我才能独立解决高中、本科、硕士和博士阶段的学费和生活费用。而很多奖学金和助学金就是社会上有爱心的人们专门为我们这些贫困生设立的。例如,台湾慈济在上海大学设立了助学金,校友姜见在上海大学社会科学学院设立了"社科之星"奖学金。作为受资助的学生,我感谢他们对我们这些陌生的普通人的生存和发展的关爱。

正是他们的行善义举描绘出一幅幅公益时代的爱心画卷,使得爱成为这个时代的显著标志。通过对陌生的普通人的关爱,公益活动中的爱使得行善之人有能力帮助他人,也使得被帮助者在被爱的过程中培养自己爱的能力。这样人生才会像蜡烛那样在照亮他人的过程中照亮自己,公益活动中的行善之人就是这类人。他们无私地奉献自己的爱心,通过各类公益活动,正在绘制公益时代的爱心景象。

化作眼泪的
心情随笔

　　我一出门,灰蒙蒙天飘着的雨就打湿了我的心。几次,眼泪欲夺眶而出。走在路上,感受与我有着同样心情的天,它用雨水化作眼泪宣泄了自己的苦楚。而我呢?

　　世间就有这么一类人,他们追求高品位的人生,在平静的生活中安分守己地做着自己应该做的事情。他们不喜言谈,在生活中,从来都是小心翼翼地表达着自己的思想。然而,他们却又很是健谈,在演讲课上,总能被他们清晰的逻辑、精致的语言、精彩的内容吸引,并能深受启发。在辩论赛上,雄辩的口才、渊博的知识、敏捷的思维,他们往往也会一展身手;他们认真做事,对每件事,从来都是刻不容缓地认真完成任务。然而,他们往往很不得志。在职场上看不到他们的身影。在奖励簿上,没有他们的名字。他们生活俭朴,对待生活,从来都是一心一意地品味着个中的百味。然而,他们却自在地生活,认真地生活在自我的空间,享受和感悟着生活的美好及生命里值得珍惜的美丽。面对物欲横流,他们有自己的想法。物质财富并不能代

表一切,往往在他们心中,分量是很小的。对待享乐主义,他们极力反对,享受生活的乐趣并不意味着为了享乐而享乐。一切在自然中享乐,在享乐中感受超然;他们生活很累,面对生活,从来都是敏感执着地探寻着自己的人生轨迹,然而他们却默默而坚定地走着这条人生之路。面对喜悦,他们懂得和自己的亲朋好友一起分享;面对失意,他们独自伤神,自我排遣。

这类人生活得很矛盾,也很累。他们不是不愿意公开表达自己的想法,只是怕别人不理解他们的想法,不能体会他们的生活感受,不能明白他们的话语。因为人言可畏,众口铄金下再以讹传讹,只会造成更大的不理解。然而,他们却喜欢在正式的公开场合表达自己的想法,因为他们知道,这种场合预设了公众对他们的客观评价和接受的大环境。在这种场合下,公众给他们表现自己、表达意愿的机会。因此,公众会卸下平日的伪装和有色的眼镜,用一种欣赏的眼光看待他们,这时的他们才能真正完全地表达自己的思想;他们做事过于认真,而认真的另一个代名词就是太过于表现。他们做得对了,有些人会说他们是出于表现自己而把事情做好;他们做错了,有些人会一致把枪口指向他们,说不会做事,还想表现自己;他们懂得把喜悦分享给周围的人,但是有些人会以为他们是在炫耀,炫耀自己的成绩。他们懂得把失意小心翼翼地藏在内心深处,不让爱他们的人知道。因为他们不想让关心他们的人担心,然而不懂得他们心情的一些人会以为他们不懂得与人沟通,对人不放心,不愿向别人倾诉心里话;虽然经历了太多的遭遇与苦楚,他们还是努力而认真地寻找着属于自己的希望和快乐。他们会珍惜生活中难得的快乐,哪怕是他人在不经意间的举动,也会在他们心中久久地驻足,荡起阵阵涟漪,让他们一直感动。所以,他们总是具有很强的责任心,他们一直在感恩,感谢帮助过他们的人,感谢生活中能带给他们欣慰的快乐,因为脆弱而敏感的他们需要这份快乐。

　　而我就是他们的生活原型。

　　愿以此文化作我的眼泪,抚平我心中的苦楚,也抚平像我一样的他们的心中苦楚。

反思人生

 认 同

　　我们都在生活中不断地认同自己，也在认同别人。一般而言，想要别人认同自己比较困难，自己也很难做到轻易地认同别人。在认同与被认同的过程中，我们总能发现一些闪闪发光的东西。这些东西可能在自己身上，也可能在别人身上。正是这些东西让我们之间的交流变得容易，也让我们更加快乐地生活。

　　每次回老家与老同学相聚，我总会有这种感受。在彼此谈论近况的时候，一定会说起以前在一起的往事。因为共同的生活经历，一下子就把我们之间的距离拉得很近。虽然时过境迁，我们都已经回不到过去，可是过去的一切在现在看来总是很美好，很让人难忘。这就是一种认同。这种认同是对家乡的眷恋，是对青春的纪念，是对友谊的珍重……

　　回到学校，身边的同学总能激励自己用心学习。很多人都放弃了工作，重新回到学校读书。我想，如果这种生活方式没有吸引力的话，我们是不会做出这样的选择的。既然选择了读书，就会付出一定的代价。很多人的岁

数都大了,到了谈婚论嫁的年龄,但清贫的生活让这个想法暂时成为一种奢望。所以这个话题是我们怎么绕都绕不开的心结。

这样的心结我们还有很多。因为我们有共同的生活方式,都在不停地思考人生,所以我们的距离就很近。这种近,不是因为所学专业,也不是因为共同的成长经历,而是一种认同,对选择的认同,对生活方式的认同,对思想的认同,对自己的认同……

我们不仅在认同身边的人和身边的环境,我们还在试图认同未知的生活。昨天的奋斗和今天的努力都是为了明天的可能。那明天的可能在哪里?答案就在我们对明天的认同里。我们一定都认为明天会比今天要更好一些。这不仅是因为昨天已经逝去,今天为了明天,更是因为明天我们将认同我们的昨天和今天。不管昨天是否悲伤,还是今天正在懊恼,到了明天我们就会对昨天和今天释然。我们已经认同了自己,包括自己的昨天和今天。

所以认同自己往往很容易,那认同自己岂不是成了放纵自己吗?有时候就会出现这样的情况。还记得希腊神话里的Narcissus①吗?他爱上了一个他不知道的他。他太爱自己了,以至于把全部的情感都投注到了自己身上。我们很多人都能从这种对自己的认同方式中找到一些影子。我们的交流为什么越来越少了?我们的关系为什么逐渐地疏远了?我们的生活圈子为什么越来越小了?我们每个人为什么越来越孤独了……

我们也在寻求认同,只不过我们都在认同自己身上闪闪发光的东西,而不是别人身上的闪光点。有时候我们还会异想天开地认为自己身上的闪光点更亮、更有魅力。极端的情况是只认同自己,而没有别人。于是一个人生

---

① Narcissus(那喀索斯),源自希腊神话,是河神刻菲索斯与水泽神女利里俄珀的儿子;也有水仙花、自恋者的意思。

活在自己的世界里。这是很多人的生活常态。

我不太愿意过这样的生活,不过我发现自己具有过这种生活的倾向。这让我很苦恼。于是,与人交流就成为我的生活中极为重要的事情。在与同学的交流中,我开始认同他们。这个过程是双向的。我想对于他们而言,也会是这样的。于是交流成了一种有意思的认同方式。交流得越多,就越容易得到认同,也越容易产生认同感。

这样,我们就慢慢地发现了,认同别人就是认同自己。昨天别人身上的闪光点可能就是今天自己身上的闪光点。今天自己身上的闪光点可能就会成为明天别人身上的闪光点。这样的认同方式让我们彼此都变得闪闪发光。然而这样的认同已经不再是 Narcissus 的认同了。希腊神话里的 Narcissus 是过去的我们。而现在的我们都是 Echo①。在对生活的回应中,我们已经准备好了要过幸福的生活。

————————————

① Echo(艾柯),是希腊神话中的一个山林女神。在希腊神话中,有一次宙斯与神女们去山林游玩,嫉妒的赫拉赶来寻找。Echo 便缠住赫拉与她不停地说话,让神女们有了逃跑的时间。为此,赫拉惩罚她失去了正常的说话能力,只能重复别人说的最后几个字。这就是 Echo 后来成为"回声"的由来。

认识自己

　　我必须认清我自己。这绝不仅仅是一项任务,这是我对我的一种责任。它包括认识我的生活和生活的我,而生活的我是我的生活的意义。

　　直到最近我才越来越清楚地认识到发现自己、认识自己的重要性。这种模糊的认识轮廓逐渐变得清晰。自我是我生存的意义、活着的价值,也是社会的需要。

　　自我的认识是一个渐进的过程。每个人都拥有自己对自己的感觉和自己对生活的感受。我对我的感觉或者情绪,来源于我对我自发的关爱,这种自在是人的生物本能的体现。我对生活的感受或者情感发源于我对生活的感悟或者说生活对我的影响,这种自由地追求生活是人的社会本性的表现。

　　我对我的认识容易被自我关注。而我对我的生活的认识刚开始只会隐藏在自我的潜意识里,它的显露是一个质量互变的过程。生活是真实的。真实的生活让每个自我都在真实地生活,这样自我就有机会认识我的生活和生活的我。生活永远只是人生的一个舞台,它不会主动为自我提供一个认识的目的,这个目的只能够由自我去找寻。于是生活变得丰富多彩,人生变得妙趣横生。

寻找生活的目的是一个发现自己、认识自己的过程。只有发现自己、认识自己,我们才能更好地生活。

我的生活为我提供了一个发现自我的舞台。刚开始,我仅仅是进行着我的生活。我纯粹地接受生活的馈赠,随着生活而生活。这时的我不是完全意义上的主体的我,我还没有意识到我应当对生活进行选择。这时的我是无意识的。

当有一天,我发现自己可以改变自我,选择环境,我的生活才意味着真正的开始,以前的生活铺垫了自我真实的生活道路。开始自我的人生,从选择自己的生活开始。这个选择是建立在我已经意识到了我的生活和生活的我的基础之上。

很多时候,我会听到许多抱怨的声音。选择自己的生活谈何容易,自己深受生活所困。我很理解这种埋怨,因为他们看到了生活的真实的一面。生活的真实在于它难以被改变。当一个人无法改善自己的生活,无法改变强大的现状时,往往容易悲观失落。慢慢地,他就丧失了选择生活的勇气,也变得安于现状了。

然而我的生活却告诉我一定要找到属于自己的生活。生活是围绕着我,我不是生活的配角。选择自己的生活就是我在找寻生活的意义。于是我努力地生活,为了更好地生活,因此生活对我来说很重要。

我的生活这样告诉了我:

它对我说,永远保持一种上进的生活姿态。生活是丰富多彩的,它是一个汇聚思想的宝库,只有用心生活的人才能够抓住它的无穷魅力。因为你努力生活过,所以你才会珍惜它。因为你努力生活过,所以你才更重视它。正因为你为生活花费了时间,才使你的生活变得如此重要。

它对我说,任何时候都要对自己进行深刻的反省。生活是变化多端的,它不会主动地适应任何人。不会生活的人在生活面前是被动的。只有通过反省,才能发现自己、认识自己,更好地生活。这是由被动生活转向主动生活的唯一途径。这个转变需要自我反思。反思意味着清醒地思考,它能让人看清前进的道路;反思意味着谦虚的态度,它能帮人顺利地抵达预设的彼岸。

它对我说,一定要找到适合自己发展的道路。虽然这个寻找需要一生来完成。每个人都在生活,不一定都能找到适合自己的生活路途。寻找适合自己的生活方式,适合自己发展的道路,首先要意识到自己真正需要什么;还要认识到怎样才能通达自己的理想,这是路径问题——找寻适合自己发展的道路。清晰的认识是制定正确规划的前提,而只有规划的适度才能通达完美的人生,过上美好的生活。

认识我的生活是为了生活的我能够更好地生活。

因此,我在不断地发现自己。发现面对生活,自己的生活意识很强烈,而生存意识不那么强烈。于是生存危机的意识促使我不断地学习。通过增加自己的文化知识,改变自己的生存现状;通过丰富自己的生活阅历,改善自己的生存质量。然而强烈的生活意识下,我对人对己都过于严苛,每天奔波于忙碌。思想上不怕人生的平凡,就怕生活的平庸。然而人生是需要不断地停下匆忙的脚步,通过欣赏路边的风景让心灵得到真正的放松。

因此,我在不断地认识自己,慢慢地尝试了解自己,把握自己才是真正地读懂了自己。知道自己性格的缺陷,能够读懂自己生活的处境,了解他人对自己的看法,明白自己的追求,能够适时发挥自己的优点。自己对自己进行一次解剖,这样的思考对我大有益处。它平息了我心中的杂念,也易于除净人性的丑恶,让人真正成为人,真正把人的思想和世界还给人自己。

因此,我在不断地塑造自己,做一个乐观的人,每天积极地生活,保持一种健康向上的心态。只有经过努力的生活,才能发现活着的意义。做一个谦虚的人,每天及时地反思自己,感悟生活,在反省中才可能有更好的进步;做一个明白的人,知道什么适合自己,什么不适合自己,也清楚自己该干什么,不该做什么,还看得清自己的发展道路和达到预设彼岸的道路。

生活的我才是我的生活的目的,也是生活本身的目的。一切都是为我而生活,而我却离不开生活。所以,生活中的我要能够读懂生活的意义。更为重要的是,读懂生活的意义是为了我更好地生活。

负痛前行

人一生下来就孤独吗？

从我们出生的那一刻起，周围就充满了欢声笑语。之后的童年总是在幻想中不经意间地悄然溜走。我们也许曾经无数次地抱怨：什么时候才能长大？能够像大人那样想干什么就干什么。长大以后，才发现自己想要回到童年，回到单纯而又温馨的童年。

大人的世界从一开始就充满了"痛苦"。大人要为子女忙碌，要为生计奔波，要为荣誉而战……大人要解决身边人的物质生活条件，要解决生活中的家庭亲情关系，要解决自身的精神健康问题……为了应付如此繁多的生存和生活问题，大人要整天忙于奔波。

小孩子只知道大人的"权力"很大，能够决定很多事情。他们不知道这样的"权力"与相应的责任是联系在一起的。小孩子一个人的时候，时常感到孤独。因为大人有自己的事情，谁能整天一直关心一个小孩子的世界，于是小孩子的生活从一开始就充满了孤独。

每个人都有自己的生活习惯,都有别人无法理解的生活。每个人也都有大人的一面和小孩子的一面。从小孩子成长为大人,就是从不被别人理解到寻求别人理解的一个过程。因为不被别人理解,所以会产生痛苦;因为需要别人理解,所以会产生希望。

在不被理解的人生旅途中,"痛苦"就像每个人的影子。人们越是"痛苦",越是想要摆脱"痛苦"。然而人真的能够摆脱"痛苦"吗?从我们出生的那一刻起,也许我们就是孤独的,孤独是不被理解的根源。

与孤独相伴,"痛苦"才是我们生活的常态。于是,有些人以苦为乐,有些人苦中作乐……如何处理生活中的痛苦,就彰显了人们不一样的生活境界。既然每个人都在负痛前行,那么每个人都要解决生活中的"痛苦"。

这样说来,"痛苦"是人们生活中的动力。不管是它让人高尚,或让人卑贱,"痛苦"都在支撑人们的生活。正是因为人们"痛苦",所以才能不断地思考:我为什么这么"痛苦"?没有了"痛苦",也就没有幸福可言。

难道幸福不是建立在对"痛苦"拥有深刻感悟的基础之上?霍尔特说:"追求幸福,免不了要触摸痛苦。"我更欣赏帕斯卡尔的名言:"一个人的崇高源于认识到自己的痛苦。"这种痛苦与人生的命运紧密相连。

那么,人一生下来就"痛苦"吗?我不愿做否定的回答。这种"痛苦"在人的一生当中,时刻拷问人:为什么要活着?活着有什么意义?"痛苦"会以这样的形式伴随着我们一生。既然我们都要负痛前行,那么就以一颗赤子之心认真地对待吧。

浅谈自私

自私,这个我以前从没有认真思考过的话题,现在竟一直徘徊在我的内心深处。可能在生活中我从来就不缺乏对它的深刻感受,自然就掩藏了对它的理性思考。当我认真思考人生道路上的每一次选择,才发现没有多少冠冕堂皇的理由。如果说对自己的爱是做每一件事的出发点,那么这种爱就是自私的一种表现。这当然不是自恋,也不可能纯粹是自怜,而仅仅是一种本能。刚开始,可能是一种生物性的本能,随着社会化就生成为一种理性本能。

人们通常把自私解读为一种恶俗。如果不是恶俗的话,那也是一种耻于言表的想法或行为。因为人们自然能联想到,它会伤害别人。恐怕这是理想主义者的幻觉,或者人们意图要营造的理想主义幻想。我以前就是这样的心态。我一直想要刻意地远离它,结果发现了自己的荒谬。这种心态本身就是一种自私的表现,并且会直接导致不想看到的自私后果。因为自私本来就是一种再也正常不过的心态。如果是为了编造所谓的善与高尚,然后像驱逐恶与丑的行径一样避谈自私,那么只能陷入不能自拔的流俗。

我已经走过的人生道路,在很多人看来可能是一种成功。我只能一笑置之。这真的算不上成功,反而是一种失败。因为我牺牲了过另一种生活的可能性。正是这种可能性的丧失,让我不断地反省自己。直到今天,我甚至很懊恼。在学业上太过于自私了,就必然疏于爱情等很多方面的考虑。讲得直白一点儿,我想要在学业上建立自信心,就一定疲于对爱情的投入。久而久之,就会对谈恋爱缺乏自信,以至于爱情会成为心中早已渴求的伤痛。我想,很多人未必如此。然而,我也相信很多人会和我一样。

所以,自私对我来讲是一种爱恨相生的内心感受。一方面,我依恋着它。正是内心的追求促使自己不断地求知。在前进的过程中,我会不断地树立自信心,自然也会把这种自信心转化为内心的信仰。可是,确立了一种信仰就意味着另一种可能的信仰被边缘化。读书是自私的理性本能的一种表现,爱情却是自私的生物性本能的一种表现。当把精力过多地放在理性上,就会压抑感性的释放。时间一长,就不懂得如何合理地释放这种感性的本能冲动。然后,整个人就会处于压抑的处境,就会想方设法地逃避这种处境,甚至不相信爱情。可是,我真的能够逃避吗?最后的结果还是自己伤害自己。

另一方面,我痛恨着它。一个理想化的人挣扎在现实生活中,有时是很痛苦的。尤其是特别需要情感慰藉的时候,才发现自己竟然一无所获地忙碌着。我所说的一无所获不是所谓的名利和权势,而是回归本真的自我的一种心灵归属。这种渴求,曾一次次地被我的各种自私欲控制着。我不能说这是错的,因为我要融入现实生活。但是我想说我确实很累,因为即便是来自我的自私也会伤害到自己。虽然自私源自我对我的关爱。可以看出,自私本身就会演绎出许多悖论。从一个好的出发点不一定会走向好的结局，一个好的理由并不会必然证明有一个好的过程。何况在很多情况下，自私的出发点是建立在损人利己或损人不利己的情况中。

正是因为曾经被他人的自私或者自我的自私伤害到，我才对自私深有感触。感触不是理由，也不是行动。只有将这种感触内化为心灵的边界，以一种分离的姿态超越它，才有可能避免重蹈覆辙。这话说得有些抽象，却只能这么说。自私是每个人都无法摆脱的影子。所以我们没有必要刻意地逃避它。我们可以在现实生活中不断地重新获得对它的感受。这种感受是真实的。我们可以通过感受自私，调节我们的心境和行为。我不是一个布道者，我并不想说通过调节我们就会变成圣人，或者拥有圣人的心境。但是我们可以借此摆脱烦恼。一个自私的人会很容易明白别人对他的自私，一个自私的人也很容易明白自己的自私。当他一次次地伤害别人，或者被别人伤害，他就会对自己有另一种全新的看法。除非他是那种连自我都从不反思的人，或者他是那种太过于自我的人，那也就谈不上对自私的感受。因为他一直活在自我的自私中，他对自己具有封闭性的内在满足。只能说他的世界可能很精彩，别人可能无法欣赏。他也无法欣赏外面的世界，因为外面的世界更加精彩。

生活中充满着烦恼。每一种烦恼都源于一种自私。自私会带来恶，也会带来善。它只是描述人生存需要的一种内在话语。通过自私，能够看出人性的复杂。就像人们对待善恶一样。小悲悯只同情善人，大悲悯不但同情善人，而且也同情恶人。恶人和善人一样都是生活中的可怜之人。如果能够意识到这一点，那么也就能够理解自私和无私。自私和无私，与善和恶，并没有对应关系。自私可能带来善，无私可能带来恶。例如，爱情都是自私的,我们却觉得美好。再如,长辈对小辈的无私,可能就是溺爱,这也是一种恶。只不过人们通常会习惯性地不这样认为。从这一视角而言,如果在今后的生活中,能够对自私抱有一种平和的心态,才有可能活得心安理得。然而,这句话并非说自私可以成为一种被放纵的人生姿态。

最后,我们可以试想一个场景,如果世界上没有自私的人类,现在的地球会是一个什么样的情况。这当然不是在歌颂自私,而是对自私的一种审视。在今后的生活中,我还会遇到各种各样的烦心事,就像我将遇到形形色色的人。不管这是一种什么样的可能性,我都应当放平心态。这是一种即时的安慰,也是对未来的一种憧憬。因为明白了自私,我将以平和的心态应对之。

成长路上

题记：我以为我已经长大，结果发现自己还在成长的路上。成长路上有坎坷。经历过这些坎坷才会对生活有更多的认识和理解。

还没有进入寒冷的冬天，我就已经感受到了这个冬天的寒冷。走在路上，发现大多数人都把自己裹起来了。厚厚的外套下，人们都缩紧着脖子。而我在一件单薄的外套下，只有一件秋衣贴在身上。我感觉到丝丝寒风向我吹来，却一点儿也不介意它的寒冷。可能是内心的寒冷比外在的寒冷更冷，所以相比之下我竟然不觉得特别的冷。

这样导致的恶果是，我开始咳嗽。记得去年这个时候，我就没有咳过。从小体质不好，我一到冬天就开始咳嗽。家里人也没有什么办法，只是关照我多穿点儿衣服。来上海读书，我就意识到了这一点，所以从一开始，我就注意锻炼身体，并且注意饮食。同时我在其他方面也没有操太多的心思，精力比较集中，所以去年冬天就没有咳过。

今年还没有入冬，我的身体就有点儿吃不消了。除了平时的看书和写作，我还帮好几个老师干活。整天在上海市东跑西跑，迎着上海的寒风，耗散了许多精力。加上在自己身上发生的一些事情，折磨了我近一个月。不管是在身体上，还是在情感上，貌似都对我造成了一定的创伤。虽然不是想象中的那么严重，可还是对我的生活造成了不可忽视的影响。

还好学院许多老师很关心我，让我很受感动。L老师、S老师和C老师一直关心着我的个人问题。C老师、O老师和J老师等人都一直关心着我的学业问题。T老师、W老师和L老师等人一直关心着我的情感和生活问题。在L老师的大力帮助下，我在个人情感方面有了新的收获。可惜最近发生在我身上的一些事情，让L老师有些失望，我内心也一直很自责。不过最终的结果让我摆脱了心灵的阴影。虽然我感觉自己有些受伤害、有些失落，不过我还是很相信自己的实力。只能再继续奋斗了，有什么办法呢。

认识L同志可谓有缘，在这里要谢谢L老师。我一直认为，老师不仅在传道授业，更在解惑，尤其是我们这些大龄青年心灵上的迷惑。L老师在这一点上走进了我的内心，让我对她极为敬重。她不仅帮我厘清学业上的困惑，更帮我厘清人生道路上的困惑。她不嫌我的幼稚，不嫌我的稚嫩，耐心地开导我。因此在我的内心深处，我更倾向于把她作为我的家人，而不是老师。

因为发生了几件影响我生活的事情，所以我一直在调整自己的心态。在大是大非上，我做错过，也试图改正过。这是我再次来上海读书，遭遇的比较大的挫折。我只有不断地与自己斗争，与内心中的脆弱情感斗争，与内心中的创伤痛苦斗争，与内心中的失落失意斗争，与内心中的诸多压力斗争，与内心中的不成熟斗争，才能振作起来。这就是成长过程中的代价。不管我愿意或不愿意承受，我都必须接受这个现实。我也能坦然面对这个现实。接下来的事情就是如何提升自己了。

成长的困惑

面对长大成人的我,时常想起那本叫作《不能承受的生命之轻》的书。卡夫卡说,即使是最日常的生活也隐藏着让人无法容忍的困惑。米兰·昆德拉好像写出了我在日常生活中的真实感受。成长的过程充满困惑,生命如何将之承受。

需要了解生命,这是应该思考的问题。自我告白或许是一种比较理想的方式。很多人是通过写日记进行倾诉,有些人喜欢静静回忆的氛围,而我偏好读书写作。看书是一种告白,他人的言语是我内省的参照;写作也是一种告白,自己的话语就是人生的真实写照。

生命是用来消解的。我一直在困惑:成长带给我的困惑,生命带给我的困惑。我不知道应该拥有一种怎样的生活方式,或许从来就没有完美和理想。生命对于我来说,很多时候都是痛苦的。疲惫的心灵上面挂着沉重的生活负担,一直在容忍的生活方式让生命变得不堪重负。很多时候,都在想逃避,又无路可逃。想要振奋自己,勇往直前,却感到身心俱疲。

看过电影《告白》，我的心情更加沉重复杂。成长过程中的困惑，以一个个鲜活的生命为代价。为什么获取母爱的途径变得那么畸形，为什么获得他人的认同需要那么残忍的手段，为什么人和人之间充满着不信任，为什么这些生命都有一种凋落的欲望。这些不仅是这部影片折射的精神状态，也不仅仅是这群学生，越来越多的人没有了精神家园，心灵变得空虚麻木，生活黯淡无光，生命被消解得毫无意义。

很多时候，感觉自己被滑落到生命的边缘，心中装着困惑，痛苦地生活。个体的我活在这个世界上面，是多么孤独的一件事情。面对亲人已经或终要相继远去，没有人指点和关怀，一个人与这个世界的搏斗将是何等的凄凉。

或许，你会这样说：上帝创世之时，把亚当和夏娃罚下人间，是因为人类承担不了伊甸园的最后命运。对于每个人来说，人类世界毕竟是短暂的现世幸福。何必杞人忧天？西西弗的神话已经成为美谈，西西弗未必没有感到幸福，何必为他忧虑？

如果赎罪是人类最有意义的生命准则，被束缚的普罗米修斯就是人类真正的生命火种。芸芸众生，开创人世的神正在俯瞰着我们。他在看我们对这个世界的演绎，而我们都只盯着自己的那个世界。为了让我们的那个世界成为短暂的现世幸福，不惜一切代价换来了一个日益丑陋的人类世界。生命正在这个世界中逐渐消解。

亚当和夏娃是幸福的，他们的世界正是人类的开始。西西弗或许也是幸福的，人类不也是负重前行吗。普罗米修斯也许用不着人们的悲伤，他还会重新生长出新的心脏。那么，人类的负重前行又能走到多远？西西弗永远会有新的起点，不可逆的人类社会将会走向何方。

一颗心灵就是一个世界。

在每一个世界里,成长都是一件不用着急等待的事情。每个人总要长大,没有长大的时候,天天盼望着长大的那一天。有一天,突然发现自己就这么不经意地长大了,也开始困惑了。人生的成长中最有意思的部分就是思想的成长。

我喜欢《苏菲的世界》,这个世界也是我的世界。这个世界充满着各种困惑,却不会让我迷失自己;这个世界充满着各种乐趣,激发我思考人生的奥秘。

成长的困惑能够让人更加幸福地生活。

理想与现实

理想是心灵的祈愿。心灵需要指引,理想就是心灵的那盏明灯;心灵需要安放,理想就是心灵的那片港湾。心灵容易疲惫,容易破碎,因此需要指引,需要安放。心灵需要那片向往的土地。理想以其纯洁的、持久的感召力成为心灵前进的动力。只有葆有希望,才能支撑人生。理想就是希望,心灵的希望。

人们都在追逐理想,理想是美好的向往。这份祈愿是长久的生活力量。生活是情感的积聚,情感的脆弱是致命的伤害,人都需要一份心灵的寄托。理想因其美好,让人追逐;理想因其长久,让人向往。这美丽的动人神话在慰藉人的情感的同时,也走向了她的反面。

现实是生活的堡垒。生活需要填充,现实成为生活的战斗舞台;生活需要精彩,现实要求生活的丰富多彩。生活容易变化,容易流逝,因此需要填充,需要精彩。现实就是生活的真实写照。她以不容抗拒的姿态告诉世人,现实是生活的出发点,人生活在现实中。只有尊重现实,才能理智生活。现实就是动力,生活的动力。

现实是真实的生活,这个堡垒是长久的生活写照。生活可能会物欲横流,物质的享受、物欲的追求可能让人迷失自我、伤害他人。人就需要在现实的生活中平衡自我与社会,衡量自己的情感与他人的要求。人们忙碌着,为现实而忙碌。在忙碌中寻找充实的感觉,在忙碌中寻找人生的价值。这动人的生活画卷在渴望而无所得、追求而无所盼的情况下也走向了她的反面。

于是就逃避现实,这是一种幼稚的可笑。现实可以逃避吗?如果可以逃避,现实还叫"现实"吗?但是人们往往在四面碰壁、八方楚歌之时,逃避无法抗争的命运,借以逃避现实,甚至不惜牺牲生活或者生命。这是人生的代价,这份代价让人感到沉重。生活中的一些坎坷无法避免,就像每个人遇到挫折潜在的第一直觉都是选择逃避一样,只不过是逃避的艺术不同而已。

逃避理想远甚逃避现实。理想是精神的支柱,现实是生活的动力。生活中没有了动力,还可以找寻。如果丢失了理想,就像人丢掉了自己的眼睛,生活将一片茫然。逃避理想具有隐蔽性,人们可能并不会轻易察觉到自己对理想的逃避。属于精神层面的东西,如果被人们弃之而不顾,往往不会得到太多的可惜。面对物质的诱惑,如果失去这些反而让人耿耿于怀。

人们在内心深处往往不会平等看待理想与现实,更不用谈理想高于现实。这是不正常的现象。理想是精神的风向标,属于精神的最高层面。如果人们丢掉理想而去追求现实的物欲,那么个人将会迷失自我的人生轨迹,社会也将畸形地发展。

逃避理想尽释人性的可悲,坚持理想又往往不易,这就是生活最有意义的部分。她用现实告诉我们,持之以恒地坚持理想,方能显出人生的美好。

现实只会越来越趋向理想,从来没有完美的理想和理想的现实,生活只能是理想指导下的现实而已。只有用理想指导,人性才不会被扭曲,人生才不会偏离预定轨迹。

为理想而痛苦是每个人都会经历的情感。理想是自我的价值标尺,当理想达不到的时候,心就不可避免地会失落。这份落差恰恰是理性的可贵之处,它鼓励人们继续为理想而奋斗,为梦想而努力。人生本来就是一组前进的曲线,那么理想的奋斗道路也必然会是曲折向上的。痛苦让人真切地体会人生的不易,也因此更让人珍惜生活的可贵。

曾经逃避现实,现在想逃避理想。孰知人生不易,理想可贵,人这一辈子最可贵的就是没有丢失自己的理想。如果把坚持了许多年的理想丢失在半路上,无异于在人生的旅途中丢掉了自己。我不想亲手抛弃自己,我还想坚守自己的理想,我愿意继续寻找幸福的人生。因此,面对坎坷的生活,只有放平心态,继续努力,方能得到那一刻的幸福。而我更加渴望那一刻的幸福永远不要到来。

忙碌与闲适

忙碌是一种幸福,闲适也是一种幸福。

人们总是在追求完美的人生、美好的生活,不经意间时光从指尖的缝隙偷偷溜走。逝去的时间总是让人无限遐想。我是在忙碌中追求自己的梦想,虽碌碌无为,亦无虚度光阴;我是在闲适中度过美好的时光,虽恬静淡然,亦感幸福满怀。

对人来说,最重要的是活一个过程。恰好上苍对每个人都是公平的,我们都只能活一辈子,虽然这个时间有长有短。细想起来,绝大多数人的生存方式和生活质量都是自己的选择,不管好坏优劣,都不必怨天尤人。

同等情况下,我们都在平衡自己的生活。忙碌让人感到生活的充实,让人体验人生的意义。对于个人而言,忙碌本身就是一种价值。放而大之,忙碌可以创造社会价值。对于生活在"平凡的世界"的人而言,忙碌表征生命的可贵和人的尊严。

闲适是不同于忙碌的那份适然。手头暂无要事急件,从容地追求自己想要的生活是闲适;身缠公务,体疲心累,能够将一切安排得井井有条,利用闲暇游玩求乐也是闲适。闲适一定远离环境的压迫,追求心灵的愉悦,这样才能捕捉到幸福的感觉。

幸福是感觉——心灵的感觉。幸福可以在忙碌中追寻,也可以在闲适中体味。对于很多人来说,忙碌的生活驱逐了心灵的孤寂。对于很多人而言,闲适的生活提升了生命的质量。忙碌和闲适,都可以通往人生的幸福。所以说,幸福是一种依从每个人的心灵悟力,各自绝不相同感受的深刻体验。

我喜欢忙碌的生活。忙碌能够让我体验生命的存在及其勃发的潜能。我欣赏路边的环卫工人、餐饮业的服务人员以及表征他们的平凡的人。他们过着忙碌的生活,用有限的光芒照亮了他人的生活。我从来不从等价交换这个角度看待他们的付出。作为有尊严的人,他们平和忙碌的生活,少了无限大的欲望和贪念,更加映衬了那份难能可贵的勤劳和朴实。

我喜欢闲适地歇脚。闲适能够让我体味生活的从容及其舒展的惬意。我欣赏晨练的叔叔阿姨、身在途中的游人以及表征他们的闲适人。他们正过着安逸的生活,用自己的快乐平抑浮躁的社会。我从来不认为这是在浪费时间、金钱等生活成本。作为能享乐的人,他们快乐幸福地生活,少了无休止的紧迫和挣扎,更加显现出那种怡然自得的乐趣和情调。

闲适不等于空闲。生活中常常有一段时间很是忙碌,有一段时间很是空闲。忙碌的时候,感觉日子过得匆忙而又充实,心灵不会有过多的空虚和落寞;空闲的时候,各种情感和思绪蜂拥而至,让人感到措手不及。利用空闲时间的最好方式就是"修身齐家",提升自我的品位,营造温馨的家庭,这就是闲适的妙用。闲适是一种充实的生活。

忙碌和闲适应该相得益彰。空闲多了,就忙碌了;忙碌多了,就闲适了。

生活永远在忙碌和闲适中取舍平衡,只因二者皆能通达幸福,人们孜孜以求。

世界的沟通

人在世界上活得很累，因为每个人都活在不同的世界里，每个人的世界都不一样。这种不可复制的独特，彰显了生命的意义，又让世界之间的交流与融合变得困难。没有一个人能够完全活在自己的世界里，也没有一个人能够完全活在他人的世界里，那么活在不同世界里的人可能就需要心灵上的沟通。

人往往更多地关注外在的物质世界。这个世界对人的影响太大了，以至于稍有风吹草动都会直接影响到日常生活中每个人的言行。这也是我们会活得很累的原因。外面的世界肆无忌惮地侵占了我们的生活，我们只能一味地迎合。这是生活不能承受之重。

我们就这样把属于自己的心灵世界丢在了一边。当我们在风吹雨打中需要人来关怀的时候，我们才想到了自己。确切地说，我们才想到了自己的心灵世界。我们这才发现已经荒芜不堪的心灵亟需人来关心呵护。这时，长久压抑在内心深处的情感如长眠的火山喷涌爆发。我们才真切地感受到，一直以来大家都是一个人在孤独地奋斗。自己从来就没有真正地了解过自己，也从来没有走进过其他人的世界。

当我们发现自己在这个陌生的世界里活得这么孤单，是否才能明白自己的渺小与无知？

或许，我们只能怀着丧失的心态才能满怀希望地继续生存下去。

一个人的世界有它的精彩，也有它的无奈。走进一个人的世界，很多时候让人感到吃力，又让人能更有希望地生活。我想要走进别人的世界，才发现需要了解自己的世界。当自己在追求社会上的生存或成功的时候，自己把什么都抛在了脑后。我知道此刻的别人在做什么吗？我理解过别人的感受吗？我欣赏过别人的事业吗？我们时常用心地交流吗？我向别人诉说过自己真实的想法吗？我们能容忍对方的不足吗？需要用行动找出答案的问题对我们来说实在太多了。

每个人都有自己的故事。我们对自己和他人的世界理解不同，就会有不同的感受，产生不一样的故事。发生在自己身上的每个故事都丰富着自己的内心世界，同时有可能丰富着他人的内心世界。这或许是不同世界沟通的渠道。有时候，讲故事的人不停地述说自己的故事，他自己也就成了故事本身。同理，一个世界不停地与另一个世界沟通，最后两个世界就成了一个世界。奇妙的是，故事会一直流传。故事里的世界就变成了一种现实，现实生活中的我们就像故事一样。

我说过，我们只能怀着丧失的心态才能满怀希望地继续生存下去。那是因为我们在寻找人生的故事时难免不被生活的悲欢离合刺伤。在我们的世界里，失去的故事只会让我们更加有耐心，也更加有责任心地完成未完成的那部分。有时候，让世界充满爱其实也很简单，只在乎我们是否具有一颗善良的心。

我现在无法像爱德华那样滔滔不绝地为你讲述人生的众多故事,我也没有那些年可以让我们追忆,我们能期望得到的只有美丽心灵的永恒阳光。这将是我们的故事里最与众不同的一部分,也是我最为重视的一部分。你知道吗,一个人的时候,我时常这样独自想象。你知道吗,每当情绪低落,能让我独自等待下去只是因为你时常让我怦然心动。

这就是我对世界的理解。我不期望我们的故事能够永恒,只希望我们的世界可以与这些故事里的世界那样平淡而温馨、真实而精彩。

幸福随感

　　不知道从什么时候开始，我觉得幸福一直就在身边。自习的时候，觉得自己是幸福的——能够在人生的求知阶段享受知识的馈赠是一种幸福；吃饭的时候，觉得自己是幸福的——美美的一顿饱餐使人心情舒畅不少，这种幸福的感觉让人难忘；漫步校园的时候，觉得自己是幸福的—— 一年四季，美丽的上大校园总让人感到生活在其中的幸福滋味。 人们通常认为，幸福的获得只有通过成功才能通达，于是，脚步不停地为生活忙碌。歌曲《幸福从哪里来》告诉我们，幸福不是一种刻意地找寻，幸福就在我们的身边。《幸福在哪里》这首歌也唱出了同样的道理。幸福在哪里，幸福就在人的眼睛里。

　　所以，我转变了寻求幸福的视角。书信一封，寄往家里，寄托对父母的牵挂。食堂小叙，谈天论地，表达对友情的珍爱。繁华市井，乡间小道，都愿意停下匆忙的脚步。这些都是我的幸福源泉。幸福就是这样一种适得其然，可以让一段温馨的文字爬满整个心田，可以让一曲优美的旋律溢满整个心间。

　　电影《当幸福来敲门》讲述了一个为追求幸福而奋斗的人生故事。影片主人公克利斯·嘉德纳是幸运的,因为他最终得到了他认为的幸福。但是,我长久地被这种幸福困扰。有多少人能够像克利斯一样成为传奇英雄,得到所要的幸福。对于大多数的普通人,幸福来源于简单生活的真实体验。

　　幸福来自内心,是人们对自我需求的重要性的一种衡量。这种需求是地位、金钱、荣誉吗? 我认为,这些都不是所谓的幸福的客观标准。人们大可不必为之乐而不疲。如果深陷其中不能自拔,幸福感只会随风而逝,离我们越来越远。庄子是幸福的。楚威王闻知庄子贤能,曾以宰相的官职相许。庄子嗤之以鼻,认为官职并不能换来他幸福的生活。古希腊犬儒学派的创始人第欧根尼是幸福的。亚历山大大帝慕名拜访他,这位大思想家只说了一句:走开,别挡了我的阳光。第欧根尼更愿意享受阳光照耀下的幸福。

　　我们需要这种简化了的幸福。幸福就是过简单的生活。时常想起《平凡的世界》。路遥笔下的人物,都是一些忙碌寻找各自幸福的普通人。人们却能从他们的身上看到自己的影子,找到一种归属感。

　　幸福是一个亘古常新的话题,对幸福的追求是人性之美的所在。经常被幸福包围的人是一个幸福的人。愿我们每一个人都能够认真地对待当前的幸福。

幸福的二维空间

  幸福是内心的一种情感体验,这是幸福的内向维度;幸福也是个体进行自我评价和对社会进行价值评价的道德标准,这是幸福的外向维度。幸福的二维空间决定着人们追求幸福的两种不同路径。

  从幸福的内向维度来看,人们更倾向于追求感性幸福。感性幸福具有鲜明的直观性和强烈的情感体验。这说明幸福来自人们的内心世界,是人们对自我需求的重要性的一种衡量。人们在权衡获得幸福的各种途径时,更愿意选择感性幸福。这是因为感性幸福能够满足人们当下的内心渴望。当下的内心渴望得到了充分的满足,人们就会认可这种情感体验,认为这就是幸福。

  感性幸福映照着人们的世俗命运。既然感性幸福能够满足人们当下的情感体验,人们就会不断地追求这种感性幸福。世俗是指一般的大众及其平常的生活。世俗命运旨在阐明人们生活在当下的现实及其命运的变迁。现实的社会生活是人们都在为追求幸福而奋斗,这种幸福更多地体现为感性幸福。感性幸福的基础层次是解决温饱问题。对于大多数的普通人,幸福来源于简单生活的真实体验。

从幸福的外向维度来看,人们更倾向于追求理性幸福。理性幸福在本质上体现着个体对自我生命过程的一种理解,这种理解把人的世界和人的全部关系还给人自己,而不是把人看成手段。所以理性幸福具有深刻性,是真正的幸福。人们对理性幸福的追求体现为通过意志对善恶追求的过程之中。善恶是个体进行自我评价和对社会进行价值评价的道德标准。善让人崇高,恶让人畏惧。善恶都体现了一般的客观规律,因而使人超脱感性幸福,上升到理性幸福的高度。

理性幸福映照着人们的精神命运,精神命运是相对于世俗命运而言的。精神命运体现为个体的精神状态及其成长过程。精神以价值理性为依托,精神命运旨在阐明人的社会本性及其精神归属。孔子所说的"从心所欲而不逾矩"就是一种理性幸福,他的言行更加符合一般的客观规律,所以才能体会到生命的真实意义和世间的真正快乐。

感性幸福向理性幸福的过渡,意味着从世俗命运向精神命运的转变。感性幸福追求内心的情感体验。当这种情感体验极度膨胀时,就意味着个体世俗命运的社会沦落。当一个人为了金钱、权势、美色等不择手段,这个人就没有了是非善恶之心,他的感性幸福也将随之消逝。理性幸福尊重个体的良心体验,以社会价值评价引导个体的自我评价,这样个体就更加关注自身精神命运的发展,相应地表现为更加注重自身修为,重视营造崇高的道德情操和高尚的精神境界。历史上的许多名人之所以名垂千古,都与他们追求理性幸福、关注精神命运、重视自身修为紧密联系在一起。

幸福是一个亘古常新的话题。对幸福的追求是人性之美的所在。只有严格区分幸福的二维空间,并认真对待自己的两种命运,才能不断完善自我并经常被幸福包围。

童年趣事

童年是一个人一生中充满乐趣的阶段,在这个阶段,会发生许多有趣的事情。不管再过多少年,只要一回忆起童年里的趣事,我的心中就会升起许多温暖。

还记得每到夏天,同学们人手拿一个水杯,里面装着五颜六色的饮用水。这些好喝的水大都是自己调兑的。在大街的地摊上,有一些老大伯或老太太专门卖日常生活小用品,其中就包括糖精和染色剂,我们会花上几毛钱买到这些东西。到了学校,就往水杯里兑上一些,接着灌满自来水。一股脑喝完以后,才稍微解了渴。然后再兑上一瓶,到其他同学面前显摆一下,好不得意。

现在的人当然觉得喝这样的水太不卫生了。可是,当年我们就是喝着这样的自制水上学的。在教室里,大家还争相喝着对方的水。要看看别人的水到底甜不甜,颜色深不深。虽然现在的饮料五花八门,喝着总有不一样的味道,我却一直认为当时的那些水最让我难忘。大伙的头脑里压根儿就没有饮料的概念。通常,大家都是拿着橘子粉来冲兑的,喝不起的同学就往水里放点糖精之类的东西。我最喜欢的是往杯里兑入白醋和白糖。在天气最热的时候,这个喝起来感觉是最爽的。

喝着各种各样的自制水,大家就开始互看蚕宝宝。现在的孩子们或许都不太养蚕了。可是我们上学的时候,谁要是不养蚕,大家就会觉得不可思议。蚕宝宝谁不爱呢?看着它们从黑色斑点一直长成飞蛾,这个过程是多么神奇啊!我对小动物的怜悯之心就是从养蚕开始的。

当我第一次接过一张满是蚕卵的纸时,心中那个激动至今不能忘怀。我把桑叶铺到上面,没过几天就看到黑色斑点的幼蚕开始在上面蠕动了。我满心好奇地看着被咬得参差不齐的桑叶。接下来的一段日子就很忙碌和焦灼了,我不但要频繁地换桑叶,清理小蚕盒的卫生,还要为找桑叶而发愁。大家都在养蚕,本来就不多的桑树已经被摘得光秃秃了。找不到足够的桑叶,我们就用菜叶或紫叶代替。听说蚕宝宝吃了这些叶子,就吐不出蚕丝。我也管不了那么多了,只要这些蚕继续活着就行了!等到它们吐丝结茧的时候,养蚕的乐趣就快要告一段落了。

我们稍微长大一点儿,就开始学骑自行车。我们那个年代骑的都是28杠自行车。车轮的直径为28英寸,小孩子只能半蹲式地踩着脚踏往前骑。刚开始的时候,一定要有大人扶着车子。我能早早地学会骑自行车,真要感谢我的父亲。他在后面拉着车尾,我在前面用力地蹬着。就这样,我在院子里一圈、一圈地骑着,他跟在后面一圈、一圈地小跑。等他看到我骑得比较熟练的时候,就放开手让我继续骑。而我却全然不知,还越骑越来劲了,越骑越快了。等我发现他已经不在后面,惊慌之中就连人带车一起翻了……

学会以后,我们就骑着自行车上学。遇到假期,大家就疯玩,骑到离家很远的地方去玩。一遇到上坡路，大家就使着吃奶劲往前冲。还有刚学会骑车的小伙伴，一不小心就重重地摔倒在地上，把腿和胳膊给蹭破了。他们也不管疼，继续骑上去追赶我们。要是遇到下坡路，我们就更加开心了。本来自行车的速度就很快，我们还故意铆着劲蹬脚踏板。自行车就像疯了一样，嗖嗖地往前跑。我们则满心欢喜地享受着耳边的凉风。

童年里的这些趣事看似简单，却培养了我的生活爱好，也磨炼了我的人生意志。我可以通过自制好喝的水，感受自理生活的乐趣，这无形之中就锻炼了我独立生活的能力。我可以通过养蚕感受着生命的美好，这一过程教会了我执着与认真的做事品质。我可以通过骑自行车学会与人合作，并与大家一起开心地玩耍。现在回想起来，这些童年趣事就是那么有意义！

童话般的雪冬

我不知道这个冬天有多冷。

很久以前，我就害怕冬天。冬天对我来说，特别难熬。阵阵的咳嗽伴着即将到来的年关，心中难免有些惆怅。不知道为什么，总是忧伤。

枯黄的落叶随风飘逝，急促的冬雨划过夜空。肃杀的静寂渲染着孤独的落寞。

空气正在凝固，心情正被冻僵。

这个冬天让人感觉特别寒冷。

突然，我看到了天空中的一星亮点。亮点逐渐增多，闪亮了整个夜空。

这是什么？我不敢想象！

这就是我一直渴盼的希望。雪神忽隐忽现，悄然来到了人间。

被我发现了！哈哈，大脑的激动快速感染我的全身。我差点儿要手舞足蹈了！

一直憧憬着雪。不仅仅因为记忆中一直难忘童年时代的动画片《雪孩子》，不仅仅因为北方的冬天每年都是漫天雪飘，不仅仅因为可以打雪仗、堆雪人，不仅仅因为仿佛看到了需要扫雪的我家院子。

洁白的雪，晶莹剔透。这是最让我感动的地方。

看到雪，心情就舒缓了；看到雪，情感就释然了。

雪的珍贵首先在于它的稀少。一年四季，只有冬天才会有期盼和想念雪的盼头。气候的变暖，连续的暖冬，雪神离我们越来越远。何时才能再觅童话般的雪冬，重温故事中的温暖。

或许有人会说，你没有见过东北的雪吧。我虽没有见过长年累月的雪，但我想，东北的雪不会出现在夏天。

雪盖大地。放眼望去，一片洁白。雪在净化人的心灵，这是大自然的神奇。

人们常说，瑞雪兆丰年。庄稼人一年到头，盼望老天爷最后一次的恩惠就是痛痛快快地下上一场大雪。棉被一样的雪盖在小麦地里，温暖着小麦，滋润着小麦。

家家户户开始忙里忙外，各自打扫院子里的雪、屋顶上的雪和门前的雪。既为行人创造方便，又向邻里表明持家有方。

雪继续下着，越下越大。人们的干劲热火朝天，越来越有劲。铁锹铲雪的声音，枝叶落雪的声音，嬉笑打闹的声音，开水沸腾的声音，交织出一首和谐悦耳的交响曲。

这时，大人会说：你们知道是下雪的时候天气更冷呢，还是雪消的时候天气更冷呢？然后，大家七嘴八舌头，你说下雪的时候天气冷，他说雪消的时候天气冷。议论纷纷引得一阵哄堂大笑。大人这时会说：都冷，但是雪消的时候天气更冷。知道为什么吗？雪消的时候，雪要吸热、吸光，这时候天气是最冷的。

美好的时光都是在下雪的时候度过的。

时常想起安徒生的《卖火柴的小女孩》。小女孩在圣诞夜的雪冬孤苦无依,用一根火柴的亮光照亮了她通往天国的旅途。人间的雪冬让现时的温暖更显得弥足珍贵。

童话里的故事都发生在皑皑白雪的世界里。《白雪公主》讲述了善良与邪恶的斗争,表达了人们对美好爱情的向往。而这种爱情的美好一定要发生在皑皑白雪的世界里。

与之相类,我认为《长白山传奇》是中国动画片中营造皑皑白雪的童话世界最成功的典范。《小龙人找妈妈》也是以雪为背景的童年节目,曾是"80后"挥之不去的记忆。小龙人和小伙伴们历尽千辛万苦寻找妈妈。是皑皑白雪覆盖的巍峨大山吗,你挡不住亲情的力量。

凡是以雪映景,以雪衬情,都能寓意深刻,让人无限回味。

杭州的雪有些匆忙。

一开始就漫天飞舞,洋洋洒洒。其景其情,甚为壮观。

待到明日,阳光烂耀。雪化一地,踪影全无。只留下了美好的回忆,让人不断地畅想。

这是我在杭州度过的第一个雪冬。

做一个饱满人

做一个饱满人，很难，但很有意义。

第一次听说"饱满人"这个词就觉得很有意义，心情很是振奋。用饱满来形容人是一件具有创意的事情。饱满一般用来形容谷物的丰满，意蕴庄稼的丰收。从小在农村长大的人，一般都愿意听饱满之类的字眼。农民们在地里辛勤劳作，一年到头就盼望着收获庄稼时的那份喜悦。他们希望收获的小麦、大米、豆子、玉米等农作物颗颗饱满、粒粒丰盈。这些劳动果实就像他们的子女，含辛茹苦地栽培只为一朝结出硕果，成为人们可口的美餐。

"饱满人"实在是对人的褒奖。人是个复杂的动物，"人"这个字却很简单，"饱满人"是对人的全面的要求。什么样的人才能称得上一个饱满的人？这是一个值得深思的问题。古今中外的思想家对人的探讨，无非是想寻找到一个饱满的人。阅读遗留在思想长河里的书籍，我越发感触到自己想摸出"饱满人"的一个不成样子的轮廓，虽然不甚理想，心生敬畏，却对前人不懈努力的探寻愈发敬仰。

古圣先贤的思考一直离不开两个疑问。人类应当怎样存在？人生又当如何度过？这是"饱满人"首当其冲应当思考的问题。或许正是先贤们毕其一生，殚精竭虑的沉思才成就了他们丰满的思想和饱满的一生。关于这两个问题的答案，仁者见仁，智者见智，在人类思想史上形成了数不胜数的诸多流派。这些流派的代表人物如老子、孔子等人，又如柏拉图、亚里士多德等人，恰如天上的繁星熠熠生辉，成为人类追求幸福的"北斗星"。

你是一个饱满的人吗？"饱满人"应当具有稳定的价值标准和一贯的行为准则。老子是一个"饱满人"，他一生坚信道法自然，并驾牛西去，找寻道的真谛；孔子是一个"饱满人"，他一生坚信仁爱治世，周游列国，布道儒学思想；苏格拉底称得上西方思想史上第一位"饱满人"，他立德立言，并不著述，他追求民主，视死如归，捍卫真理的尊严。苏格拉底之死让开创人类文明先河之一的古希腊人永远蒙羞。恰是这一无情的史实见证了苏格拉底的饱满。

当代人越来越不饱满。原子化的单向度的人充斥着整个社会。他们追求极端的发展，呈现为片面的人生；他们醉心于自我的沉迷，从不欣赏其他事物。殊不知，这种体验濒临无底深渊，自我陶醉无法欣赏他人。极度追逐欲望的人不是一个饱满的人，这类人拥有一颗无限膨胀的欲望之心。他们攫取越多，就会失去越多。紧握在手里的沙子逃之夭夭，就是这类人的真实写照。可能有人会说，一个片面发展的人有可能获得相当程度的深刻。常看到这样一个词：片面的深刻。乍一想似有道理，仔细琢磨才会发现这种深刻不会长久，更不会增进长久的幸福。

功利主义认为人的感性快乐是幸福的源泉，主张人类尽情享受物质带来的一切。这一学说可谓深刻地回答了当时的人们应当如何才能更好地生活这一惑问。19世纪是工业革命充斥的世纪,人类面临前所未有的物质丰腴。享受科技带来的先进成果极大地激发了人类探索和求知的欲望,也为人类背上了挥之不去的沉重包袱。卢梭的《论科学与艺术》一文,如同晴天响雷,尖锐地批评了功利主义这种片面的深刻,对当时的欧洲人起到了振聋发聩的作用。他抛出了一个观点:科学与艺术不能起到敦化道德风尚的作用。那么,一个"饱满人"如何探寻? 起码他不应当是一个片面发展的人。

如果说"饱满人"应当是一个全面发展的人,那么什么样的人才是一个全面发展的人,才能够得上是一个"饱满人"? 一个"饱满人"应当具有一种不妥协的态度,这种不妥协体现为贤人智士的智慧。具体来讲,体现为知识就是力量到知识化成智慧的一个过程。一个饱满的人首先是一个有力量的人,这种力量端赖知识的支撑,腹有诗书气自华;一个饱满的人更应当知道如何运用腹中知识,"转识成智"。一个有智慧的人才是真正意义上的"饱满人"。"饱满人"不缺少知识,他之所以富有涵养,是因为他的思想充满着智慧,他的生命才能彰显丰富多彩,他的人生才能不同寻常。

"饱满人"也应当是一个知足常乐的人。最近看到这样一组话:"事业无需惊天动地,有成就行;爱情无需死去活来,温馨就行;朋友无需如胶似漆,知心就行;金钱无需取之不尽,够用就行;生命无需长命百岁,健康就行。"知足常乐才能明白什么是幸福的事、什么是幸福的家、什么是幸福的人。其实幸福就是一种心态,一种生活方式。一个饱满的人懂得在自我节制中提升个人修为,只有这样才能得到真正的幸福,并体验到真实的快乐。

"饱满人"懂得欣赏别人。他们明白欣赏别人是爱心的表现,是一个"饱满人"应当具有的精神风度。艾里希·弗洛姆在《爱的艺术》一书中提出:爱是一门艺术。爱的问题不仅是一个对象问题,而且是一个能力问题。如果不努力发展自己的全部人格,任何爱的试图都会失败;如果没有爱他人的能力,自己在爱的生活中也永远不会得到满足。"饱满人"的这种欣赏就是爱的能力的体现。他们在平时的生活中不断培养自己欣赏别人的能力,即爱的能力,而不会仅仅停留在一些对象上面,这样他们就真正达到了"我被人爱,因为我爱人",而不是"我爱,因为我被人爱"。

"饱满人"意味着一种理想化的完人。虽然我们很难做到使自己成为一位完全意义上的"饱满人",但我们能够做到,通过自己的努力使我们的人生逐渐丰满。当每一个人不断回顾自己走过的生命历程,他都可以自豪地说:我的生活是饱满的。这就是生活带给我们的感动,也是生命带给我们的惊喜,更是人生价值意义的所在。

你能为别人带来希望

　　你要相信，你能为别人带来希望。能够为别人带来希望的人是一个幸福的人。别人怀着希望的憧憬，心灵也会因此振奋，为一个更好的生活而奋斗，而追求。

　　困境彰显你为别人带来的希望。当别人真心实意想要做一件事情，自己的能力又达不到做成这件事情，你的帮助就是希望。

　　在我的内心，父亲是第一个让我感到我能为别人带来希望的人。父亲在家境极为困难的情况下供我上学，为我点燃了生活的希望。珍惜来之不易的读书机会，我下定决心努力学习，希望能够通过我的学习为家庭带来一些改变。

　　父亲去世之后，母亲就成了我在这个世界上的精神支柱。母亲不仅是我们坚强生活下去的希望，也是维系我们这个家庭的希望。她要一个人操持农活，料理家务琐事，还要为我们兄弟三人的成家立业奔波劳累，生活的重担全部压在了她的身上。母亲为我们带来了希望，我们只有认真生活才能营造一片希望的田野。

小弟的生活是一种姿态,能为别人带来希望的姿态。小弟年幼辍学,承受打击,学习厨艺。他为人勤快,厨艺长进,工资倍增,似春风沐浴,带来巨大期盼。村里同龄人大都因高考失利,赋闲在家。小弟志向艺精,兢兢业业,让人欣喜。他用行动告诉我们,不管生活如何艰难,每一个人都可以选择乐观豁达地生活。

成家立业对大弟而言不仅仅是一种现实,更是今后自信生活的希望。了却了父母亲的一桩心愿,大弟实现了我们家盼望已久的第一个希望。我们身边有许多同样家境的亲朋好友,他们也承受着巨大的心理压力。正是因为心怀希望,他们才能负重前行。他们是能为家庭带来希望的人。

每个人的求学路上都会遇到各种各样的帮助。作为一种精神愉悦,求学本身就能给人带来希望。现在或曾经朝夕相处的良师益友,都为我们带来过感动和希望。我很幸运,也感到幸福。在我的求学路上,关心过我的良师益友都曾经照亮过我的精神和生活。他们带给我生活的勇气和希望,让我感受到自己不再是一个人孤独地前行。

当希望得不到实现的时候,心中不免落寞悲伤。身边的好友通过多年的努力实现了同样的愿望,让我感到希望的真切。好友远行求学,带着希望和憧憬,勉励我继续努力。我是真的盼望能够与他再次快乐相聚的那一刻尽快到来。希望催人上进,有时候也让人感伤。

好友是能为我带来希望的人,他让我看到同样的景况也可以实现心中的希望。对自己的希望和要求是一个不断成长的过程。希望一开始可能很简单,考上大学、成绩优异、工作满意、生活舒适、家庭和睦等等。随着希望的逐一实现,人们的希望值会越来越高。有的属于合理希望,有的始终无法实现。太看重某一希望,导致坠入绝望的深渊。

　　希望是一种能力,能够带来美好。你能为别人带来希望,说明你在某一方面能够满足别人的需要,你具备了这种能力。拥有这种能力的人是幸福的。因为你能向善而为,你用自己的能力实现了别人的希望。更好的世界或许就是能为别人带来希望的世界。

　　你能拥有希望的能力,这不仅是你的需要。当你常怀一颗希望的心,就像一汪清澈的泉水时常滋养你干涸的生命。你就会常有希望的冲动,你能为自己带来希望,也能为别人带来希望。

人生冷暖

为爱奔波

想要改变自己，开始一种新的生活。既然为爱而活，为爱奔波就从爱的方式开始改变。

对父母的爱从懂事的时候开始改变。每个人的童年，都从幸福开始。父母倾注于孩子们的爱无须言语表达，他们为孩子们成功开启人生的每一个努力都惊喜地期待着。孩子们懵懂地感受着来自生活中每一次爱的示意和表达。突然有一天，他们明白父母给予家庭和子女的全部生活都付出了艰辛的努力。他们在情感深处为承受人生冷暖的父母种下了一颗不断成长的爱心。

我的人生从这颗不断成长的爱心开始。对自己父母爱的感知，从父亲和我商量我今后的人生选择开始。父亲尊重了我继续求学的愿望。面对家境不太富裕的现状，父亲把名落孙山的我送进了高中，从此改变了我的人生轨迹。他病重之后，对我隐瞒病情，为的是让我安心读书。在我大学即将毕业之际，他又为我的去向四处奔波。十年求学生涯孤独漫长，父亲终无法等到自己的孩子成家立业的那一天。这是父亲的遗恨，也是父亲留给我的生命引导。

对母亲和弟弟们的爱从父亲为我的人生进行铺垫开始。我落寞而执着地填补这个家庭爱的缺失。感受着父亲的角色，我才发现父亲的孤独和坚忍。他要为孩子们今后的人生发展出谋划策，他会努力地赚钱养家，他为孩子们的学费耗尽了心血，他还要孝敬自己的长辈们。生活不会因为他的责任太大、负担过重对他有任何的同情。病重的身体和沉重的心理压力逼他过早地辞世，也让我背上了一生的愧疚。为了他——我的父亲，一个曾经存在过的生命、一个心地善良的人、一个在我的生命中留下了不可磨灭印记的人，我在尝试着成为他。我的身心也开始变得疲惫不堪。

我按照父亲的爱的方式开始了我的人生选择。我坚定了考博的决心，尽管屡挫屡战。通过受教育改变我的人生，回报父亲对我十年求学的坚定支持。我要通过我的人生选择实现父亲没有走完的人生道路。父亲希望我们尽早成家立业，我们兄弟三人却成为父亲生前沉重的人生"包袱"。我的工作和大弟的婚事是我对父亲爱的坚持守望。尽管生活得不太开心，肩上的重担让我勇敢地面对惨淡黯然的人生。身心疲惫、不能坚守的时候，我就会想起父亲。想念会上瘾，希望成为他，让人着魔。

父亲希望我尽快找到情感的归宿。这是我唯一不敢面对他的地方，不管是在他的生前还是身后。多年的求学让我习惯自己一个人处理自己的情感问题、经济问题、生活问题。我是他眼中的好儿子、老师眼中的好学生，学习认真、刻苦努力。上进的生活让我拼命学习和赚钱，即使面对情感的空白，我也不知道该如何打理。我为自己创造了生活的盲区。

按照父亲的愿望，我要努力为自己找到情感的归宿，但我始终不知道该如何处理这一问题。爱情永远比学习复杂,比赚钱抽象,我不知道该怎么去做。到了成家立业的年龄,自己也渴望寻找一份真挚的爱情,这一感受日益迫切。为了父爱,为了让自己更好地生活,我需要走出自己的生活和情感世界,开始尝试新的生活方式。我需要改变爱的方式。

爱自己就为自己寻找一个值得爱的人,这是父亲期望我能够做到的事情。我的爱情在哪里?我想到了好友的一个智慧做法。他为梦中情人写了第一封情书,这封情书为他找到了志同道合的生命伴侣。鉴于他的成功经验,我认为自己有必要借鉴。

能够打动双方的梦中情人,我是怎样感受你的存在。从我对家庭的愧疚和情爱中,你就知道我是一个孝顺的人。我需要找一个能够和我相濡以沫,支持我的家庭的爱人。她不一定要特别漂亮,但一定要温柔贤惠。她以后会帮我照顾我的母亲,能够妥善协调大家庭的日常生活摩擦。长嫂如母,爱人就是风雨同舟的那颗同心。

她一定熟悉我的生活爱好,理解并支持我的人生情趣。对于我在事业上面的成败,她不会过分苛责。因为她知道,我不是一个特别会赚钱的人,我还会经常参加慈善事业和公益活动。我们会过得不太富有,可能在很多人的眼里,我们的生活会很贫穷。但是我们安贫乐道,在简单真实的生活中体验平平淡淡的快乐和幸福。

我是一个情感"慢热型"的人,只会对熟悉的人产生接纳的情感。我们可能从小到大生活在不同的世界里。但是我们知道,今后的生活我们将同步前行。因为我们需要对方,会更加关爱和珍惜对方。面对生活和个人的瑕疵,我们选择了宽容。我们会阳光健康地生活,用心培养一个情感高贵、品行高尚，能为社会作出贡献的孩子。我们的孩子一定不能被溺爱，要从小为他创造一个良好的生活环境。他可以弹钢琴、玩游泳、爱唱歌、练书法、会写作、学外语，等等。我们不会强迫他学习，但是我们可以通过自己的爱好引导他成为一个兴趣爱好广泛，对自己、他人和社会有益的人。

我会尽心竭力地为这个家的温馨和睦努力奋斗。如果你能够认同我的生活方式和人生理念，如果你对这个略带羞涩腼腆的男孩怀有好感，请你尝试接纳他的存在。他会用心为我们的人生筑道铺路。

爱的意蕴

爱是人类最本质的情感。

人类需要爱的滋养,就像花草需要雨露滋润一样。从我们存在的那一刻起,爱就如影随形,伴随着我们一生。我们的生活、成长和幸福都离不开爱的呵护。

人们对爱的感受和理解不同,就会有对爱的不同表达方式。父母对子女的爱是一种本能的爱。父母会像爱自己一样爱自己的子女,因为子女是他们爱情的结晶,也是他们生命的延续。爱情是最能够展现生命力的一种人类情感,它把两个互不相识的人结合在一起,从相遇、相识到相知,从此在人生的道路上相伴终生,不管未来的生活是一帆风顺还是一路坎坷。友爱是生活中的人们时常需要滋补的情感,它平淡、质朴,却深刻而久远。人们常说:君子之交淡若水。友爱就是在你需要它的时候,才能感受到它的弥足珍贵。还有一种爱伴随着我们的成长,却极容易被我们忽视。这种爱就是老师对学生的爱。老师对学生的爱是无私的,所以才说:教师是阳光下最崇高的职业。在我看来,对老师这一工作应进行广义理解,我称之为"人生导师"。在人生的旅途中,会有许多人欣赏着我们,关注着我们。他们在不同的场合与我们相遇,成为我们生活的引路人。他们对我们的爱是深切的,这份关爱能够激发生命的斗志,使我们的人生更加绚丽夺目。

爱是有层次的。我爱和我被爱是不同的精神境界。不成熟的、幼稚的爱是"我爱你,因为我需要你"。而成熟的爱是"我需要你,因为我爱你"。这两种爱,体现在人生的不同发展阶段。在我们的童年时期,我们对父母的爱是不成熟的、幼稚的爱。我们爱父母是因为我们需要父母的抚养。随着生活的独立,这种爱的缺陷性就明显地表现出来了。当不再需要父母的抚养,不孝顺甚至虐待、遗弃父母成为对爱的最大亵渎。与此相反,随着父母的年迈,对父母的奉养成为爱的和谐音符。因为我爱爸爸和妈妈,所以我需要爸爸和妈妈。

爱与被爱说明爱有时间之分、大小和强弱之别。具备大爱的人不区分爱的对象,因为他已经具备了爱一切的能力。"大爱无疆""大爱无言",大爱是不分场合和形式的。大爱具有普遍适用的情怀,也不会随着时间的推移而慢慢消逝;生活中的许多爱或隐或现,具有极强的不稳定性。这种爱往往经受不住时间的考验,流为一时之爱。真正的爱是没有时间的界限,这份爱会在时间的飞逝中愈显珍贵。如果你的爱随着时间的推移而消逝,说明你内心缺乏的是对爱的信仰。你的生活经常没有爱作为前进的力量。当你想要施与爱的时候,才会发现你爱得苍白无力;经常爱他人的人懂得爱的艺术,他能够把握爱的对象和时机。他的爱让被爱的人感到幸福、快乐和满足。同时他也会得到被爱的人的爱,因为爱是相互的。经常被爱熏陶的人会自然地对他人和社会产生强烈而持久的爱。小爱会发展成为大爱,最终拥有爱的情怀。

爱能够完善人格，修养心性。不懂得爱的人，他的人格是残缺的。他没有爱他人的能力，自己在生活中也永远不会得到爱的满足。同样，如果不努力发展自己的全部人格，任何爱的试图都注定要失败。爱的培养与人格的完善是相互的，爱是修养心性的最佳途径，爱是心灵疲惫时的港湾。常回家看看，父母的疼爱能够冲淡所有的烦恼。和友人聚聚，朋友的关爱，让一切不如意烟消云散。和爱人说说，他或她的开导是对你的爱的最真诚的体现，会让你觉得生活中没有过不去的艰难坎坷。爱是意满志得时的枷锁。不是拥有财富的人就是富裕的，能够给予他人才是富裕的人；不是拥有权力的人就是幸福的，能够用权力造福于民才是幸福的人；不是拥有美色的人就是快乐的，能够用正确的思维指导正确的行为和正常的生活才是自由快乐的。

爱体现了人类的一种精神状况。人类是靠精神生活的高级动物，这是人类有别于其他生物的基本特征。爱能够反映一个人的基本生活的精神状况：拥有积极的爱，可以使人克服孤寂和与世隔绝感，同时又使人保持对自己的信仰的忠诚，保持自己的独特品质和本来面貌。他会主动关心能够关心的一切，这是他内在的爱的表现。这绝不会是一时的情感冲动，而是积极地追求被爱的对象的发展和幸福。消极的爱只能依靠外在的驱动力才能存在，利己者的眼里只有自己，他对爱的施与总是按照对自己是否有利的标准来判断。他没有爱别人的能力，意味着他同样没有能力来爱自己。他会因为内心的极度不安或孤独而狂热地工作，或者为了升官发财而成为热情的奴隶。这种"积极性"是一种消极性，因为他是受外力的驱使，他是一个精神不自由的"受苦"的人，而不是一个"行动"的人。

爱已经成为时代的一种标志。爱不仅存在于人的自我之中，而且成为表达时代精神的显著标志。"以人为本"体现了对人的生存和发展的关爱。这个命题的意义在于,当一切"客观的"价值和意义都分崩离析之时,"人存在着"本身仍然是一个富有意义的事例。对人的关爱乃是使人成为人的本质体现,而人的本质正是作为整体的历史时代和社会状况的反映。对整个人类的爱应当从对所有人的基本生命需要的有目的的满足开始,这是人的生活,人类的最本质的存在的体现。然而,要想使每个人都能够进入人类生活的这一领域,寻求理解和爱是唯一的途径。只有建立在沟通、理解和爱的基础上,才能"发现"人类社会,完成从不可能到可能这一过程。

　　人需要爱,离不开爱。但是不能盲目地追求所谓的爱,或者消解了爱的意义。作为人类存在的本质特征,爱能够体现人类的精神存在状况,爱能够反映社会存在的意义,爱也能够显现时代的永恒价值。所以,拥有爱,珍惜爱,我们才能够生活得更好!

培养爱的能力

艾里希·弗罗姆在《爱的艺术》一书中提出:爱是一门艺术。爱的问题不仅是一个对象问题,而且是一个能力问题。如果不努力发展自己的全部人格,任何爱的试图都会失败;如果没有爱他人的能力,自己在爱的生活中也永远不会得到满足。

现实生活中,人们对爱的理解往往停留在爱的对象层面。集中表现为只爱自己、爱父母、爱身边的人、爱关心自己的人,对其他一切形式的爱视而不见。这种爱是一种"消极性"的爱,不是一种"积极性"的爱。因为它是受外力的驱使,当外力消失时,这种爱就不存在了。

我们对爱的关注应当是培养人的一种爱的能力。这种爱是一种积极的力量,它体现了人身上具有生命力的东西。通过这种爱的奉献,不仅丰富了他人,提高了他人的生命感,而且也提升了自己的生命感。

《科学》报道:为别人花钱比把钱花在自己身上更能给人带来快乐。花钱得当能给人带来心灵上的愉悦感和满足感。同样,不是拥有财富的人是富裕的,而是给予他人东西的人才是富裕的。

他们为什么会感到幸福？因为他们明白自己的幸福生活是以爱的能力为基础的。他们拥有成熟的爱,即"我被人爱,因为我爱人",而不是"我爱,因为我被人爱"。

2008年,四川省汶川县发生里氏7.8级强烈地震。举国上下众志成城、排险抗灾。一方有难,八方支援。这是一种爱的体现,这种爱是一种持久性的爱。当国家发生灾难的时候,把全社会的爱聚集到一起,彰显爱的力量,定能渡过灾难。

当全社会都向灾区人民捐款捐物的时候,奉献自己的一份爱心不仅能够增加灾区人民抗灾的信心和勇气,而且能够培养自己的爱的能力。

一切有能力爱别人的人必定也能爱自己。爱自己和爱别人是不可分的,这才是真正的爱。这种爱体现了关怀、尊重和责任心;这种爱把对爱的思考和爱的行动结合起来,不仅营造了和谐之爱的良好社会氛围,而且塑造了一个人的爱的品格。在今后需要爱的奉献的时候,无论是多么微不足道的一件小事,或者是事关重大的大事件,时时都有爱的踪迹,处处都是爱的海洋。

和谐社会是一个充满爱的社会。构建和谐社会需要我们有对爱的信仰。而这种信仰并不是什么东西,而是一种确认。这种确认是符合建筑在自己真实经历上的坚定的信仰。如果我们都具备爱的能力,在人生的里程中处处都有奉献爱心的经历,那么我们就会对爱产生一种信仰。在这种信仰的召唤下,我们会理所当然地奉献我们的爱心。

如果爱还仅仅停留在对象上,请拿出实际行动,赶紧培养爱的能力。我们需要一个充满爱的社会,这个社会同样也需要我们的爱!

宽容的道德意蕴

宽容对自己和他人都意味着一种解放。

宽容是一种美德。人们向往美好,因为他们追求一种有德性的生活,这种生活建立在宽容的基础之上。美德是衡量真假美丑、判断是非善恶的一把标尺。人们过着真实的生活,各种社会道德要求必然在人们的内心发生剧烈的冲突。怎样进行取舍就成为考验思想是否正确开放、行为能否得当包容的客观标准。

有德性的生活是一种宽容的生活方式。辨别真实和虚假,认识本质和现象成为有德性生活的极为重要的前提。而这样一种德性生活,即宽容的生活,为检验思想和行为提供了一个现实的舞台。之所以进行这样的设计,是因为宽容能够通达和体现社会的和谐要求。和谐社会是一个民主法治、公平正义、诚信友爱、充满活力、安定有序、人与自然和谐相处的社会。这样的社会要求生活的各个方面都能够得到相互协调和全面发展。人们在这样的社会里能够过上有德性的生活。而这种社会的预设是建立在一个宽容的社会情境的基础之上。宽容是文明、开放和宽松的社会的道德要求。

宽容是进行社会主义和谐社会建设的强大精神力量。社会的和谐要求，民主体现为人民当家作主，以此解决干群关系的紧张；法治体现为有法可依、有法必依、执法为民、违法必究，以此建立依法治国的宏伟蓝图；公平和正义是有德性的根本要求和本质体现，要求人们自由、平等而博爱地生活；诚信是立信于世的根本，我国自古以来就有商鞅立木取信的美德；友爱是展现大国良好形象的窗口，能够充分发扬我国的优秀传统文化。只有社会的各个要素协调统一，才能真正实现人民的安居乐业，社会的安定有序和国家的长治久安；只有人与自然的和谐相处，才能尽显各美其美、美人之美、美美与共的和谐画卷。

宽容是达成和谐社会建设的道德路径。进行社会主义和谐社会的建设必须在确立总的要求的基础上深入地推进实施。在宽容的德性要求的基础上，干群关系的紧张能够得到有效缓解；法治化进程中的各种法律问题，也能够在有效沟通的基础上得到真正解决；人们之间相互宽容，比如在社会的要求中实现自己的利益，政府积极为人民营造宽容的社会环境，又如由管理型政府向服务型政府的转变，才能够实现社会的公平和正义，营造诚信而友爱的环境，达到人与自然的和谐相处。可见，宽容为国家的兴旺发达提供了道德上的指引。

宽容是人类社会思想发展的必然要求。人类社会的思想史就是一部宽容的历史。我们这个星球同时存在着东方文化和西方文化。古印度、中国、古希腊罗马和犹太文化为人类文明的发展奠定了基础。数千年的世界文明发展史就是各种文明之间的相互冲突和交互影响，通过吸收不同文明的新鲜血液来实现自身的超越。而这个过程就形成了文明之间的相互宽容的历史。

宽容是推进人类文明发展的道德力量。古希腊罗马思想家对世界本原的探讨，开启了人类智慧的先河；当人们向黑暗的旷野里大声呼唤却没有回答，只能转回内心祈求命运的指引，从而我们认识到了一个比外在的客观世界更加深邃的主观精神的世界；文艺复兴和宗教改革高举理性和科学、自由和民主的大旗，开始试图探讨主观世界和客观世界的统一；现在人类的思想在经历过以往的种种历练之后，已经能够宽容地面对各种社会思潮。人们也更加以开放的精神来设计自己，并把自己的生命贡献给自己所选择的目的。宽容是人类获得这种力量的内在动力。

中国改革开放是宽容最好的道德见证。中国改革开放某种程度上是在砸碎自身枷锁的基础上对世界的认可，这种接受就是对先进文化和思想的宽容。改革开放以来，中国人终于摆脱了自造的心理牢笼而以新的眼光看世界，并一步步将国门打开的时候，我们才突然发现外面的世界是那么精彩。

宽容使中国融入了全球化的进程。21世纪是全球化的世纪。不管人们对待这种趋势抱有怎样的态度，都不得不承认它的不可抗拒性和必然性。因此，我们必须从道德上即用宽容的德性要求首先接受它。我们要把握全球化的实质，即以西方文化为强势文化或主导文化的趋势，对西方文化有比以往任何时候都更加深入的理解和研究，把握这种文化的来龙去脉和内在精神，了解它在今天对世界各地的人们发生作用的方式，以更加切实和明智的态度与外部世界打交道。

宽容是建立个体道德的德性的基础。中国传统文化历来重视"修身、齐家、治国、平天下"的道德修为。这种心性儒学传统和政治儒学传统的协调统一,一方面,有助于人们认识自身的内在价值,从我做起,修身养性,立人,达人,推己及人,使人们真正生活在宽容即仁爱的环境氛围中;另一方面,也使人们用宽容化解仇恨,解决争端,打破隔膜,使人类抛弃自私自利而彼此关心,树立共赢理念,学会在一个多元的社会里和平共处,睦邻友好。

宽容也是个体对人生探求的心灵基点。个人要想真正地认识生活、了解自己,必须完全敞开自己全部的心胸,试着用一种沟通和理解的方式沿着对立面进行思考。只有当我们遵循问题或意识的对立面进行思考,并走过一遍,才能完成自己精神上的再生。我们也才会感到自己抓住了问题的本质,从而也窥见了人性的奥秘,理解了人生的真谛。

农村娃的城市梦

　　老家的父母都称自己的子女为"娃"。"娃，好好学习""娃，到了学校，要吃好、喝好，不要舍不得花钱"……这是多年前送我上大学的乡亲对我的叮嘱。从那一刻开始，一个农村娃就开始了他的城市梦。

　　有人认为梦想和理想不同。梦想有些虚无缥缈，理想比较容易实现。在我看来，作为一种驱动力，二者都实现于个人努力奋斗的过程中。如果没有这个过程，梦想也好，理想也罢，都无从谈起。然而有了这个过程，不管是梦想，还是理想，终将会实现。这样看来，梦想或理想都是人生追求和自我实现的一种精神符号。

　　农村娃的城市梦，可能更多的不是指追求所谓的物质生活。城市的基础设施当然比农村完善，但是这并不能表明农村人就生活得不幸福。农村娃的城市梦，可能更多的是指城市能够为我们提供更多实现人生价值的机遇。但是这也不能表明农村就不能提供这样的机遇。对我而言，求学让我逐渐适应了城市里的大学生活。我的城市梦可能更多地表现为我的大学梦,这种想投身高等教育的渴望已经成为我的精神追求之一。

每次往返老家,我都喜欢乘坐所谓的"农民工专列"。在火车上,我喜欢跟老乡们攀谈。他们从老家来到城市,都有各自的打算。不管是打工求学,还是探亲访友,或旅游玩乐,他们内心里都想了解城市的生活。这种与农村不一样的生活可能以前只是他们的一个简单的城市梦,他们想实现心中早就萌生的这个想法,很多人为此付出了相当大的辛苦:远离了老家熟悉的生活,辞了老家的舒适工作,孩子抛给了年迈父母……他们可能意识到,也可能没有意识到,这样做对身边人的影响。他们只是义无反顾地来到了城市,开始了长久而辛苦的漂泊。

与他们在一起,我会有归属感和认同感。虽然我在城市奋斗了许多年,内心挥之不去的却是老家的一切。老家是我的精神家园,我想在城市实现它。这是父母和乡亲的祝愿,也是我这几年一直在做的工作。越是远离老家,越是筑梦城市。因为这个梦在逐渐清晰的同时,我们更加想通过自身的努力实现这个梦想。因此,农村娃的城市梦,既显得深沉厚重,又显得飞扬热烈。

这是一个逐渐显现的过程。当农村娃的城市梦逐渐显现,这一梦想变成了发挥个人潜能的巨大动力,同时也变成了建设城市的强大力量。在个人价值和社会价值双重实现的过程中,农村娃的城市梦已经不再虚无缥缈。

美国当代文学大师约翰·厄普代克在"兔子四部曲"中,塑造了年轻的主人公"兔子"哈利尝试"逃跑"的故事。我想,农村娃恰好可以和"兔子"相互比照。农村娃却没有选择不断地逃避梦想,逃避生活,逃避平庸,反而选择了不断地迎接挑战,迎接生活,迎接梦想。这可能就是约翰·厄普代克想要告诫我们的故事。这也是农村娃的城市梦的典型写照。

国人的房子情结

许多中国人都有房子的情结。不管是在农村还是在城市,不管是男孩还是女孩,盖房子或买房子对于许多人来说都是人生的头等大事。

就我来说,从我出生到现在,我住过水井房、平房、瓦房和学校的集体宿舍。当我住在水井房的时候,父亲浑身都是干劲,他要为母亲和我建一个像样的家。于是,就有了之后的平房。我在我家的平房里度过了美好的童年,紧接着两个弟弟相继住在了这间平房。这间平房送走了仅出生三天的我的最小的弟弟后,就被我们现在住的瓦房所取代。

这间瓦房见证了我们兄弟各自的命运。大弟找到了"阳煤集团"的工作,小弟在平陆打拼事业,而我远在上海想念着他们。父亲为盖这间瓦房,耗尽了勃发的潜力和最后的积蓄。这间瓦房就成为母亲和我们兄弟的安身立命之所。不管我们在外面多么辛苦,回到这间瓦房,总会感到心中洋溢着无限的温暖。父亲在人生的最后时刻安详地睡在了这间瓦房里,把我们家今后的发展都设置成悬念留在了这里。

大弟的婚事办得很风光。他就在这间瓦房里成了家。他的岳父和岳母来我们家看我们的时候,说这间瓦房盖得大气、漂亮,不像他们家的房子都是低矮的平房。在大弟结婚之前,母亲就把他结婚用的房间装修了一下,把整间瓦房也粉刷了,又重新焕发了光彩,把大弟的媳妇迎了进来。在之后的日子里,母亲盼望着把我和小弟的婚事也在这间瓦房里办了。瓦房承载着母亲的人生使命,也见证了我们的长大成人。

最近听说,三舅在村里盖了一间崭新的瓦房。我听到这个消息以后,也极为振奋。三舅命苦,很早就失了家。他把一儿一女拉扯长大实属不易。表弟已经到了成家立业的年龄,但是没有一个可以用来成家的地方。听母亲说,三舅费了很大劲才把这间瓦房盖好。外婆为了资助三舅盖房,把珍藏的老银圆老古董也卖了。她不顾年事已高,在三舅盖房期间坚持为工人们做饭。瓦房一盖好,表妹就在里面成了亲。有了这座房子,三舅身上的担子也减轻了不少。

十几年前我就离开了老家,来到城市求学。住在学校的集体宿舍,不觉得没有房子的痛苦。岁数一年年大了,到了成家立业的年纪,就会有人介绍对象。每次经人介绍对象的时候,我总会给对方说:我在城里没有房子。对方也笑呵呵地应和着:年轻人奋斗可以买房子嘛! 虽然谈话比较轻松,但是谈话的内容却很沉重。

谈婚论嫁的时候,房子的问题就永远也绕不过去。难道没有房子就不能结婚吗? 有了房子就能代表日子过得幸福吗? 回想我的父母结婚的时候,在村里连一间哪怕不像样的房子都没有。他们暂时住在大队的水井房里,帮助大队看管水井。我就出生在这样的地方。

长大以后,我对已成为残垣断壁的那间水井房的感情却日渐升温。我出生在一个不起眼的地方,这个地方甚至连村里人都不愿意住进去。我从水井房里走了出来,一直来到上海攻读我的学业。虽然远隔万里,水井房却一直在我的心中。我不嫌它破败,不嫌它矮小,不嫌它脏乱。

在城市里面住惯了,就会嫌农村落后,这也许是一般人都会有的感觉。我时常穿梭在两种不同的空间形态和生活方式里,我感受着农村的简单,同时感受着在农村生活的自在;我感受着农村的落后,同时感受着在农村生活的自然。我感受着城市的整洁,同时感受着在城市生活的压抑;我感受着城市的先进,同时感受着在城市生活的孤独。这就是我住在农村的房子里和住在城市的房子里的感受。

漫谈雷达评当代文学引起的反思

著名评论家雷达提出当代文学的四个缺少:第一是生命写作、灵魂写作、孤独写作、独创性写作的缺失。第二是缺少肯定和弘扬正面精神的能力。第三是缺少对现实生存的精神超越和对时代生活的整体性把握。第四是缺少宝贵的原创能力,增大了畸形的复制能力。

我十分赞同雷达对当代文学的评述。作为具有能动性的思想上层建筑的文学,其自身应该具有对现实的深刻反思的功能。澳大利亚 La Trobe(拉卓比)大学法学院院长(英语国家首位华人法学院院长)陈建福教授认为,学会反思是教育的目的。文学作品应该具有这种精神或品格。因为文学作品是对现实的反思,是人类思想萌发的孵化器,是人类心灵教育的主阵地,是人类社会进步的导向标。

对文学作品的热爱是我爱好写作的最初原因。现在对写作的这份深情更多的是我对文学作品的思考和对现实的反思。我是惧怕写作的,因为我的文字都是对个人心境的孤独描写。而这种孤独是建立在我对正面精神的追求与现实的我不能超越对现实生存的精神超越的痛苦之上。我是一个生活在理想世界的人,以前的我没有意识到。当与他人交流思想时,总是以坚定执着信念和大无畏精神希冀一种精神上的追求。我被人嘉奖过,被人奚落过,但更多的是受人奚落。这种奚落使我思考我的这种思维方式和价值取向对于现实是一种纯粹的理想吗? 如果我想要回答"是"的话,这是对我的过去认知的自我否定,所以我不认为我生活在理想的世界里。我宁愿说:这个世界对于我来说还不太理想,我要在适应中慢慢影响和改变它。

现在的我生活在文学的天地里,这成了我生活中的主要内容。对于我来说,从文学作品中,尤其是从学者的纯学术性作品中汲取思想,领悟智慧是我思考的主要来源。对现实生活中人们在情感上的疏离和自我压力突显的思考是我对当代文学思考的两个着力点。

现代人生活在陌生人社会里,然而传统的熟人社会并没有从人们的生活中消失。人们生活在这样一种痛苦的矛盾中:想要让他人认可自己又不想让他人了解自己,因此在做事上很隐秘,对他人又很客气;心中的想法从来就是自我消化而又渴望与他人真诚地沟通和交流;对自己的高标准、严要求带来的压力与千方百计地减压降压。

美国纯粹法社会学家唐纳德·布莱克(Donald Black)认为,人们在产生不满情绪时,会通过自我帮助来寻求解决冲突。这种自我帮助是一种通过单方面的攻击性行为使不满情绪得以表达。它的表现形式是:直接的非难、嘲笑、骚扰、毁坏财产、流放或暴力(包括自杀)。他在很大程度上揭示了现代人的生活方式和处理问题的方法。这里存在着一个重要的问题,就是布莱克所描绘的现代人是以个人作为价值本位的。

以个人作为价值本位的现代人摆脱不了陌生人世界中存在的矛盾和痛

苦。因为人的本质是社会性的,社会性的人一般都着眼于个人对社会的义务。而以个人作为价值本位的现代人往往只看到了个人的权利,他的权利对于别人来说也是一样的,权利行使中的冲突导致了人与人之间关系的异质化。人们不再关心他人的感受和处境,不再关注个人对社会的义务,整个社会呈现出一种人情的疏远和对社会责任的淡漠。在这种社会里,人人自危,压迫感和危机感是人们摆脱不了的心灵阴影。在这种环境里生活的时间越长,人们的感受就会越深刻,对生活的困惑和人生的迷惑就会更加驻足于人们的内心深处,影响和左右着人们的各种偏激行为。

反思是为了超越。

文学是人类思想的摇篮,深刻地影响着人们的思维方式。而人们的思维方式决定着他们的行为方式。因此,文学应当关注生命写作、灵魂写作、孤独写作,应该对描述个人心灵孤独情感的写作抱之以宽容态度。这样的文学应当通过对孤独情感的描写,对心灵阴影的剖析,让现代人找到一种归属感、安慰感和超脱感。这是思想交流和思想改变的先决条件。

这样的文学会使人们学会关心自我。当这种意识确立之后,他们就会寻求自我的改变。快乐工作是一种人生理念,他们会树立和运用这种理念。因为生活在情感疏离和自我压力凸显的社会中的人们更渴望生活上的温馨惬意和工作上的舒心快乐。他们会最先意识到这一点,会更积极主动地坚持这一理念,也更乐于快乐生活。

抗震救灾中的爱
体现了中华民族的精神存在

2008年的中国需要非凡的经营才能彰显巨人的风采。发生的许多事情让我们记住了这不平凡的一年。南方的低温雨雪冰冻灾害磨炼出了中国人的坚强意志,中国的基础设施经受了空前的考验。汶川大地震使得中国人变得更加坚强,中国的突发应急管理和信息透明公开得到了国际社会的一致好评。频发的自然灾害让中国在历练中走向成熟。2008年的中国也是令人期待的一年:北京奥运会——几代中国人的梦想变成现实。面对这特殊的一年,我们的心情无比复杂。

当改革开放极大地丰富了人们的物质生活,促进了中华民族伟大复兴,使中国以崭新的面貌融入了现代化、全球化、人性化的国际社会,我们将面临的是发展的更高阶段的困惑。在这个阶段,人们走出了自己在精神上的"童年期",而开始进入无所依傍的"成年期",不得不开始经历极为痛苦的"精神断乳"。人们开始寻找自己的存在价值。科技的现代统治使得人类变得更加聪明、更加机灵,但是如何变得更加美好、更加幸福和更加强壮有力?

现代社会中的人们因为找不到心灵的最终依归而变得越来越孤独和迷茫。

人们应该怎样才能找到自己的存在价值,关键是是否拥有自己独特的精神存在。这种精神存在是通过考察人的存在方式来发现的。中国人对北京奥运会的期待,是因为奥运会能够为人类实现超越自我的存在提供平台。中国人对汶川大地震的关注,是因为这场灾难让人们对自己的存在方式有了一个可以进行深刻反思的机会。同时这次地震对于中国来说具有特殊的时代意义,它激发了我们对中华民族的存在精神的思考。

如果有人问你,对于北京奥运会,你将以什么样的心情期待。如果有人问你,对于汶川大地震,你是怀着一种怎样的心情。大多数人的回答里都会出现一个字"爱"。在我们最激动的时刻,我们会想到爱;在我们最伤心的时刻,我们也会想到爱。爱是人类永恒的感情和话题。

爱使我们对自己的生活有了充分的认识,爱使我们对生活秩序的界限变得更加明晰。因为我们对生活注入了爱,我们所做的每一件事情都具有意义。因为爱,我们让时代和世界记住了我们的存在。爱体现了整体的时代特征和社会状况。

当最可爱的人冒着余震以最快的速度抵达震中抢救生命的时候,他们身上体现的是对人世间最宝贵的生命的关爱。当白衣天使超负荷地战斗在一线,其中不乏古稀、耄耋的老人,他们身上洋溢着的也是对生命的关爱。全国人民总动员,积极捐款捐物。中国能在最短的时间集聚全国人民的爱的力量,甚至世界人民的爱,其中最主要的原因就是爱已经成为中华民族的精神存在。

这种爱已经突破了爱的对象层次,它体现的是对爱的能力的张扬。

具有爱的能力的人,他们的爱是一种积极的爱。这种爱具有持久性,它不因时间的流逝而褪色。这种爱可以使人克服孤寂和与世隔绝感，当看到灾区人民因为被人爱而流下感激的泪水，我知道他们已经具有重建生活的信心和决心。这种爱具有一种创造性的倾向，人们的创造性的智力和感情的积极活动深深扎根于这种爱中。

这种爱是人们对爱的一种信仰。和谐社会是一个充满爱的社会，构建和谐社会需要我们有对爱的信仰。而这种信仰并不是什么东西，而是一种确认。这种确认是符合建筑在自己真实经历上的坚定的信仰。抗震救灾中体现出来的爱加深了人们对这种爱的信仰。

同时，这种爱也是对中华民族中历久弥新的人本精神的弘扬。这种人本精神的弘扬需要博大的爱才能体现持久性。汶川大地震激发了人们的爱。通过对灾区人民的持久性的关爱，"以人为本"的人本精神在中华大地生根发芽、蔚然成风。在抗震救灾中，人人都能展示出爱的能力，人人都发扬了爱的精神。

中华民族历来具有"民为邦本"的人文传统，它体现了中华优秀传统文化中"仁爱"思想的博大精深。今天的中国能够为平民在地震中的遇难举行国家哀悼的仪式，充分体现了国家对普通民众的关爱。这种爱既传承了"仁者，爱人"的思想，体现了仁义之邦的爱民情结，同时又具有新时代的意义。这种爱体现了国家对公民的法律权利的平等尊重和全力保护。

经过灾难的洗礼，人们会把这种爱永远地珍藏在心灵的深处。它是我们民族的宝贵精神财富，也成了我们的一笔难忘的回忆。

回忆为我们保存了在这个世界上不再具有的任何现实存在的东西，它使得精神存在得以永恒。我们的时代是一个需要精神作为依托的时代，我们的国家需要这种人本精神实现中华民族伟大复兴。建立地震灾害纪念馆,有利于人们获得精神上的归属感,增强社会的凝聚力。纪念馆是人们在漫长的历史长河中保存这种爱的记忆纽结,它是人们对这种爱的精神的实践传承。通过纪念馆,人们记住了在这次灾难中遇难的同胞,他们仍然存在于我们的心中。

这次灾难终将过去,它留给我们的只能是丰富我们在对这次灾难中呈现的人间大爱的回忆,以及由此而长存的抗震救灾精神。它同时也留给了我们关于爱的能力的培养和爱的精神的展现的美丽图景。只有同时具备这些精神存在,中华民族才能焕发蓬勃生机。

人生价值

为写而作

　　为写而作需要一颗勇敢的心和一种阳光的生活。

　　当写作已经成为我生活的一个重要组成部分，它承载的意义是我表达生命诉求的一种方式。开始写作是传递自己情感的需要。用文字记录真实的情感是我感悟生活的表达途径。想要认真对待生活，有时候是一件很痛苦的事情。生活中的很多情感难以割舍，萦绕心中就有了写作的冲动。

　　用写作记录人生的这些点滴，会让我的心态淡然、心境平和，更加积极地打理自己的消极情绪，认真努力地生活。史铁生作《写作的事情》，写作成为他理解生命奥秘的一扇窗户。冰心的《致小读者》是引导成长中的我们用写作探寻生活丰富多彩的一把钥匙。为写而作在他们的眼里是一件神圣庄严的事情。生活有待提升，生命需要升华，写作为人们的理解提供了不可或缺的素材。

　　怀有写作的冲动是一件幸福的事情。生命因为想写而能写成一些东西成为一件乐趣之事。描写亲情的深沉含蓄、友情的自然真诚、爱情的温馨美好、生活的丰富多彩、生命的深刻难忘等等，一切都在娓娓道来中启迪人们的心智和良知。

既然要写，并能成文，大胆而作，需要用心。写作需要一颗真诚且勇敢的心。当我平静地面对生活和自己，想要做一些认真的思考，记录人生的滋味和思想情感，写作就成为我直面心灵的一种通途。心灵此刻在平静中思索，生活在此不需要波涛汹涌。感受生命的当下体验，款款思意，流淌笔尖，或许就是幸福的最佳写照。

写作排遣了生命中的孤独，让生活变得振奋人心。巴尔扎克的"人间"悲欢离合离不开他在苦难世界的痛苦思考，莎士比亚为拥有文学梦想的青年打造了一个永远激励人心的世界。想想《孤星血泪》《约翰·克利斯朵夫》《平凡的世界》《穆斯林的葬礼》《追风筝的人》《酥油》这些故事，总能让人在生命的坚强中感到真实的触动。生命不是为活而活，即使是最平凡的人也会活出不平凡的人生。

写作是生活的真实写照。它既是文化的一种表达，更是人化的一种努力。写作的过程就是一个思考的过程：这个世界是一个什么样子？对你有何意义？你是如何在认识和改造这个世界的过程中获得幸福的？通过这样的思考，你对生活的积累和人生的感悟不但可以通过写作得到记录和表达，你的情感和思想同样可以通过写作进行沟通和交流。

用一颗勇敢的心阅读生活的千姿百态，用触动心田的笔尖阳光地生活，是写作带给我的灵感和期待。写作，让我的生活更加饱满，用火热的激情浇灌我的生命。幸好它不是作家的专利，也不仅仅是思想家把玩的工具，它是我们通过努力都能更好地生活的桥梁。

我的教师梦

　　每逢教师节临近，我都激动不已。这个节日让我想起了培养过我的老师。他们改变了我的命运，而且还一直在生活上鼓励着我。在他们身上，我看到了自己的明天。于是，我一直奋斗在求学路上，只为能像他们一样，成为一名值得学生尊敬的好老师。

　　这些老师都在我人生成长的道路上给予我很多的帮助。他们不仅仅传授课本上的知识，而且还在生活中关心着我的成长。我在生活中有什么困难，也会首先想到他们。因为我感觉老师对学生的关心是无私的，所以我打心眼里认可并信任他们。正是他们使我意识到，教育的最终目的是帮助学生更好地成长，而非简单地教授学问。

　　在我成长的过程中，不管是教学科研岗的老师、行政管理岗的老师，还是技术服务岗的老师都在努力帮助我实现个人价值。从考大学、考研究生，到每一个阶段的漫漫求学路，不同的老师为我的发展出谋划策。正是在他们的关心下，我才逐渐发现了自己的内在价值。我在求学的不同阶段遇到了不同的老师,发现了我自身的不同价值。

在高中,柴改梅老师、毛云霞老师等人不嫌弃我基础差,竭力辅导我的学业,使我顺利考取了大学,让我意识到通过努力可以改变命运;在大学,武星亮老师、王宇雄老师等人不仅在学业上指点我,而且培养我的社会实践能力,下乡支教等活动是我生命中很有意义的经历;读硕士时,王怡老师、许昭诺老师等人为我的文学爱好提供了一片天地,锻炼了我的写作能力;在博士期间,陈新汉老师、李瑜青老师等人专门训练我的科研能力,带我走上了学术之路。在博士后阶段,肖巍老师从为师重道方面悉心指导我,使我很快意识到我已经是一名在岗的科研型老师。

在求学的路上,在各位老师的帮助下,我的人生轨迹在悄然发生着转变。我在逐渐实现由一个普通学生向一名教师身份的转变。我把给予我生活帮助和人生指点的老师当成我学习的楷模。在我的内心,成为像他们一样的好老师是我努力的方向。我希望自己以后成为老师,也能用我的爱关心我的学生。我要把我老师的这种育人精神传承到我的学生身上。这就是我的教师梦。

我的教师梦没有绚丽的色彩,我只想把它描绘成自己心中一个美好的梦想,并一步一个脚印地实现它。我时常想着,这个梦能早一点儿实现该多好啊!在我缺乏自信心的时候,我就用我的教师梦,鼓励和安慰自己。我想,这个梦已经离我不远了。

急进与超越

急进容易产生浮躁,之所以急进是因为想要超越。如何权衡急进与超越之间的关系就成为一个很有意思的话题。

身处一个日新月异的社会,每个人都在激烈的社会竞争中谋求生存。社会为何对个人而言日趋激烈? 个人为何在日趋激烈的社会竞争中要不断地使自己立于不败之地? 如果就现象而言现象,一个日趋激烈的社会就是一个急于追求进步的社会,一个不断想要超越自我的社会。这样的社会不能避免浮躁。为了证明"进步",各种行为的论证如雨后春笋般层出不穷,各种理论的论证如琳琅满目般的商品让人应接不暇。这些现象在很多时候都让毫无心理准备的人无所适从。如果就本质而言现象,由急进而生的浮躁固然弊端百现,却反映了处于转型期的社会急于超越现状的一种社会心态,以及处于转型期的社会的人们急于想要迎接全新的自我的一种个人心理。

于是,急于想要超越的社会和人们往往会选择实用主义的功利行为。怎样见效快就怎样来,什么性价比高就选择什么,就短期的时效性来看,这样的选择无可厚非。因为这样的选择能够即刻满足人们的当下需求,也能即刻产生轰动的社会效应。然而,处于这样的社会中,人们往往会走向"拜功利主义"的极端,目光所到之处即为行为和目的的最终归宿。这种选择让人不能停下前进的脚步。一段时间之后,矛盾丛生的社会凸显,疲惫不堪的个人涌现。难道超越的目的就是走向不能停止的急进吗?

答案很明显。超越的目的是实现主体地位的人的发展。如果康德所说的"人是目的"还具有合理性的话,如果黑格尔认为的"人的利益是目的"还能成为选择的依据的话,急进的社会和浮躁的个人就应当反思——反思发展的路径,反思前进的方向,反思已经取得的成就的意义和接下来应该怎么办的问题。

于我而言,我内心的真实想法是:现在的我一直想要超越过去的我,为的是能够有一个理想的未来的我。投射到社会的角度就是:现在的社会一直想要超越过去的社会,为的是能够有一个理想的未来的社会。然而我深知这样的愿景不能一蹴而就,为什么这样的想法我以前虽知道却没有切身的感受,现在却感受得如此强烈? 是因为在想要不断超越自我的过程中,我发现自己走得太匆忙,以至于可以选择更好的发展路径却被我有意识地加以忽略。在这样的生活方式和思维模式下,心理压力当然会很大,生活节奏当然会很快,个人要求当然会很高,并且会越来越高,最后会高到不切实际而无法实现。

为什么中庸之道能够让中华文明绵延五千年而经久不衰却日益焕发光彩。我认为中庸之道就是马克思主义哲学的适度原理,万物都有度,急进也要有度。当发展达到一定程度时,应当停下来反思过去的发展,然后才能有未来的更好的发展,这样的发展才是真正的超越。只有在这样的理念下,我们才能真正地回答诸如此类的问题:我们的世界会在停不下来的发展中走向枯竭吗? 显然这样的追问相当震撼人的心灵。如果我们还想做一些真正的长远的有意义的事情,就像斯宾格勒撰写《西方的没落》那样进行思考,就像"罗马俱乐部"的《增长的极限》的报告那样进行思考,我们就应当换一种思考方式。超越可能会带来急进,却是人为造成的。人类有能力走出急进的泥淖,走上更加科学合理的发展道路。这不仅是我们的期待,更应成为我们生活的现实。

人生的价值在哪里

《中国青年》1980年第5期发表了署名"潘晓"的一封信《人生的路啊,怎么越走越窄……》,引起了广泛讨论。潘晓提出来的"主观为自己,客观为别人""为什么眼睛看到的事实总和头脑里接受的教育形式形成尖锐的矛盾"等问题,引起人们对人生的价值在哪里,以及理想与现实之间关系的深刻思考。那人生的价值是什么?对于每一个普通人而言,人生价值是指一个人在人生中的所作所为对于他需要的满足的一种现实社会效应。

既然人生价值关乎自己的所作所为对于自己人生的需要的满足,那么怎样来寻找自己的人生价值?对于每一个人而言,人们首先会关心自己的人生。关心自己人生价值实现的方式就是人生自我价值表达的过程。人生的自我价值直接与人生的自我肯定相关。每个人都会肯定自我的人生价值,但是这种肯定有自觉和盲目的区分。

在现实生活中,有些人只会按照自己的需要去生活。他们压根儿就不知道,人生价值是什么、在哪里、有多大和多么宝贵。这样的人生对他们来说,一无意义,二无价值。盲目地肯定自我的人生价值就以自我人生价值肯定的形式丧失了自我的人生价值。

自觉地肯定自我的人生价值体现在个人能够正确地对待人生中的逆境,能够自觉地肯定人生中的痛苦。趋乐避苦是人们生活中的常态。但是每个人趋乐避苦的方式却不一样,能够体现出自觉与盲目的区别。盲目地肯定人生价值往往会刻意地规避眼前的痛苦,却有可能在不经意间酿成人生全局的痛苦。自觉地肯定人生价值会在正确地理解痛苦中体味人生的价值。

人生中的痛苦往往是对人的锻炼。在与痛苦做斗争的过程中,人的精神境界会不断地提高。这让我想起了古希腊神话中的英雄普罗米修斯。普罗米修斯为了人类不受苦难,盗取了天上的圣火而遭到宙斯的惩罚,他的肝脏每天都要被恶鹰啄食,他却心甘情愿为人类受苦赎罪。普罗米修斯对他的痛苦是有意识的。正是因为他能够意识到自己的痛苦,从而执着于为人类受苦赎罪,在这个过程中他体会到了人生的价值。他的人生价值是他有意识地自我塑造。

换言之,每个人的人生价值都是自己有意识地自我塑造的结果。这个结果就存在于,每个人自觉地以肯定自我人生价值的方式,有意识地进行自我塑造的过程中。这样我们就可以分析《中国青年报》2012年1月7日发表的署名江西农业大学大三学生"杜克海"的那封信——《为什么我的大学越上越迷茫》。在这封信中他谈到,面对高校里的考证、考研等热潮,"当我知道那个不是我想要的东西时,我又开始迷茫哪个又是我想要的呢?我始终都没有坚定地把握自己的追求"。

这说明他已经意识到求学路上的痛苦。他想要在大学里每天"看书、写字(练书法)、摄影",而身边大多数人"是在准备大学英语四六级考试、教师资格证和期末考试"。他在内心深处抵触这种功利主义的读书做法,而他自己"又不知道该往哪个方向走,找不到奋斗目标"。其实在我看来,他已经找到了前进的道路。他觉得自己是汉语言文学专业,在学校里最应该做的事情就是"看书、写字(练书法)、摄影"。他肯定这种生活方式的价值,"发现了属于'自己的东西',很快乐,很幸福!"

他自觉地以肯定自我人生价值的方式,有意识地对自己进行了塑造,只是他不确定这种塑造是不是会被社会接受和认可。于是,他试图寻求人生的自我价值与人生的社会价值的统一。可以肯定地说,人首先要活着才能创造价值。没有人生的自我价值就不会有人生的社会价值,更谈不上整个社会的发展,所以他有意识地追求人生的自我价值是特别值得肯定的。那么为什么他还要迷茫呢?因为他害怕社会的要求与他的需要不符合。他就会不断地通过人生的选择来塑造自己。他向社会发问:"为什么我的大学越上越迷茫"?这就是一个自我人生选择和塑造的过程。这个过程就是他的人生自我价值与人生社会价值的统一过程。

"杜克海"实现人生价值的案例值得我们深思。他与许多年前的潘晓一样,都在追问:"人生的价值在哪里?"他们也都用自己的行动回答了这个问题。每一代人都在思考这些问题,并通过自己的行动给出了答案。不管这些答案是什么,都紧紧围绕着自我人生价值的实现这个话题。就像潘晓说的那样:"太阳发光首先是自己生存运动的必然现象,照耀万物不过是它派生的一种客观意义而已。"我们每个人首先要努力提高自己的人生价值,才能在感受生命意义的过程中,为人类社会向前发展贡献出自己的价值。

我们的兴趣在哪里

我经常会听到一些大学生说：在学校里干什么都没有兴趣。学习吧，提不起精神。问他有什么爱好，也回答不出来。有人觉得上大学有些无聊。

这些大学生之所以有这种心态，一方面说明他们对大学生活的设想与真实的大学生活有很大的差距，另一方面说明他们在学校里的生活很安逸。很多人都是高分考上了大学，当时就抱着一种"天之骄子"的心态来上大学。进入学校以后，发现自己在周围人当中只是很普通的一员。学习成绩中游水平，家庭情况普普通通，长相才华也不出众，一来，没有了以前的优越感；二来，没有了升学压力；三来，父母不在身边。于是乎，终于可以放下沉重的心理包袱，在大学里悠哉地生活。到了期末考试，集中复习一下，就可以保证各门功课都不挂科，所以很多人都不再把精力放到学习上面。生活中没有了主要动力，自然会觉得生活无聊。

很多人在大学的生活中培养了一些"小兴趣"：他们中有的人学着做生意，卖点儿小零食或生活用品；有的人把精力放到了谈对象上面，在谈情说爱的诗情画意中过着大学生活；有的人整天打游戏或看电影、电视剧；有的人兼职干家教、去公司实习……

日子总是过得很快，等到大学毕业的时候，很多人又回到了原点。我身边就有很多同学是这种情况。每次回老家和他们聊天的时候，相互总会问起来，"你的大学生活是怎样过的"之类的问题。其中就有不少人回答道：大学里很无聊，对什么都提不起兴趣。当时的我就在思考，兴趣是什么？我们的兴趣在哪里？

高中的时候，我们在学习，可能并不一定是我们真正想要学习，很多人都顶着巨大的压力。面对父母的大力支持，改变命运的少之又少的机会，上大学就成了人生的敲门砖，多数人的求学生涯就此结束。幸运儿一般都会觉得，自己已经改变了命运。殊不知，上大学只是人生的第一块敲门砖。

人生起跑的很多东西，都要在大学里学会。怎样学会思考人生，需要一定的知识积累。怎样学会待人接物，需要一定的社会实践。怎样学会不断上进，需要周围师生的帮扶引导。这些东西，都不是别人要求你，你才要学；也不是别人强迫你，你才会做。最重要的是，你是否发现你正在自觉地进行思考。

兴趣就是一个思考和发现的过程。我这里说的兴趣，不是指具体的小兴趣，而是指实现人生的大兴趣。人活在这个世界上，到底真正需要什么？如果只是短暂的小兴趣，也很快会短暂地消逝。一辈子只专注做一种事情的兴趣，才是每个人安身立命的法宝。然而，这样的兴趣不是天生就会有的。

起初，你只是觉得自己擅长做一些小事。慢慢地，你发现自己在做这类事情的时候进步得很快，也很开心做这类事情。这就是兴趣。或许这种兴趣就是你以后职业生涯的起点。在这个过程中，最重要也最艰难的是，你是否一直在坚持做你感兴趣的事情。当你一直锲而不舍地做着同样一些事情，你就很容易出成果。这方面的例子，不胜枚举。

拿我来说，我没有什么特别的兴趣，就是觉得自己能够静下心来学习。不过我并不是一开始就发现了这个特点。我在上高中以前，学习成绩一直很差，也没有特别努力地学习。当有一天，我发现读书对我而言，不仅意味着能够改变命运，还是我想做的事情，我才开始认真地学习。

我想做的事情就是当一名老师。对于高中的我来说，这个要求比较高。当老师最起码也得大学毕业才行，所以我要努力学习。上了大学以后，我发现大学老师很有思想。我很喜欢他们给我上的课，以及那种上课的感觉。很多老师的学识风度就像种子一样，扎根在我的内心深处。从那个时候起，我决定要做一名大学老师。

大学老师不是随便什么人都能做的，起码你得有自己的思想才行吧，不然哪个大学生会认认真真地上你的课。怎样才能有自己的思想呢？我通过攻读硕士和博士学位，思考这个问题。在这个过程中，我才明白了为什么社会对大学老师的要求会这么高。除了"传道授业解惑"，大学老师最重要的事情是，要有一个清晰的头脑时刻反思这个社会。

这个社会出了什么问题，大学老师要有敏锐的思维，回答时代提出来的这些问题；这个社会今后要往哪里走，大学老师具有不能推卸的担当意识和历史使命。很多学生甚至没有发现，自己的大学老师就拥有这样的眼界和胸怀。我们只是看到老师们教书或者搞科研。我们不知道，他们通过这种方式实现着理想与现实的交接。

伟大的东西往往都很平常。看似不起眼的小事，可能就是萌发兴趣的起点。我的兴趣是我在读书的过程中逐渐感觉到自己需要而产生的,这种需要一开始很模糊,所以我也很迷茫。当我努力地寻找我的人生兴趣的时候,越来越清晰地发现,它一直就在我的身边。我用人生的前三十年发现了自己的兴趣,觉得这个过程就像演电影一样,不经意间就完成了。

有时候就是这样的。有很多人觉得一辈子的时间特别漫长,有很多人觉得一辈子的时间特别短暂。前者或许就在心灵空虚中与时间较劲,后者可能是在兴趣的引导下与时间赛跑。那么,我们的兴趣到底在哪里?答案就在我们自己寻找的过程当中。

三十年的求学生涯

人到三十而立。对那些到了三十岁还在继续为求学而忙碌的人来说，读大学不仅仅像是一次海上远航，目标明确又充满风险，既靠机遇又凭经验进行收获。三十岁的人求学就像是老舵手，经历过大风大浪的洗礼和风平浪静的惬意，拥有自信的胆识和成熟的心境。三十岁的人求学又像是年轻的船夫，虽然不是特别年轻，却更能品味青春的味道。三十岁像是一个分水岭，徘徊在三十岁左右的人都在求学的旅途中思考人生的意义。所以，三十岁的人求学更像是一名船长，睿智与果敢、谦和与成熟，航行在已知和未知的知识海洋。

回首三十年的求学生涯，最大的感受是自己一直在不断地成长。成长的过程中充满悲伤与欢乐、收获与失意，这是一种奇妙的感觉。随着阅历的丰富，我们逐渐对身边的成功和失败抱有平和的心态，认为一切都是命中注定，什么都随缘就好，不必太过强求。曾经的困惑与激动都随飞逝的时光从指尖滑落，只有记忆永不褪色。这些记忆仿佛为自己定了一个人生基调。

它用永远不能改变的过去时刻警醒自己要努力珍惜当下,用力所能及的积极心态点缀生活的平淡质朴。

再回首三十年的求学生涯,唯一没有改变的是自己的心灵,这是一种坚持。三十年对自己来说既漫长又短暂:不断更新的知识和阅历伴随重复的生活方式奠基人生的奋发向上,成为漫长人生旅途的起点和动力。三十年又像是人生的一个转折点:在这样的年纪求学更要清楚心灵的需求与自身的社会定位。面对各种压力,只能用强大的心灵勇敢地试错,这是一种坚忍的人生态度。三十年的求学之旅,需要不断地再回首。只有这样才能更好地坚守生命中最重要的东西。

又回首三十年的求学生涯,能平静地面对一路走过来的自己,酸甜苦辣咸五味杂陈。很多时候,面对真实的自己需要勇气。每次回想不太成熟的自己在过去的生活中人为地制造各种缺憾,还是会在内心暗暗警醒自己不要重蹈覆辙。很多时候,活着会很辛苦也很累。虽然承受了很多压力,自己也不愿放弃。这是因为一种选择意味着一种责任,既然选择了远方,确实要风雨兼程。

不断回首三十年的求学生涯,会不断收获爱和感动。读书让人远离尘嚣,不断感受质朴的爱和宁静的生活。许多情感的流露和感悟在这三十年的求学生涯中沉淀又升华,激励自己不断找寻生活的价值和活着的意义。用"爱"这个主题词来形容三十年的求学生涯,同时也回答了自己为什么会毅然选择在这条道路上继续走下去。这是一种对回报的坚持,也是一份对心灵的答卷。爱让自己成长,也让自己收获感动。虽然自己已经走了很远,也不想忘记初衷的承诺。

命运是一种看似随意却又精心准备的安排。二十年前的自己,浪荡在教室与田野的不着边际,不知道读书为何物;十年前的自己突然发现读书的重要一路坎坷坚持到现在,这才发现,之前的不读书也是为现在的读书做一种准备。后知后觉之后,才更加努力珍惜读书的来之不易。所以,才会一直坚持;所以,才想在大学的生活中充分准备人生的才能。

读书与家庭相连。最初的认知来自父母的引导与熏陶,亲人营造了童话般的岁月停留在上学的初期。无忧无虑的童年,把单纯的读书染成色彩斑斓的快乐成长。长大以后,来自社会的各种要求纷至沓来,读书增加了功利性的成分。供孩子读书就成为家庭的一种生活方式,用心读书也成为对亲人的一种回报,尤其是在人到三十而立的年纪。

三十年的求学正是积淀人生腾飞的起点。三十年了,自己一直在积累,一直在学习。三十年了,正是把所学的知识和本领学以致用,运用到生活的关口。这是一种转型,也是一次飞跃。人生再也不会有第二个三十年专门用来安心读书。用三十年的时间磨成一"剑"行走"江湖"。处在这样的人生境况,更应当有所作为。也只有摆正自己的人生姿态,用三十年的求学厚积薄发,才能无愧这三十多年的求学生涯。

乡愁与大学生的人生思考

每个人都有自己的乡愁。不管是城市人还是农村人,都对"生我"和"养我"的地方充满着情感。这份情感随着时间的推移,往往不是被冲淡,而是愈发浓烈。大多数大学生都不在自己的家乡上大学,身在异地总对家乡充满着眷恋。上大博士生王磊光的文章《一位博士生的返乡笔记:近年情更怯,春节回家看什么》就属于要表达对自己家乡的深切眷恋。只不过这种眷恋是以一种学术视野下的问题意识呈现出来。他在文章中提到了"人与人之间联系的失落""妻子·房子·车子"和"知识的无力感"等观点,试图表达自己对家乡近年来变化的忧虑和关注。不可否认,他的文章中充满着乡愁。这种乡愁以一种忧患意识的形式表达出来。这表明,他把自己的生命感悟与这种乡愁意识有效地结合在一起,从而在社会上引起广泛反响。由此可见,大学生应具备一种独立思考的能力。这种能力要与自己的人生思考联系在一起,才能有助于我们的人生成长。

乡愁要与大学生的生命感悟相联系

我是从普通农村家庭走出来的大学生。为了改变自己的命运，我努力考大学。上了大学以后，我又努力考研究生。在短暂的两年辅导员工作之后，我又读博士。每向前走一步，我都深知，自己在改变命运。只有自己的命运得以改变，我身后大家庭的命运才能随我有所改变。正如王磊光所说的那样，"几乎每一个农村的80后大学生，都是以牺牲整个家庭的幸福为代价来读大学的"。所以，在我的生命体验中，上大学是农村孩子改变命运的唯一一条途径。如果把我个人的生命体验放大到整个农村社会，就可以一窥当下农村人的教育观念。

每年春节回家，我都经常听到村里人议论某某家的孩子考取了哪个地方的公务员，大学没有白读。天下父母都望子成龙，盼女变凤。农村人在狭小的农村天地，可以拥有和掌握的社会资源极为有限。他们不想让子女再过自己现在的生活，不想让子女再走自己的老路。如何改变子女的命运就成为他们忙碌一生要解决的首要人生大事，为此他们煞费苦心。教育，这一能改变个人命运的方式是他们能够看到的唯一希望。他们积攒毕生的财富和精力，一门心思要让孩子上大学。"知识改变命运"，他们身边很多事例已经鲜明地摆在眼前。尤其是通过参加改革开放后的高考改变人生命运，现在已经成为社会各个领域骨干的人们。如果说这些人已经离现在有些遥远，之后走出农村的大学生也在不断改变自己的命运。即使是高考扩招，大学教育已经由精英教育转向大众教育。

在很大程度上，农村人只看到了教育的功利作用，他们不知道教育可以深刻地改变一个人的思想。正是因为教育做到了这一点，才能深刻改变一个人的命运，我们称之为教育对人的塑造。我在求学的过程中，不断感受着大学教育对我人格的塑造。所以，我感觉我的思想和心灵在不断地充实丰满，我的境界和人生在不断地提升。这是我从农村走出来接受高等教育熏陶的自然结果。可能我现在的这一状况并不是我父母当时送我读大学的初衷。我却认为，现在的我比父母想象中的我要更加理想、更加令我满意。我的父母永远不知道我在大学里面接受了什么样的高等教育，也永远不知道我在大学里过的是怎样的一种真实生活。能够让我把握的永远都是我现在应当如何去做，才能让我今后不要后悔。我认为，当时的我做到了，现在的我要更加努力做好应当做好的事情。带着这种认识，我每年春节过年回家，心灵都很受触动。我认为，我的个人成长是与家乡的亲情分不开的。

乡愁要与大学生的个人成长相联系

我的个人成长首先与父母亲对我的教育分不开。父母亲是我对家乡情感的主要寄托，也是这份乡愁最重要的呈现载体。而我之所以能够顺利成长，直接得益于父母亲对我的良好教育。虽然农村的教育比不上城市，但是在我看来，农村的教育能给我带来一生前进的动力。在我无忧无虑的童年，读书把我的生活渲染得色彩斑斓。我浪荡在教室与田野的不着边际，不知道读书为何物。只是在长大以后，进入城市读书，读书的功利性才日益增强，来自社会的各种要求纷至沓来，父母亲才牺牲了种种，供我读书。用心读书就成为我对他们的一种回报。而在这一过程中，我始终认为我的成长与父母亲对我的教育分不开。

　　这些年,我和弟弟们的成长大都与父亲对我们的教育有关。父亲特别重视对我们的教育。母亲就常说:"你爸重视教育。就是家里再穷,他也舍得为你们上学花钱。"父亲是这样想的,也是这样做的。我在中考失利后,站在人生的第一个十字路口。当时,父亲和母亲对我未来的规划不太一样。母亲想让我直接就业,可以从事厨师行业的工作。而父亲则征求我的意见。我当然想继续读高中。于是,父亲全力支持我。我特别感激他。作为对家里的回报,我在高中用心读书,终于考上了大学。大弟能上大学,应该特别感谢父亲。他考大学失利后,哀求着父亲让他继续读书。为了成全他,父亲先后多次跑到省城联系学校,直到送他上大学。父亲知道农村的教育落后,也知道上大学能够改变我们的命运,所以即使在我中考和大弟高考失利后,他依然努力为我们上学而奔波。我和大弟没有辜负他的期望,都在上大学后留在城市打拼。

　　母亲对我们的教育是从她的人生感悟开始的。她告诉我们,他们这一代人当中有靠读书改变命运的,现在这些人都很让人羡慕。而她从小没有好好读书,因此只能留下遗憾。轮到我们上学了,她就不想让我们走她的老路。我们村的小学有一位老师是她的好姐妹,母亲就把我们托付给她。母亲经常找这位老师交流我们的学习情况。她知道自己的教育水平有限,就希望学校里的老师们多关心我们。在大弟的求学路上,母亲投入了很多精力。他上高中时,父亲就重病在身。我们家靠母亲一个人打工来维持生计。她用在农村"一条龙服务队"赚来的微薄收入,补贴大弟的生活费用。当时大弟读完三年高中,也想和我一样上大学。她又全力支持他读完大专。母亲对我们说:"家里就是砸锅卖铁,也要供你们读书。只要你们能够继续读下去,我就会继续供下去!"自从父亲去世以后,她不仅要维持我们家的生活,还要供我们读书。所以,我们的成长是建立在母亲无私奉献和牺牲的基础之上的。我们家的这种情况,在农村属于普遍现象。从农村走出来的大学生大都有过类似的人生体验。因此,在我们的成长过程中,乡愁就意味着对家乡的感恩,就意味着对父母的感恩。正是这种感恩,成为我们不断努力的人生动力。

乡愁要与大学生的生活体验相联系

乡愁从来就不是一种空洞的"矫情",也不是一种文字游戏式的"发泄",更不是一种贴标签式的"快餐文化"。乡愁要与个人的生活体验联系在一起。这对于从农村走出来的大学生而言更是如此。大学生只有把自己在农村的生活体验融入自己对这种生活的独立思考当中,才能真正体味出什么是乡愁。对我而言,乡愁就意味着帮母亲倒烟囱、帮父亲盖房子、帮亲朋好友做些农活……

有一年回家过年,留在我记忆中最深刻的一件事是倒烟囱。临近冬天的时候,母亲买了一小车炭。这次买的炭与以往不同。每隔三五天,家里的烟囱就冒烟。她就要把烟囱卸下来,倒掉烟囱里面的烟灰,才能继续生火炉,不然整个屋子满是烟,呛人呛得要命。因为每次生火炉都要用到炭,所以倒烟囱就成为平日的必做功课。我还没有回家之前,母亲一个人无法倒烟囱,她就请父亲的朋友帮忙。我回家以后,她就不想麻烦别人,于是由我和母亲试着倒烟囱。虽然这不是什么好活,但是现在想来,我还是很怀念与母亲一起倒烟囱的情景,怀念烟囱里的那股烟味。因为那股烟味对我来说就是家的味道,我只有回到家,才能闻到那股烟味。我在家里的每一天,都是看着烟囱冒着烟，然后香喷喷的饭菜就被做好了。那股烟味还是一种人情味。和家人一起倒烟囱，虽然我们嘴上都有些抱怨这些麻烦事，但是心里却在感受着亲情的温暖。那股烟味更是一种年味。只有过年回家的时候，我才能闻到那股烟味。虽然炭烟味并不好闻，却也是年味的一种表达。伴着那股烟味，我在家里度过了一个又一个难忘的春节。

在我的生命中，乡愁还与父亲盖房子有关。盖房子是父亲一生中的头等大事。在他手里，总共盖过三次房子。父亲第一次盖的是平房。我就是在这间平房里开始记事的。这间平房见证了我的成长，也充满了我对童年的回忆。直到今天，它依然是我怀念童年的情感源泉。父亲第二次盖的是西屋。盖西屋的时候，父亲本来是想盖二层小楼房的。楼房盖了一半就没钱了，父亲只好把此事暂时搁下。想不到以后，再也没有动工整修过。现在母亲就住在西屋。我和小弟回家，也是住在西屋。父亲第三次盖的是我们兄弟三人结婚用的瓦房。这两套瓦房的建盖，耗尽了父亲的心血。留给我最深刻的记忆是，瓦房盖好了，要安装后窗的遮雨棚时，父亲就站在高高的梯子上敲敲打打。扶着梯子的我看到他的后背淌着一道道汗水，眼里的泪水就止不住地往下流。父亲为盖好瓦房，耗尽了勃发的潜力和最后的积蓄。大弟就在其中的一套瓦房里成了家。过了几年，小弟在其中的另一套瓦房里成了家。对我而言，家里的瓦房就是乡愁的寄托。

所以我认为，大学生不必刻意寻找所谓的乡愁。乡愁不在别的地方，就在我们的日常生活当中。只要用心感受生活，用心体验生命，用心学习成长，就能感受到浓厚的乡愁。在这里，乡愁谈不上好坏、对错和是非，也没有必要刻意渲染。乡愁就是我们生活中很自然的一部分。

身边的健康

　　健康——这个貌似很平常的话题,有时候谈起来特别沉重。人们健康的时候,往往忽视它的存在。当有一天感到身体不舒服或者异样的时候,才开始惊恐起来。

　　最近,我身边有好几个人都陆续住院了,而且还做了不大不小的手术。有身边同学的亲人,也有自己身边的同学。他们的"毛病"都好长时间了,就是不去医院做个检查。直到拖不下去的时候才去找医生,然后查出了问题,接着就开始住院、动手术、调养……

　　接连发生的这一系列事情开始让我意识到了健康的重要性。原来我们中的很多人也和他们一样,长时间地忽视自己的健康。比如说,不注意锻炼身体,导致身体素质很差,到了冬天就容易生病感冒;平时不注意饮食中的忌口,往往病从口入而不自知;不太注意住所的居住环境,脏乱差滋生着各种病菌等污染源;生活习惯不规律、不科学、不健康,老是晚睡晚起、缺觉少食,导致身体健康每况愈下……

　　量的积累会造成质的突变。当有一天我们突然发现身体吃不消了，才感觉到我们亏欠了身体太多。身体是我们每一个人活在这个世界上的载体，当它为我们负担了太多的外界重荷，尤其是这种负担是一种不健康的承受的时候，它就变得麻木了。它也不愿意承受这么多的压力，它以"麻烦"的姿态向我们"抗议"。然而，我们多少人感受到了自己身体的这种抗议？我们陶陶然自得地"消费"我们的身体，唯恐它不是我们的身体。

　　当我们的身体再也承受不住我们的重负，它就轰然垮了。我们以为通过看病就能使它恢复吗？我们以为通过自我的心理安慰就能使它得到调节吗？我们对待自己的身体从来就有很多的自以为是。它也在和我们抗争，也以为不断地"被消费"可以得到恢复。然而它承受不了这些，它在逐渐地衰老。它曾经无数次地暗示我们要善待它，要合理使用它，可是我们就是喜欢"偏执"，你越要我这样做，我就越要那么来。最后，在我们与它作对的过程中，它越来越远离我们了。它已经不会再"固执"地与我们抗争，而是用自己的问题来表达自己的无奈。恰恰是这个时候，我们才真正地意识到，我们是多么需要它，需要它的健康，需要它的"正常"。

　　原来我们的健康就在我们的身边，它曾经替我们买了无数次的单。当我们想当然地再想让它买单的时候，却发现它已经没有能力为我们买单了。这时候的我们欲哭无泪。是悔恨吗？悔恨当初为什么没有善待我们的身体；是无奈吗？无奈现在为什么它会变成现在的这个样子。只有到了这个时候，我们才真正意识到它的重要性。身体是我们的，但是身体的健康只能属于珍惜身体的我们。我们越是爱惜并呵护它，它就越能为我们带来健康。难道这样的意识晚了吗？每天的生活都在重复着无数的故事，而这些故事都大同小异。作为故事中的我们，只能选择尽量不要让生活中的悲剧故事不断地重复上演。

人生故事

纪 阿 姨

纪阿姨在学校餐厅打工。我以前经常去她服务的窗口吃饭,她总是对我笑脸相迎。我心想,"为什么阿姨这么热情?"后来与其他同学聊天,无意间聊起这件事情,他们也说纪阿姨打饭时很热情。我这才明白,纪阿姨的热情不是针对我一个人。

纪阿姨在餐厅卖水饺。上大餐厅就只有她这里卖水饺,因此来这里吃水饺的人特别多。由于是现煮现卖,要等上几分钟水饺才能出锅。吃水饺的人就在窗口前排了两条长长的队伍。一条是已经刷过卡,等待领取水饺的队伍;另一条是没有刷过卡,正在耐心等候的队伍。

这个窗口有两位阿姨值班,纪阿姨是负责人。除了纪阿姨,另一位阿姨午饭和晚饭换人,可能是因为这里工作强度大的原因吧。我排在队伍中间,看着她们不断地询问同学们吃什么馅的水饺,然后打卡下水饺,再把煮熟的水饺端出来。等待的过程中,我不时地看看其他打饭窗口。那些窗口寥寥数人,只有这里排着长长的队伍。

尽管如此,上述的情况还不是这里最忙碌的情形。每年的冬至,这个窗口的火爆盛况才令人印象深刻。大家都要吃水饺,而全校只有这里卖水饺。同学们从中午十点多就开始蜂拥到这里吃水饺,纪阿姨一个人肯定忙不过来。于是,相邻窗口煮面条和炒饭的阿姨就过来帮忙。只见外面的两条队伍都在看里面的窗口,而她们正忙得热火朝天。如果你来迟了,就吃不上水饺了,因为水饺已经卖光了。

当纪阿姨把水饺端给我时,她会给我来一碗水饺汤。她对我说,"原汤化原食,吃水饺的时候喝点儿水饺汤,更有营养"。听着她说这句话,一股暖流就在我的内心缓缓流淌。她对学生的爱就体现在这小小的细节里。

有时候,我会在校园里碰见纪阿姨。与她聊天,才知道她不识字。正是因为这个原因,她特别尊敬有知识的人。她对我说:"你们这些研究生都爱到我这里吃水饺。我也喜欢跟你们聊天。你们都是有文化的人。"听到这些话,我感到惭愧。读了这么多年书,我经常感到自己一无是处,纪阿姨却如此看得起我。

纪阿姨告诉我,她有两个儿子和一个女儿,三个孩子都是大学生。由于家里负担重,她和老公就从安徽来上海打工。她已经在上大餐厅干活将近十年了。每天,她和其他阿姨都要包五千元的水饺。她是负责人,要负责包水饺和卖水饺,因而她就比其他阿姨更辛苦。

她还关心地问我的家庭情况。当得知我的家境时,她鼓励我好好学习,将来有成绩了,再报答家里。虽然她不识字,却对人情世故看得很清楚。这让我感觉到,上大的餐厅阿姨很有修养。我们聊得很愉快,我就把我发表的随笔拿给她看。她过年回家,让老公读给她听。之后她对我说:"你很优秀的。"我深感惭愧,只是觉得我跟她很有缘。

　　纪阿姨已经离开上大餐厅。这里规定，超过五十岁的妇女就不能继续干下去了，而她已经到了这个年龄。有时候，我去她曾经工作过的餐厅吃饭，会不自觉地看看她曾经站立过的窗口。我幻想着她依然在那里，正笑脸相迎地接待我们。看着别的阿姨在那里忙碌，我的内心就会有些失落。我很怀念这个餐厅有她的日子。不管她现在到了哪里，我都深深地祝她幸福。

新婚贺喜

良武、林珍：

你们好！

祝贺你们喜结良缘！

爱情是永恒的话题，每个人都憧憬自己的爱情。没有爱情的时候，焦虑地等待着爱人的出现；有了爱情的时候，兴奋地期待着婚姻的到来。爱情是青年人向往美好生活的一部分。

我也渴望爱情。我的爱情迟迟没有到来，所以我是最没有资格谈论爱情和婚姻的人了。但是，我却渴望爱情。我的爱情恰似一朵苦莲，需要慢慢地绽放，才能开出美丽的花朵。这是一个过程。我的这个过程异常艰难、缓慢。它训练了我的心境，培养了我的人格，造就了我的人生。或许，我适合过这样的生活。

有了爱情，就要珍惜爱情。罗密欧与朱丽叶就是很好的例证。罗密欧与朱丽叶的爱情受到了阻碍，这个障碍可能来自家庭、经济问题或者双方自身的问题。罗密欧与朱丽叶没有被这些困难吓倒,他们宁愿以生命来换取美好的爱情,他们的爱情始终坚贞不渝。

我常常渴望这样的爱情,找一个能够交流思想的爱人。尽管我们可能不是很富有,尽管我们可能没有儿女,尽管我们可能生活艰辛,尽管我们可能遭人鄙视,尽管我们可能……但是我们是幸福的,我们是快乐的,我们是成功的……爱情往往不会与金钱、权势、人际、家境、漂亮等这些虚浮的东西相连。幸福本来就是很简单的一件事情。不是有了钱、权、貌等外在的东西,我们才能幸福,我们往往因为这些东西而变得不幸福。幸福只是一种感觉,而这种感觉的营造是双方用心交换得来的。

由爱情走向婚姻,是成人的开始。成人意味着宽容,预示着成熟,内涵了勇敢。在以后的生活中,夫妻双方只有举案齐眉才能营造宽松的生活环境。在《周易》中,家庭的卦象又名风火卦,意指风火相连,家庭生活才能风风火火。我们都知道,风越大,火势就越旺;火势越旺,风势越强。夫妻双方在以后的生活中就应该这样,这是成熟的标志。现实和理想往往相距甚远,只有勇敢的人才能不畏艰辛,朝着理想不懈追求。

我一直向往马克思的爱情。马克思一生贫困潦倒,燕妮在他最困难的时候,给了他精神上的支持。燕妮成就了马克思的一生,也铸成了一位永远活在人们心中的伟人。如果说马克思永远地活在了人们的心中,燕妮也就永远地活在了人们的心中。

友一介书生,贫困潦倒。值此新婚之际,也无厚礼可赠。友愿把硕士三年心得与二位分享。这些都是友的人生感悟,是友在人生最困惑的时候、最失落的时候、最开心的时候、最幸福的时候,提笔而成。

友一直认为,人不应当仅仅学习知识。知识是永远学不尽的。人应当学习的是智慧。只有智慧才能让人生活得更好。友愿把自己的心得与二位分享。这些是友对人生、对世界的看法,是友的生存哲学,是友的人生智慧。希望能够给二位带来启发。

也愿二位能够"转识成智",幸福美满一生。

奔奔的世界

活在这个世界上,让人难以忘怀的情感很多。奔奔的出现曾经照亮了我们的心灵。

父亲有一个爱好,喜欢养狗。记得从小到大,家里养过很多狗儿,大多是膘肥体壮的那种。有些狗儿很听话,对自家人也很温顺,见了陌生人才会使出看家本领,犬吠不止,只等主人一声吆喝,吐舌摇尾,狂献殷勤;有些狗儿就不那么聪明,见了人就叫声不断,只要不是喂养它的人,它在任何时候都怀有一种敌意,不管主人是否希望它如此看家。

父亲的这一爱好持续过一段时间,直到家里生活压力越来越大,父亲再也无心打理这个爱好。养狗这种生活退出了我们的日常领域,家里人或多或少都还受到了父亲这一爱好的影响。

自从父亲去世以后,家里就笼罩了一层阴影。这是我们这个家的"冰河世纪"。我和大弟都常年不在父母身边,家里就只剩下了母亲和小弟。小弟住在工作单位附近,母亲一人料理这个空荡荡的家。

　　小弟在父亲去世后一个月,从工作单位捡来了一只刚出生的小狗。据他说,当时饭店的垃圾堆里有好几条被遗弃的小狗,只有这只狗最可爱,它会主动蹭到小弟的身上取暖玩耍。小弟一眼就喜欢上了这只毛茸茸、不停甩尾巴的哈巴狗。

　　奔奔就这样成了我们家庭的一个成员。小家伙刚开始蜷缩在炉灶旁边,吃一点儿牛奶。我也靠坐在火炉旁,看着这只全身散发着金黄色光泽的柔软生命,发着呆胡思乱想。遗弃是一种残忍。

　　奔奔很聪明,也非常听话。母亲经常去外婆家,奔奔把外婆家二十多人大家庭的人口和住址都记在脑里。常年不在家的我一回到家,奔奔就会异常兴奋,活蹦乱跳并立起来走路欢迎我回家。我们走到哪里,它都会跟到哪里。

　　奔奔跑得很快。你在离它很远的地方,它会飞快地跑到你的跟前。母亲为它取名"奔奔",寓意如此。奔奔不能生活在有枷锁的地方。这只有灵性的狗受到了许多邻居的眼羡,他们都想据为己有。一位邻居把奔奔拴在家里三个多月,整天让奔奔"大鱼大肉"地吃。他们以为奔奔就认这个家了,一把奔奔放开,奔奔毫不迟疑就跑回到我们家。

　　奔奔"爱逛",每次吃饱喝足,它的例行生活是去外面广阔的天地里"访友探亲",直到尽兴为止。我蛮喜欢奔奔的这一情趣,它的自由自在的生活让我感到自己人生的知足和幸福。

　　外婆右大腿及腿关节患有严重的风湿性疾病。回到家的我,每天都要给她按摩腿部关节。奔奔早已熟悉我的这一生活习惯。而它最乐意的事情就是看着我给外婆按摩腿部各个部位,不时地前来蹭蹭。它用自己的头部和身体比较柔软的部位不断地摩擦外婆的腿部,学着我的样子。我很乐意它这样做。

没事的时候,奔奔喜欢躺在阳光下晒太阳,一副慵懒的样子。它会用明亮的大眼睛看着你。如果是它饿了,而食物没有及时送到它跟前,它也不会大喊大叫,它会用它的那双大眼睛歪斜瞅着你,看你什么时候让它吃饭。它挺会向人传情致意的。

奔奔也爱干净。村里干净的猫狗不多,奔奔可以算作最干净的一个。它平时没事了,就梳理一下自己的毛发,觉得自己脏了,会跑到小河边冲个澡。所以,它出现时总是干干净净的。左邻右舍都说它像它的主人。

奔奔的本职工作一点儿都没落下,不管家里是否有人,都会在门口看家护院。它对来家里的陌生人会狂吠。当它得知这些陌生人是家里受欢迎的客人,它又会很欢喜地和他们在一起玩耍。我们会让它立着走,捡拾抛向远处的东西,把门闭起来让它自己开门等等。

外婆说,这只狗有灵性,如果教养得当,还会耍杂技。奔奔养在了我们这个家庭,母亲经常在外面打短工,家里的门常常锁着。奔奔也明白这个现实,外婆家逐渐成了它更经常去的地方。

在奔奔被抱回家的时候,外婆家也抱回来一只名叫"小黄"的藏狗。小黄和奔奔是从小玩到大的伙伴。在它们还小的时候,外婆同时给它们喂食,奔奔就欺负小黄,自己独吞食物。奔奔比小黄岁数稍大一些,当仁不让这些食物就应当它吃。

奔奔来我们这个大家已经一年多了。小黄变成了膘肥体壮的"大黄"。奔奔再也不和小黄抢东西了,可小黄始终无法接受"大黄"这个称谓,它对"小黄"这个称呼倒是很热心。一叫"小黄",五大三粗的小黄就摇头晃脑。奔奔和小黄还是好朋友,只是我们想让它去和小黄玩耍的时候,奔奔才不情愿地过去和小黄玩耍。

可能奔奔对一件事情特别困惑,这是我的猜测。我们兄弟三人和我妈会经常不在家里,尤其是我。奔奔喜欢和我待在一起,它可能对我们这个家满怀复杂的情感。它想安稳地守在这个家里,但这个家对它来说不是一个稳定的住所。它可能一直在困惑,为什么我们会突然消失,很长时间以后又会突然出现。我始终忘不了奔奔跟我到达叔叔家门口,然后我坐上车一去不复返。奔奔还以为我就在叔叔家里,一直等在门口。这是我最后一次见到奔奔。

远在杭州的我,一直挂念山西的家。我在家住的时间越来越少,能够替母亲分担家庭负担的机会也越来越少。只有奔奔陪着母亲在空荡荡的家里生活。我能够想到,多少个日日夜夜只有奔奔看见了母亲在田间地头劳累的身影,只有奔奔看见了母亲孤身一人在家里操劳流泪的样子,只有奔奔看见了母亲为父亲焚香祭拜的情景,只有奔奔看见了母亲是怎样一人艰难的生活景象。

直到前两天,我给母亲打电话,问起奔奔。母亲告诉我一个让我惊愕的消息:奔奔找不到了!它不会自己走丢的,只要是它走过的地方,它自己会走回来。只有一种可能,它的双眼被蒙住了,别人把他带到了它从未去过的地方。

母亲说,可能是邻居的亲戚把奔奔带到了遥远的新疆。邻居对奔奔一直很有好感,多次向我们提出要出钱买奔奔的想法。我们很为难,奔奔是买不走的。它自己能够选择自己的生活,它也习惯了这样的生活方式。

在母亲出去打工的那段日子,奔奔就寄宿在外婆家。邻居的亲戚拜访过外婆以后,奔奔就消失不见了,怎么也找不到了。外婆也说,奔奔可能去了遥远的新疆,怕是再也找不回来了。就这样,当我们都已经适应了有它存在的生活以后,奔奔离开了我们。

奔奔身世凄凉,从小被人遗弃。但它很坚强乐观,从没有让我们感觉到它有什么哀怨悲愤的情绪。它总是让人开心,感到快活。在我的眼里,奔奔是一个孤独的存在,可它自己从没有感到孤独寂寞。奔奔让我对生活有很多积极的看法。

奔奔将一直存在于我的心中,它的世界简单而丰富。

红康的上进心

柴红康是我在初中结交的好朋友。与他交往了近二十年，才真正走入了他的生活世界。他的世界里既有传奇性的辉煌，也有极为辛酸的往事，更有"生命不息、奋斗不止"的励志故事。我想写他的念头在心中盘旋了许久，却一直未敢动笔。他的人生才刚刚开始，却经历了太多的"过山坡"，以至于我都不知道该如何描述像他这样的人，还是从我们认识彼此开始写吧。

我当时的学习成绩一塌糊涂，父母就叫我与好学生来往，以此促进我的学业。他是我们初中学习成绩最好的学生。可他不是本村的孩子，每天都要在家与学校之间不断往返。我和他玩到一起后，父亲就让他住在我们家里，一来他就不用辛苦地上学了，二来他还能帮助我提高学习成绩。

他在学习上很有天赋，每门功课都很好。我们住在家里的西屋，下晚自习后就一起在家里学习。我发现，他学习能力很强。我们花费的学习时间差不多，但他什么都会，我却有很多知识学不懂。虽然有他教我，我却只有像蜗牛前行一样的进步速度。

转眼间就要中考了，他雄心勃勃地报考了康杰中学。这是我们运城地区最好的高中，他自然考上了。为了把他姐安排到好高中，他和家里人商量了一下，他的姐姐跟着他一起去了新绛中学。而我这一年没有考上任何高中，就留下来继续复读，结果第二年还是以三分之差没有达到山西铝厂第二中学的录取分数线。还好父亲支持我，送我读了当时市里最好的高中。

我们就写信交流近况。在信里，他告诉我要考清华大学，我相信他有这个实力。然而，他最终以五分之差与这所学校失之交臂，被调剂到新疆大学。即便如此，他也是他们村第一个大学生，还是西北地区名牌大学的高材生。我就鼓励他不要灰心，考研还可以再次实现梦想。而我高中毕业，考上了山西农业大学，我还是很满意，因为我知道这是自己最好的成绩。

他在本科阶段学习很努力。然而他的家境特别困难，无力供他上大学，他就通过助学贷款、勤工俭学和做家教解决学费和生活费。干这些活虽然占用了他一定的学习时间，却也充实了他的大学生活。可是临近毕业之际，他的家里发生了一件大事。由于邻里纠纷，他家和邻居家打了一场官司。令谁都没有想到的是，这场官司持续了好多年。

就是这场官司，令他家几乎陷入绝境。本来他要继续考清华大学的研究生，为了解决家人的生计问题，他大学毕业后被迫工作了。在河津市第二中学工作的五六年时间里，他既要好好上班，又要照顾家里，还想继续准备他的研究生入学考试。这是他人生中最为艰难的几年。家里的官司不仅改变了他的人生轨迹，甚至还影响到他的工作。

我们都劝他不要管家里的事情了。看着父母挣扎在贫穷屈辱的生活里，他又怎能袖手旁观？于是，他把大量精力投入到替父母申冤当中。可想而知，他的名校研究生梦接二连三地破灭了。这对他造成相当大的打击。

他此时面临着双重纠结：要不要继续考研究生？要不要继续管家里的事？这样的困境在他的人生中徘徊了好几年。

就在这些年，我们家也发生了不少事情。我大学毕业后读了研究生，紧接着父亲离开了我们。两年后我工作了，然后是大弟结婚。我又攻读博士学位，其间小弟结婚了。而他一边上班，一边继续准备考研。他依然被家里的官司困扰着……

在我快要博士毕业的时候，突然接到他的电话。他对我说："帅军，我考上西北大学的研究生了！"我又惊又喜！这是我这么多年来，唯一一次听到关于他的好消息。我激动地说："红康，恭喜你啊！这个消息太振奋人心了！你终于考上名牌大学了。你的人生终于可以重新开始了！"我内心很清楚，这个喜讯对他而言，实在是等得太久了，也太重要了！他终于可以去外面实现自己的梦想了。

在研究生阶段，他比周围人岁数都大，故而内心压力很大。我告诉他，要学会自我调节，释放压力。我还对他说："研究生的学习不同于本科生的学习。研究生是学如何搞科研，要多看学术文章，多思考才能有想法。"我去过他那里一次，看着他每天早上都晨读，非常用功学习的样子，让我特别感动。只有失去过青春年华的人，才想着要拼命抓住现在的时间。

还好这一次，他没有被家里牵累。他这些年来忍耐和积蓄的力量在这一刻爆发了。我相信，经历过生活的多灾多难，他会更加清楚自己想要什么样的人生。我也相信，他会牢牢抓住宝贵的求学机会，让自己的梦想生根发芽。我还相信，在他的努力下，家里的日子会慢慢好起来的。我更相信，他会有一个光明的前程和美好的未来。

我的高中老师

时隔多年,我仍不能忘记我的高中老师。没有他们,就没有我的大学梦,也不会有今天的我。毫无疑问,他们是改变我命运的人。

从小学到初中,我的学习成绩一直在班里垫底。一路这么混过来,父母和老师们都没怎么管过。第一次中考的失利就在意料之中。这个时候,我第一次站在了人生的十字路口,与我从小玩到大的几个同学都去读了高中,我却不知道接下来的人生该怎么走。父母愿意再给我一次学习的机会,于是我就复读了。这一年,我用心地学了。可是第二次中考依然没有达到录取的分数线,而我的求学念头这个时候才开始爆发。在我的哀求下,父亲出了赞助费。

带着自卑,我开始了高中生活。一开始,我听不懂数学、英语、物理和地理课。我特别憎恨自己,"为什么别人都能听懂,我就不能懂呢?!"很多次,我都气愤到了极点。放学以后,同学们都去吃饭了。而我一个人坐在座位上哭,拼命地哭,哭得没有了力气,就开始看没弄懂的地方。虽然我认真地看了,可是发现还是不懂,然后就厚着脸皮找老师。找的次数多了,任课老师都记住了我。他们没有笑我,而是特别耐心地给我讲解。许多知识点,他们都反复讲很多遍,我才能弄明白。

碰上周末,他们就邀请我去家里做客。除了给我讲书上的知识点,他们还配套让我做一些练习题,巩固刚学会的知识。遇到饭点,他们就留我吃饭。毛云霞老师是我的地理课老师,她在课外给我辅导功课的时候很是投入。等她的孩子回来了,她才意识到要做饭了,她就匆匆忙忙做一个番茄鸡蛋炒馒头。在我离开她家的时候,她还会送我一些衣服。她把我当成自己的孩子来看待。在我高二分文理班的时候,我向她咨询该如何选择。她建议我选文科,她说:"你适合学文科。"她给我提过很多好的建议,使我少走了很多弯路。

柴改梅老师是我的班主任兼语文课老师。我喜欢上她的课。她爱给我们朗读课文,也喜欢给我们讲历史典故。只有上她的课,我才能真正听懂,也确实听得津津有味。这可能与我对语言较为敏感有关吧。她也关心我的生活。她知道我的家境不太好,于是她就给我找了一份勤工俭学的工作。她鼓励我好好学习,因为市里有政策,"凡是在学期末全市统考中排名前十的学生,都可以免除下一学期的学费"。这对于没有基础的我来说,只能在心里想一想。

可是我要争这口气。周末我就一个人在教室里学习,早上五点起来学习直到晚上十二点以后才睡觉。我硬是把不会、不懂和不理解的知识全背了下来。之后,我才慢慢开始理解这些知识点。功夫不负有心人,高中阶段我有两次在学期末的全市统考中考到了前十名。柴老师就为我上心免学费的事情。在她的帮助下,我在高三被分到了重点班。虽然她已经不是我的班主任了,却还在为我操心。在我填高考志愿的时候,她和毛老师为我出谋划策。我能顺利考上大学,离不开她们对我的关心。

在我读研期间,父亲突然去世了。毛老师和柴老师听说了这个事情,就专程赶到我家里看望母亲。看到她们出现在我的面前,我的感激之情不知道该怎样表达。毛老师拉着母亲的双手,为母亲宽心。柴老师和他爱人关切地询问我家里的情况。高中老师的到来,让我们感到有些意外。邻居们都还没有碰到过这种情况,他们忙着招呼两位老师,给她们介绍我家里的情况。两位老师嘘寒问暖过后,硬是给我们留了一些助丧的钱。多年之后,母亲还经常念着这份情意。她不时地对我说:"以后回家了,你可要多去看看毛老师和柴老师。"

在我入学的时候,毛老师和柴老师就没有嫌弃学生的基础差,也没有嫌我老是问她们问题,打搅她们。她们不但在学业上面鼓励我,还在生活上面照顾我。我能从一个没有基础的学生变成一个爱学习、学习成绩好的学生,离不开她们对我的教导。在我想要开始认真学习的时候,她们没有放弃我,反而从情感上有力地支持着我。高中三年,她们见证了我在学业上面的成长。现在的我依然沿着高中预设的人生,行走在求知的人生路上。我要像她们一样,把老师的智慧和爱心传递给需要的人。

我的好友任国兴

任国兴是我的好友。与他交往，我感到心情舒畅，又获益匪浅。

他是我的高中同学。高一那年，我们被分在山西铝厂第二中学的51班。那个时候，他就对音乐感兴趣。一到周末，我就去他家里玩耍。他教我弹电子琴、吹笛子。我对音乐的热爱就得益于他的熏陶。转眼间就到了高二。我们选择了文科，被分到49班。在班主任柴改梅老师的带领下，我们开始日益紧张的备考生活。那个时候，传染性非典型肺炎正在肆虐。学校放假，我们就在家里复习功课。为了有一个良好的身体，我们每天早上一起跑步锻炼。由于我们的学业成绩较为优异，在高三分班的时候，我们一起被分到重点班48班。为了相互促进学习，我们吃饭的时候也在讨论。功夫不负有心人，伴随着高中生涯的落幕，我们开始追逐各自的大学梦。

他选择了音乐专业，而我选择了法律专业。在大学里，我们没有浪费宝贵的学习时间。除了学好专业课，他还积极参加学校的各类活动。他是学校的国旗队队长，每周一清晨的第一件事就是将五星红旗升起，这是多么光荣的任务啊！他还是他们班的班长。可想而知，这个热情阳光的男孩当班长期间该为班级同学做过多少好事啊！事实上，在他大学毕业五年之后，他用"清晰的记忆"来回味这段美好时光。他在日记里写道："看着那些略带泛黄的照片，不由得感慨万千，尘封的或许只是瞬间的留念，哪能尘封住我们之间的感情啊！"他对大学的追忆深深地感染着我，因为他用自己的表达说出了我对大学生活的怀念。他在毕业那年，考上了专升本。据说，当年全校只有两个人通过了考试，考上本科的同时也以当年第三名的成绩通过了招录河津市教师的考试。而他为了减轻家里的负担，放弃读本科，毅然决定回家上班。

"国兴在河津市电视台主持节目啦！"在电话里，母亲兴奋地告诉我。他是我在高中最好的同学之一，自然我妈也觉得脸上有光。国兴在电视台主持"河津干板腔节目"。这是全市最受老百姓喜爱的节目之一，也是母亲最为喜爱的节目。在他主持这档节目期间，母亲逢人便说，我的同学任国兴多有本事。之后，他便成了家，工作也随之转入教育行业。现在，他是一所小学的副校长。身为一校之长，他感到肩上的担子很重。我过年回家和他交流时，他不停地给我讲工作思路和感想。可见，他是一个很有责任心的好校长。在工作之余，他还着力培养学生们的艺术特长。在他的悉心指导下，这些孩子先后斩获青少年才艺表演从国家级到校级的多项荣誉。他的投入获得了回报。可是，他获得的成就越高，他就越觉得自己水平有限。

他跟我说："我现在感觉自己就像井底之蛙。每看一场高水平的音乐演出，我就觉得自己跟音乐没有半点关系。"我感觉他说得有些严重了，因为我才是对音乐一无所知的人。在我看来，他在音乐教育的道路上已经走得很好了。他说他要继续"充电"，才能不断提升自己的音乐艺术水平。面对巨大的工作压力,还要考虑身后的家庭,一般人都会选择适可而止。可是他心中的那团火却越烧越旺,他萌生了想要读在职研究生的想法。我听了他的想法以后,心里大为一振。一般人在事业有成的时候,都会选择安于现状。可是他却追求上进,想要继续提升自己。这需要下多大的勇气和决心,才能做出这一抉择。他向我请教如何复习的事情。由于我和他不是一个专业,只能在英语和政治科目的备考方面给他提供一点建议。我由衷地希望他能尽早圆自己的研究生梦。

所谓"君子之交淡如水"。在平时,我们都在忙自己的事业。虽然很少联系,我们都知道彼此一直在努力,在奋斗,在为一个梦不停地追逐。虽然这个过程有些艰辛,但是克服艰难困苦也是人生的一种快乐。想当初,我们都从普通的农村家庭出来上学,在"一穷二白"的起跑线上挣扎前行。而现在,我们都在各自的领域小有一番作为。这更加激起我们奋发向上的心。就像美籍阿富汗裔作家卡勒德·胡赛尼在《追风筝的人》一书中讲的道理:风筝飞得越高,追风筝的人就必须跑得越快。我们的梦想就是那个风筝,我们必须加快脚步,努力追逐自己的梦想。我相信,我们都能做得更好!

我和杨宁的一些故事

杨宁是我的同村好友,我们身上都有农村娃生下来就有的某些东西。在我们成长的过程中,这些东西把我们的人生命运联系在了一起,让我们共同遭遇了一些人生磕绊。现在回想起来,我才发现,正是这些磕磕绊绊让我们对人生有了相同的感悟。

我没有想到会以这种方式认识他。初中毕业后,父亲让我和大弟去砖厂打工。同村还有很多同龄人也在这个砖厂干活,其中就包括杨宁。可想而知,只有家境不太好的穷娃子,才会到这里受苦受累。砖厂里有很多活,我们都在搬运湿砖坯。这是最辛苦、赚钱又最少的活。每天一大早,他就骑上自行车来叫我们,然后一起飞奔到砖厂,一直要干到傍晚才能回家。中午就在砖厂吃饭,永远是没有任何油水的清炒大白菜和馒头。我们一吃完饭,就要干活,每拉一车才给三毛钱。我们一天下来能拉二三十车的样子。我很纳闷,他比我和大弟干的活都多。

每次下班回到家里,我和大弟一吃完饭倒头就睡,连电视都顾不上看了。只有到第二天早上，我才向父母汇报前一天的情况。一提到他，母亲就对我说："杨宁家里经济条件也不好，你们干活的时候要相互多照应。"想不到，这种照应竟然来自他的一本书。他当时在看路遥的《平凡的世界》，这也成为我人生中的第一本小说，对我们都产生了很大影响。那段苦日子就是靠这种精神食粮才慢慢地撑了下来。

之后，我们在不同的高中继续各自的求学路。他的中考成绩不算太差，但是为了减轻家里负担，就上了村里的高中。每到周末或寒暑假，我们就聚在一起谈天论地，畅聊人生。他对我说，今后要靠自己的努力上大学，绝不花父母的一分钱。他有这个志向，也散发出勇往直前的拼搏精神。其实我知道，有一个原因支撑着他：他不想为难母亲和弟妹们，更不想为难继父。没有太多文化的父母对我们的前程总是力不从心。

命运冥冥之中总是把我们安排在一起，我们都去山西省晋中市，我们的大学都在这里。他在晋中学院读计算机专业，我在山西农业大学读法学专业。但是我们不在一个县城里，他在榆次老城，而我在太谷县。他知道我不经常出校门，就邀请我出来游玩。我们见面后，他给我讲上大学的感受，还带我到附近的玉湖公园游玩。在这里，我平生第一次看见了猴子，还感受着市区的便捷设施。直到现在，他热情招呼我的场景，我还记得清清楚楚。这次难忘的旅行也为属于我们的大学时光增添了一段美好回忆。

他大学毕业后直接就业了，而我继续读了研究生。有一年回家过年，他突然来找我，拜托我办一件事情。经过多次询问，他才不好意思地说，想请我做他婚礼的主持人。虽然没有任何经验，我却特别高兴。作为好兄弟，他相信我，才把人生中最重要的事情托付给我，我自然要认真对待。我连续紧张地准备了好多天，还是感觉到在匆匆忙忙上阵。在他的婚礼现场，我这个主持人还是没有完全掌控全场,结婚流程走到一半给忘词了!结巴了半天,最后不知道是怎样圆了场……

这肯定算得上是我们共同经历过的人生当中一个值得回忆的事情了。在接下来的日子里,他每天都在拼命工作。我知道,他要为自己的小家庭努力拼搏了。或许是好事多磨,他结婚后迟迟没有要孩子。我在猜想,是不是因为经济压力大,不愿意过早地生孩子。前两天,我突然在他的网络空间里看到了小宝宝的照片,我就戏谑他,一当了爹就把好朋友给忘记了。其实我知道他生活不易,他这次过年连老家都没有回。可见,他有多么忙碌。

最近给他打电话,除了嘘寒问暖,更是相互倾诉心声。我告诉他,内心一直很感激他。几乎每次大年初一,都要在他的带领下,才能把同村同学的家走一走,不然我都不认识路。我多年在外求学,已经在生活上远离了他们。虽然我想再续同窗友情,却把一些同学和往事忘得一干二净。他就帮我回忆,记忆的闸门才慢慢地打开了,所以我很喜欢与他谈心。每次与他交流,不仅是分享一些人生的酸甜苦辣咸,更是彼此在分享中追忆人生,这种感觉真好。

写到这里,如果想让我说一句对他印象深刻的话,我愿意这样表达:他永远对生活充满热情,更是一直用顽强拼搏的精神努力生活。有这样的好友一直激励着我,我还有什么理由不努力奋斗呢?

人生哲理

曲线人生

经常会对人生产生遐想，心中有着一幅这样的人生图景。

在图表的最下方是一条笔直的线段，这条线段代表着理想化的人生发展轨迹。线段体现了"两点之间，直线最短"的数学定理。线段的起点表示人生的起点，线段的终点表示人生的终点。理想的人生是从起点到终点的一条线段，没有弯曲的痕迹。

在图表的最上方，有许多条杂乱无章的从线段的起点出发到达线段终点的曲线。每一条曲线都代表了一种人生发展轨迹。与线段不同的是，每一条曲线从起点出发，各自经历了许多弯曲，最后回到线段的终点。这些弯曲代表着人生的曲折和坎坷。弯曲越多，意味着生活的成本和代价越大。相应地，人生需要付出更多的努力，拥有更加坚强的意志。

在图表的中间，是许多条有规则的曲线。它们呈现的趋势是：弧度越来越小，最后向图表下方的线段靠拢。这些有规则的曲线代表着有规则的人生和有规律的生活。每一次的努力，都会使图表最上方的杂乱无章的曲线过渡到有规则的曲线。每一次的成功,都使得这些有规则的曲线更加趋向图表最下方的线段。

人生的发展轨迹就是从杂乱无章的曲线过渡到有章法可循的曲线,最后无限趋向于笔直的线段。

英国著名哲学家约翰·洛克曾经说过:人生就像一张白纸,洁白无瑕,美丽的人生画卷关键是后天对它的描绘。我们幼年时期的发展就像这些杂乱无章的曲线,呈现出许多种发展的可能性。我们从小生活的环境、父母的家庭教育、学校的培养和熏陶等一系列因素都潜在地决定了我们以后的境遇和发展。这时的我们面对塑造我们发展的人生境况没有太多的自我意识和自主选择的能力。这些曲折很多都被潜在地规定了。

随着年龄的增长和自我意识的提高,我们渐渐独立地选择自己的发展道路。为了实现自己做出的选择,我们会努力付出,即使面对困难。生活中的任何努力都浸透了汗水,所以我们向往成功的喜悦和美好。面对困难,坚强的意志是走向成功的秘诀。这时的我们拥有了选择和改变自己命运的能力。我们可以自主地调试曲线的弧度,以期达到预想的目标。

每个人的一生都不可能像图表中的线段那样笔直平坦,但是人们会朝着这个美好的向往永不止步。一个人拥有一个乌托邦的梦想,并非一件坏事。至少这个人还拥有梦想,这个梦想就是他最可宝贵的财富。同样,我也很欣赏一个拥有美丽人生梦想的人。这个道理就像追求一切美的存在一样,虽然不一定拥有,但是那颗向往美的心灵一直熠熠闪光。

由此可知,人生不可能简单或理想化为没有经历过任何弯曲的线段。在曲折和挫折中培养幽默乐观的人生态度、积极健康的情绪情感,坚强地面对生活,才能在风雨之后见到彩虹。所以我们能够做到,通过自己的努力使我们杂乱无章的生活规律化。我们的人生可能并不是一路平坦、一帆风顺的,但是我们可以通过改变自己来克服困难。曲线的人生也是一种美丽。

# 寻找人生

一种生活方式过久了就会心生厌烦,所以需要刺激生活,这就是很多人口中的五彩缤纷。在当下,寻找快乐被理解为幸福的生活,主要是由于单一化的生活让人极为厌倦。当心灵无所适从,就容易走向偏执。在一定程度上,我们都活在这样的人生境况中。

很大一部分原因在于,青年人的心极容易躁动不安。当社会对人的要求越来越高,一方面很多青年人没有做好心理准备,突然被抛向社会,自然极难适应;另一方面即使青年人做好了思想准备,在现实生活中遇到磕磕绊绊,虽多隐忍内心也在寻找发泄的途径。

青年人对于社会还处于认识和适应阶段,这同时也是一个寻找人生的过程。很多时候,我就容易把人生理解为一个华美的开始。我会理所当然地认为人生就是按照良好的愿望过想要的生活。这恐怕只是我一厢情愿的理解。当我逐渐了解了身边好友的真实生活,内心仍被触动,一如我对自己生活的了解。

我也还属于青年人的行列，这意味着我心智的不成熟。同时，也意味着我对生活理解得不透彻。自小有些不太合群的我对生活的艺术，有一部分我始终无法领略。很多时候，我无法容忍一种不完善的美，这是我所理解的生活秩序。更多的时候，我却陷入这种我所理解的美，而走向一种绝对的不完善，恰与我的出发点南辕北辙。这种痛苦有时候是我不能容忍的，以至于我自甘堕落。

可能是我良知未泯吧。我无法做到狂妄的抛舍，也不具备惊世骇俗的才华。我是一个平庸的普通人，只能过正常人的平凡生活。所以，我一次次自责自己，痛恨自我。我想超越自己，这不是因为我有一个天才梦。我只是不想被自己束缚，亦如我不想被外界束缚一样。哪知，因为这样的想法一直在我的脑海不能根除，被束缚的灵魂时常在矛盾和痛苦中挣扎，让我不能更深刻地理解被束缚的普罗米修斯如何能成为一个神话。

我越来越清晰地认识到，我深感自卑的一个方面是：在生活常识方面，我显露着惊人的愚笨。我是一个不会生活的人，更可怕的是，我对如何生存从来没有认真地思考。如果有一天，让我独立地开始生活，在衣、食、住、行等方面，恐怕我会显得比原始人还要无知。这正是我深为惶恐的一个方面。

如果说能力来源于知识，知识来源于认识，那么社会的宣传和自我的认同的"教育万能"塑造了今天的我。我没有抱怨，但是很有遗憾。我对学术知识的研究可能使我远离了生活的社会，很多时候却使我接近了内心的真实。于是，我想进行哲学式的思考，然后用文学式的话语表达。这是一种骨子里的严谨与浪漫的冲突。

人需要忏悔。这句话，尤其是针对我而说的。在寻找人生的旅途当中，我一次次地发现自己的能力极为有限，却要无知而张扬地完成一个个人生的使命。这是多么滑稽而可怜的一幕。我到现在,也还不知道自己这辈子的事业是什么。我也不太清楚,我将如何活才能活得更有意义,或用社会的标准来对接,会更加成功一些。我甚至还没有为接下来的人生做好进一步的打算。但我知道自己需要什么。我不知道这样对我的人生是否足够。但我愿意找寻人生,亦如不断找寻曾经迷失的自我。

感谢好友申澎知促使我完成此文,此文为所有关心我的好友及我的亲人而作。

温暖人生

人在迷茫的时候更渴望获得心灵的温暖。

人生之事不如意十之八九，与理想的剥离让人饱受痛苦的煎熬。备受打击的人面临两种选择，一种是更加坚强，一种是逐渐沉沦。很多时候，我们都在反复经历着人生的这两种景况。当我们遇到不如意的事情会想办法，这种境况越来越糟糕时会选择逃避。逃避是为心灵寻找温暖的一种方式。可能在他人的眼里逃避是一种沉沦的表现，身处困境的人却在人生的风口浪尖徘徊挣扎。没有人能够替代自己内心的一种真实感受。选择逃避无法获释的困境或许不是所谓的沉沦。

面临无法选择的境遇只有一种可能性，那就是每个人都可以选择自己的生活方式。一种生活方式意味着一种人生价值。人生要活出价值，这种价值更应当是一种内在的体现而不是外在的表征。人只有在自我感觉活出价值的同时，才能更好地衔接周围的世界。这种自我感觉也不是依存盲目的社会标准，而是每个人内心对人的尊严和同情心的一种拷问。其实人活一辈子最主要的是活出人性,人性是对不合理的现实不妥协的一种尊严。

想活出真实真的很难,尤其是在现在的社会。心灵长久地被压抑就会滋生焦虑和困惑,人生就容易迷失方向。处在一个不满意的环境中时间久了就会不知道自己该做什么和如何去做。这并非表明自己不努力生活,不认真对待人生,而是已经在逐渐丧失做好改变的信心。改变一种生活现状很难,并将会越来越难。在这种情况下,想要改变的人将越来越不能获得心灵的宁静和温暖。我们知道该如何去做,是否会鼓起勇气承受艰难的一切。只有当我们重新拾起痛苦的心灵并认真对待的时候,现状才会如同玻璃一下被打破,我们才能振动翅膀飞向有光的前方。

人需要坚守,尤其是身处困境之时。你要知道很多时候不是因为事情变得困难而使人失去信心,而是自己失去了信心才使事情变得困难。所谓的没戏了,不是事情真的没有可能了,很多情况下是因为我们对自己不再抱有希望了。重拾信心不是别人的给予,而是自我的坚守。坚守自己的生活方式,坚守人生的价值取向,虽然要经常面对狂风暴雨般的现实,却要心静如平湖、心善似菩萨、心安映祥和、心美通和气。

人需要自爱,在心灵需要休养的时候尤其如此。荀子说,养心莫善于诚。只有生命中的真情实感才能生出真切的感动,让人终生难以忘怀。有人说:被中华文明熏陶长大的人们,很少想自己在哪一边,哪怕最初以为自己在哪一边,终了都会不耐烦。我们生长在传统文化下,一团所谓的"和气生活"很容易让我们迷失真我。我是一个不太懂得珍惜和关爱自己的人。养心意味着一种境界,告诉我们:一个人首先要学会自爱即自己关心自己,自己慢慢调适和料理自己的感情。

人需要心灵的温暖和温暖的人生。温暖在很多人眼中有真情实意和虚情假意之分,因此温暖的寿命也各有长短。很多温暖如过眼烟云转瞬即逝,很多温暖则挥之不去让人时常想念。对温暖心生渴望的人肯定是生命中长久缺少想要的真诚的温暖。可能他们的生命中会不断出现点滴的温情暖意却不能慰藉日益枯萎的心灵。温暖人生就是拯救心灵。一个强大的心灵同样能够撑起当前脆弱的生活,让人不会过分迷失自我。找寻生命中的温暖就是在找寻同样的一颗温暖的心灵。温暖也能够相互感染,用一颗温暖的心灵温暖心灵的朋友,心灵将不会空虚寂寞,朋友将不会或远或近,人生将不再孤苦伶仃。

 # 人生导师

在不同的场合，我们经常和他人谈起自己的人生遭遇。可能谈的最多的是对自己影响最深刻的事情。其中，我们怎么也不会忘记要提起对自己影响最深刻的人或事。他们是引导我们走好人生之路的引路人。

回想自己的生活之旅，他们在我的心中留下了难以忘却的记忆。就像放电影一样，以前的场景会经常浮现于我的眼帘。最难忘的是与他们接触、交流的点点滴滴，以及他们留给我的人生教诲。

经常想起一位英语老师。她在课余时间批改我作业的那一幕时常让我对她心存感激。以前的我学习成绩很差，心里多少有些自卑。这样的我最害怕的是被老师放弃。可能天下的老师都比较喜欢学习成绩好的学生，他们成绩好、听话、认真、上进。当时的我是幸运的，我一直这样想。她没有放弃我，尽管我因为手臂骨折，在家里休息了一个月，导致我的英语成绩很差。她会在我做错题的时候，利用她的吃饭时间和休息时间给我补课，所以我一直很喜欢学习英语。这种学习热情使我最终没有放弃对英语的学习。当时

的我学习成绩不是很好,但是我成了村里为数不多的几个中途没有退学、一直到现在都在上学的学生。她是我求学路上的第一位人生导师。她让我明白:虽然两点之间直线最短的人生之路是最理想的人生发展之路,但是这条道路对每个人来说都没有捷径可走。虽然刚开始的曲折和受挫让人生之路充满坎坷不平,当我们承受了这种挫折以后,我们的发展会慢慢变得更加平和、稳定,我们也会走得更加成熟和自信。

我们需要体验不同的生活,我们都会在人生的旅途中遇到不同性格和生活方式的人。身边的同学和朋友对我们的思想成长、性情培养和生活影响是潜移默化的。他们是我们生活中的良师益友,不管我们怎样看待他们,他们会最先发现我们的闪光点和缺点。他们是我们生活中的影子,我们经常会参照他们检视自己。他们是我们情感的寄托,不管是爱、是憎,这份感情的困扰和期望都深深地影响着我们的生活。我们最在乎的还是身边的他们。我们与他们一起成长,一起生活,一起感受与体验成长和生活的喜悦和悲欢。他们是我们最直接的人生导师,我们的生活方式与他们息息相关,我们的思想状态直接受到他们的影响,我们的情感心理需要他们来呵护和滋养。他们是影响我们最深的人,所以我们应当学习他们身上的闪光点,也应该容忍他们的不足。

我也时常被一些故事所感动。故事里的主人公引导着我的生活态度,指导着我的生活方式。《离春天只有二十五公分的雪兔》就是其中一例。这只兔子被人关进笼子里,唯一可能通往自由的出路就是朝地下打洞。在只有二十五公分就能够获得自由的时候,它忍耐不住饥饿和孤独,又返回了牢笼。之后,快乐地在属于自己的小天地里自由地生活。我时常被这只兔子感动。它不像约翰·厄普代克在《兔子,跑吧》一书中的那只"兔子"。虽然都在追逐自由,都很看重自己。但是雪兔知道生活中快乐的真谛:彻底地忘却痛苦的回忆才能获得真正的快乐。有时候,我们往往做不到这一点。我们不会选择放弃,我们不能彻底地和过去令人不快的一切决裂,我们很多时候选择了庸人自扰。所以,我们生活得不快乐,我们生活得不幸福。因此,我们有必要经常提醒自己学会忘记不快乐,学会幸福生活。

关心我们的老师、同学、好友以及对我们影响最深的人或事给我们提供了生活中的动力和支持,他们是我们生活中的人生导师。我们在生活中需要有坚强的精神支撑和不断前进的动力,这些人或这些事往往会触动我们内心的情感。他们是我们精神的支撑和前进的动力。我们在任何时候都不要选择放弃自己,不要因为环境的改变、一时的失意就耿耿于怀、郁郁寡欢。要知道在生活中还有很多人很在乎我们,他们从来就没有选择放弃我们。我们很在意他们是否在乎我们,关心我们。其实,他们的爱是朴素的,没有任何喧哗。他们用自己的人生和行动诠释对我们的爱。我们现在需要勇气来承受这种爱,需要智慧来吸收这种爱,需要行动来实践这种爱。

人生导师使我们对生活产生了认同感,对环境产生了归属感。我们都在寻找认同感和归属感。当我们发现自己的人生设计与环境的要求不一致时,我们的认同感和归属感就会变得很强烈、很明显。人生导师会引导我们树立正确的人生观,帮助我们弥合个体与生活的差距。同时人生导师是我们的生活需要,也是我们的社会需求。生活需要认同。认同就是给自己找坐标、找方向、找立足点。寻找人生导师就是在为自己定好坐标、找好方向、找准立足点。

每个人在人生的旅途中都会遇到人生导师,能够受到指点是一件幸福的事情。我们需要找寻和发现人生导师。希望每个人都能够找到自己的人生导师。

人生随感

人活一辈子首先要活个清清楚楚、明明白白。也就是要想清楚，我为什么要活着，我如何才能更好地活着。这恐怕是每个人都必须面对的问题，而且是人生最大，也是最根本的问题。我把人生看作个人与生命相结合的方式，如何结合大有学问。

就我个人的生命体验来说，理想、经验、物质和激情都在人生中占据着极为重要的分量。它们影响着个人与生命相结合的方式。然而理想不等于理想主义，经验不等于经验主义，物质不等于物质主义，激情不等于激情主义。我们往往习惯性地把自认为重要的东西绝对化，于是就容易使人生走向极端。

人一定要有理想，但不一定是理想主义者。理想是人们对一种美好价值的情感诉求。任何东西只要能引起人们对美好的向往和冲动，就能激发人的潜能去为之不懈努力和奋斗。一个有理想的人会对人生抱有希望，会不断克服重重困难，勇往直前地活着。不管人生呈现为一幅什么样的画卷，有理想的人不后悔自己这样活一辈子。我想,这样的人生才能活得无怨无悔。

然而把理想当成一种主义来追求,就容易偏离理想的本质。如果说主义是指推崇某种理想的观点和主张的话,理想主义就是把理想当成崇拜的对象,进而为了实现理想可以不择手段。希特勒就是一个理想主义者,然而他的理想主义是推行他所信仰的纳粹主义。这表明,理想是人们内心的一种精神动力,但不是人们必须臣服于其中的精神奴役。有理想的人往往是痛苦的,但他们的毅力是为人所钦佩的。然而理想主义者却是狂热的,他们的言行容易走向极端。

经验对人生而言非常重要,个人就是在经验的基础上展开自己的人生。人们对事物的了解、对人生意义的解读都是建立在经验的基础之上。在体验人生的过程中,才能切身感知什么是好坏、善恶、美丑,也才能分辨出真善美和假恶丑。这里的经验更多的是人生的经历。在经历一些事情后,我们才能学会反思。什么是真正有价值的东西,什么是值得我们追求的美好向往,我们应该如何活出自我等等,都是在经验的人生中才能逐渐获得。

我们需要经验,一定就是经验主义吗?温和的经验主义者往往推崇感觉,认为一切喜乐悲痛皆由感觉而生,趋利避害才是人生要义之所在。这种主张尚无可厚非。然而激进的经验主义者则认为,感觉是唯一有效的判断标准,除了感觉一切都不可知。如果人只依赖感觉,那还要理性做什么?人与禽兽有何异同?让感觉主宰一切,在很多人身上就变成让欲望主宰一切。如果我们活在这样的世界里,就可以想象一下,我们的生活会有多么的可怕。

物质上富裕的生活才是一种好生活,这是不争的事实。但一个不变的道理是：人首先要解决生存的物质条件才能活着，我们这些正在奋斗的年轻人应该最有同感。然而，为什么获得这些最基本的物质需求却要付出极为高昂的代价。这是我们这个社会存在的问题。

追求物质上的需要并不等于认可物质主义。完全沉溺于追求物质的欲望，在生活方式、思维方式及言行举止上炫富的情形才可以说是对物质的崇拜，进而归结为物质主义。物质主义者一般不太关注精神上的需要，只强调通过金钱和财富来追求快乐和提升社会地位。我们会发现，身边有太多这样的人。随着人们生活条件的改善，他们的价值观显著影响着我们的生活。

激情在我们这个时代发挥着越来越重要的作用。马克思说，人是"具有意识的、经过思虑或凭激情行动的、追求某种目的的人"。有激情的人才能干成大事业。因为他在激情的支配下，会激发出全身心的巨大潜力，投入某一事项中，当然就比别人做得好，也就能获得认可和成功。父亲一直是一个充满激情的人。他从白手起家，到把我们兄弟三人抚养长大，耗尽了心血。我想，没有激情的人是干不出这些事情的。他对我产生了很大影响。自从我意识到学习的重要性后，我就充满着激情，一直想把学业搞好。于是，我就这么一路走了下来。

然而，冲动鲁莽者做起事情来也富有激情，我把这类人称之为激情主义者。他们或者是因为气质上的原因（胆汁质的人）情感上富有激情，或者是因为理性不足而感性有余，偏爱用激情的方式处理问题。我一直认为，父亲为人处事就有些激情主义者的感觉。他从来不考虑自己和家庭的承受能力，尽心竭力为周围人付出了自己的一切。他虽然得到了全村人的一致好评，却由于过度劳累，早早地离开了我们。可见，富有激情是对的，激情过剩也未必是件好事。

每个人的一生都是一个漫长的展开过程,理想、经验、物质和激情在这个过程中起着不同的作用。可能对一些人而言,理想特别重要,甚至就是为了理想而活。而对另一些人来说,经验更为重要,他们试图通过经验窥探人生。或者物质在不一样的人看来,也具有不一样的作用,还可能对某一些人而言,激情支配着他们的一生。不管它们的重要性如何,都需要警惕"主义"对它们的入侵。一旦它们变成相应的"主义",就会使人生走向无法预料的另一面。

人生的信心

处于低谷期的人容易迷茫。每一个人都会有人生的低谷期,因此每一个人都体验过人生低谷期的迷茫。我也曾经有过一段这样的迷茫期。在这段时期,身边的好友一直支持我,使我很受感动。他们曾经在我最需要帮助的时候,给了我人生中的信心。

那段时期,WQ一直是我最崇拜的一个人。她既有学历,又有能力。当时的我很看重博士学位和学历,她却选择加入我们的队伍,我由衷地佩服她的勇气和选择。她是我们这个群体的大姐,不管组织什么活动,她都忙前忙后。可惜在工作中,我与她交流的次数不是很多,尽管如此,我一直牢记着她对人生的这种拼搏精神。这是对人生充满自信的一种体现。

CSS是我们的主席。我对她爱人的那辆"宝马"记忆犹新。每天早晨我起来锻炼的时候,都会看到她爱人开着那辆"宝马"去上班,顿时羡慕的情感溢出心田。可惜我不会开车,今后也不打算考驾照。这种羡慕之情只能在这里抒发一下。她是我们的领导,我们的活动自然是由她牵头的,所以至今忘不了她组织欢送我的那次聚餐。感谢主席。

SSY是我在杭州交往时间最长的辅导员。他和我是一个学院的辅导员，可惜我们被分配学院的时候不逢其时，心中的想法都没有完全在工作中得以体现。还好我们都有相同的志向，最终在不断积累下也都得偿所愿。听到他考上名校博士研究生时，我为他感到高兴。人是要有所追求，尤其是在人生的低谷期更要有所追求。他的进取心是对人生有信心的最好诠释。

CA是一个老实人。这好像是所有人对他的评价，也是他的自我评价，对此我深信不疑。他这次来上海，我们还能见上一面，其间也两年有余。他还是老样子，一点儿变化都没有，对此我心中窃喜。这说明岁月并没有把他浸染得"五彩斑斓"。他与TCY在一起办公，不知道这小子现在有没有变化。只记得当初去他们学院谈心的场景现在还历历在目。情感问题一直是困惑我的问题，也是困扰他们的问题。不知道他们现在把这个问题解决了没有。既然房子都买好了，我相信这个问题难不倒他们。人生的这点信心，我们总会是都有的。

本应该早早地拜访ZR，却拖到了今天。同在一个城市，却由于各自被俗世所累，竟拖至今日相见，这还得感谢CA。我最佩服ZR的工作能力，好像她还没有不能胜任的工作。CA却最爱慕她的容颜，这次得以相见，他应该得偿所愿了吧。ZR与HXY、CSS经常在一起吃早饭，我们戏称她们为"早上好"。现在想起来，她们三人早上一起去餐厅吃饭，也是餐厅里的一道亮丽风景线。我要感谢HXY，面对一个不懂得使用网上银行的"21世纪的文盲"，她不辞辛苦帮助我，这让我很是感动。不知道我走了以后，她的耳根子是否清静了一些。

在我的眼里，SXS永远都是办事细致入微、一丝不苟却又从不着急的一个人。他懂得如何享受生活。只记得他的寝室里养了一只乌龟，他就把这只龟当成了宝贝。当有一天，此龟不慎自己走丢以后，学校里就发起了一场轰轰烈烈的"找龟运动"。他的影响力可见一斑。他最幸福的地方在于自己找了一个博士老婆，能够给予他充分的知识和智慧。这是我们羡慕而恨不及的地方，这也是他自信人生的体现。我辈当用心学之，方解此恨呢。

LC是一位体育王子。可惜我自小体质不好，无法与他切磋球艺。由于LQ和QS不跟我们住在一起，加上我在文一路校区工作过一年，因而彼此交流不多，这反而为大家今后的相互交流创造了更多的条件。

由于种种原因，我们这些人现在也很难再相聚在一起。虽然我平时和大家交流得不是很多，却知道大家现在都生活得很是幸福。大家都对人生充满着信心，这是最值得我学习的地方。我是一个悲观主义者，容易被情感所困，尤其是在踏入人生第一份工作的那两年。在大家的关心和帮扶下，我才逐渐走出人生的低谷期。这主要得益于大家对我的鼓励和支持。当我走出了这个环境，才感悟到这个道理：只有对人生充满信心，才能从容面对未知的生活。正是在大家身上展现出来的自信人生，让我明白了这个道理。如今我又要面对人生的选择，我已经没有了当初的迷茫和困惑。我要把从大家身上学到的自信运用到我的人生当中。这是大家对我的馈赠，感谢大家。

 # 尊重生命

　　尊重他人是尊重生命的一种表现。有时候身边会出现不尊重他人的情况，就会让我感觉很不自在，也让我感觉到不被尊重的人活得很压抑并且很累。在很多场合，人们没有这个意识或者觉察不到自己的行为与他人感受之间的密切关系。只有当自己也身临其境之时，或许才会有更为深刻的感触。

　　尊重他人是尊重生命极为重要的表现。每个个体都有一种获得他人尊重的生命愿望倾向。遇见一个有修养的人、能为他人带来积极影响的人、让人感觉到值得交往的人，能够让人感觉到被尊重的愉悦，也会让自己学会如何更好地尊重别人。

　　生命是一种很独特的自然现象。作为能思考有智慧的生命，人对生命的理解和看法丰富多彩。尊重生命会成为大多数人的共识。如何尊重生命却在现实生活中呈现出千姿百态。尊重生命的一个极为重要的方面就是尊重他人，作为有生命的他人，被尊重意味着人格独立，能从人际交往中获得

精神愉悦。人与人之间在处理一些事情时,因为理念和想法的差异很大,导致论辩与争执属于正常现象。然而有些人借题发挥故意责难他人不仅仅是不尊重他人的表现,这些人在内心深处还存在着对生命的不尊重。

人作为会思考的生命体,其一言一行都体现为动物所不具有的文化特征。相对于动物来讲,人应该更懂得如何尊重生命,尤其是尊重他人的生命。然而,很多人比起关心他人的生命更溺爱自己的宠物。很多人是让别人尊重自己,而自己却不懂得如何尊重他人。很多人对他人的尊重是建立在他人是否尊重自己的基础之上。很多人只尊重与自己生命紧密相连的亲人而对其他人一概不尊重。很多人甚至连亲人都不尊重,只会尊重自己。这些"尊重"都是对生命的一种不尊重。

为什么会出现对生命的不尊重。不尊重生命是因为内心没有一种健全的爱。爱能够完善人格,养心修性。不懂得爱的人,就不懂得尊重生命。他没有爱他人的能力,自己在生活中也永远不会得到爱的满足。同样,如果不努力发展自己的全部人格,任何爱的试图都注定要失败,也永远不会得到他人的尊重。

尊重生命,应当是"我需要你,因为我爱你",而不应当是"我爱你,因为我需要你"。功利性的尊重犹如过眼烟云,不会在他人的内心深处生根发芽。一个物欲横流的社会必然充斥着形形色色对生命的不尊重的现象。人们长久地沉浸其中就会浑然不能察觉,甚至很多人都把对他人的不尊重视为理所当然,有些人更是作为炫耀的资本。这种不正常的社会行为反映了人的内心的一种狰狞卑劣。

生命是一种自然的过程,尊重生命要尊重他人的生命表现,更为重要的是尊重自己的生命体验。生命对每个人来说都是不可逆的,有限的生命时常让人感到生活的仓促和时光的短暂。正因为生命有限，我们才更加需要认真对待自己。生命中有高峰和低谷。人生得意时，尊重自己就要学习韬光养晦；人生失意时，尊重自己就要学会包容豁达。

尊重自己的生命还要学会尊重自己的内心世界。自己想要成为一个什么样的人，想要过一种什么样的生活，不管人生前进的道路上会遇到怎样的荆棘和坎坷都会迎难而上。那些在逆境中顽强拼搏的人不是因为他们有多大的能力和本事，而在于他们不想让自己的内心失望。他们尊重自己内心的一种想法和感受，想要自己的生命呈现为经过预设的一种存在状态，就会用心去做好每一件寄予期望的事情。

尊重自己的生命要善于接纳给予自己生命的父母，还有与自己生命有关的亲朋好友。当你知道你不是为你自己一个人而活，是为了让你周围的人活得更好的时候，你的生命价值就会得到更好的体现。这是尊重生命的更高层次的体现。命运有时候会捉弄人。当你让别人活得更好，你自己也会活得很好；当你为别人设圈下套，自己最后也会被套进去。前一种人生是一种尊重与被尊重的人生，后一种人生是一种不尊重与不被尊重的人生。人生就是一种"博弈"，相互尊重的"博弈"抑或相互不尊重的较量。尊重他人就是对自己的尊重。

每个人都想要他人尊重自己，每个人都能够做到尊重他人。你要知道尊重他人和自己都体现为对生命的一种尊重。

生命教育

心情沮丧的时候,会感受生命的无助。

坐在池塘边上,无心赏阅欢快腾跃的金鱼。生命中的快乐已无迹可寻,为什么不快乐?为什么老是忧伤?我控制不了自己的压抑,又不知道该如何消解。向来多愁善感,这是作为男人最致命的创伤,可我不知道该如何改变自己。现实对于我太过于真实,我始终没有准备好接受发生在我身上的一切。于是,拒绝了很多人或很多事,逃避了很多感情或很多帮助。面对生命中的困惑,很多时候困惑茫然。

静静地坐着,没有人打扰。静默的环境,忧伤的歌声,渲染的心绪,止不住的泪水,被释然的心境。忧伤的感觉会让人上瘾,我经常上瘾,无法摆脱。情感日益脆弱,心灵愈加创伤。这不是谁的错,无法责怪他人。可我始终无法改变自己。让自己变得复杂吗?我做不到。我无法工于心计,不想丢失童心。改变我的认知吗?我做不到。我不想试图改变他人,也不想放弃坚守的真知。

生命中的低谷,也是生命教育。既然无法摆脱,那就品味这份苦涩。

感动增加生命的活力。时常被感动,这要感谢我的多愁善感,更要感谢带给我感动的人或事。生命需要生命的关怀。对他人的帮助,即使微不足道,也能带来他人生命的感动。常常畅想生命感染生命的事例,这是最好的生命教育。

池塘边的我,傍晚锻炼的老人,昏黄的夕阳,漂流落叶的池水,心中萌发的生命教育。老人朝我走来,踩着池石铺就的小道,毫无半点费力,让人感叹致意。想与他交流的冲动使我下意识地站了起来,向他点头致意。他停了下来,我们开始交流。

他讲了属于自己的一个故事。他特别喜欢游泳,曾在长江和黄河畅游。有一次,几个小孩在水里玩耍,发生溺水事件。恰巧他在岸边。情势紧急,他跑着脱掉上衣就跳水救人。当他接连潜水三次把落水小孩救浮水面,由于裤子湿水膨胀,感觉异常沉重,他已无力游回岸边。这时远处驶来一艘船,救了他和落水儿童。

有人生命危在旦夕,他不假思索,跳水救人。当救人的人和被救的人都生命危急,被赶来救他们的人所救。这种生命的救助,编织了生命的感动。这是最好的生命教育。

抑郁的心情突然烟消云散,老人用自己的生命故事教育了我。暂时的困难怎能冲淡生命的美丽。世间不如意之事十之八九,能够在困境中拥有平和的心境更加难能可贵。

这是一个失意的傍午,我被生命困惑,苦思不得其解。

这是一个缘起的傍午,我被生命感动,感受生命教育。

生命的意义

在几米的漫画《星空》中，小美找寻失落的情感。她与小杰一起逃离现实的世界，他们像追逐星星的孩子，在星空里寻求生命的意义。

小美问了小杰："情感会消失吗？"小杰肯定地回答了这一问题。他们再也没能见面之后，小杰却一直无法忘记小美已丢失的最后一块拼图板。他的所有画作都深深地烙上了那块拼图。他再也无法忘记与小美的那份情感。于是，小杰带着这份情感度过了他的一生。

活在哪里？这是电影《异次元骇客》要回答的问题。当主人公造出了另一个虚拟的世界，却发现自己的这个世界也是别人造出来的之后，他需要勇气承受这现实的一切。随之，他要思考生命的意义。自己只不过是别人创造的一堆零件，生命沿着创造者的思维墨守成规地运行下去，并随时都会被关闭系统永远消失。更糟糕的是，创造者可以进入他的世界为所欲为，而他却全然不知。在创造者闯入他的世界之前，他是会思考有生命的人。创造者进入他的思想以后，他没有了灵魂，他仅仅是执行创造者思维的一个生命

载体。他该怎么办？

哪里有出路？电影《盗梦空间》用解梦的手法寻找答案。主人公从一开始就生活在梦境中，为了寻找梦的出路，他不断地造梦、解梦，试图在别人的梦境里寻找答案。一个梦就是一个世界。他不停地穿梭在连环的世界中，最后他也不知道自己眼前的世界只是一场梦，还是就是一个真实的世界。他如何选择？

我们生活的世界如此真实，以至于我们从来没有怀疑过这个世界的真实性。当有一天，你发现自己生活的这个世界原来只是别人脑海里的一场梦或别人用机器模拟的一个虚幻世界，你只是被描绘出来的一个存在而已，你将如何看待自己的生命。

生命永远只会对当下发生意义。果真有一天，我们发现自己确实处于这样尴尬的境况，我们的生命还是有意义的。对活在这个世界上的人来说，不管这个世界是一个怎样的存在，你如此短暂的生命都绚丽了这个丰富多彩的世界，因为这个世界因你而存在。这就是生命的相对有意义。

几米用笔描绘出漫画世界里的痛苦与美好。在这个世界，小美选择活在星空下的美好世界中，而不是她父母为她准备好的世界里。她喜欢小杰的特别，喜欢与小杰一起追逐没有大人的世界，而大人的世界里充满了痛苦和深深的伤害。几米的情感是多么的细腻，几米的精神世界是多么的丰富。在这些漫画世界里，主人公可以充满少年维特的烦恼，也可以放逐心灵追求想要的自由生活。而这一切的主导都是几米善良的灵魂体现。

然而《异次元骇客》和《盗梦空间》并不令人轻松。活在虚幻世界里的主人公为了一个真相舍生忘死。创造者在创造的世界里为所欲为，任意主宰别人的生命和生活。而这些被创造的人却一无所知。当真相渐渐浮出水面,愤怒和反抗成为主宰自己命运的转折点。

智慧源于一声惊叹,之所以惊叹是因为无意中发现了世界的奥秘。就像亚当夏娃偷吃了智慧果,或有人打开了潘多拉魔盒一样,从此这个世界将与众不同。

 # 为生命着色

　　可以把生命比喻成一件艺术品。从生命诞生的这一刻开始,这件艺术品就被不断观赏。每个人都有自己的视角,在观赏中,表达着自己的感悟。观赏生命是对生命可能性的欣赏。生命,这件独一无二的艺术品,在可能性中绽放出夺目的光芒。可能性源于一种想象。想象生命是一件大胆的事情,生命的意义就在于这种想象,着眼于未来而不是过去,是渴望对现在的超越,每一次超越都是生命的一次腾飞。

　　俗话说"万事开头难"。起初,为生命寻找一个腾飞的出发点比较困难。由于欣赏的角度不同,人们对每一件艺术品都有不同的认识。可能一件艺术品在一种眼光里会沦为一件工艺品,一件工艺品在另一种眼光里会被锻造成一件艺术品。生命亦是如此。如果把生命想象成一件艺术品,生命在演绎的过程中会闪闪发光;如果把生命想象成一件工艺品,生命在呈现的过程中会黯然失色。艺术品高于工艺品的魅力在于,每一件艺术品的独一无二,而非批量地重复生产。生命是人在生活之上的艺术创造。对生命的认

识不同,对生命的艺术创造就不同。从认识生命开始,这是为生命着色的起点。

生命不耽于人的认识,更在于人的行动。人的认识直接决定着生命的高度,却不能让人达到这一高度。通往生命圣殿的道路只能由人走出来。生命的价值就体现在人的行动上,生命的意义就存在于人的行动中。每一件艺术品都是经过不断地打磨,然后才能成为精品。"打磨"就是行动。只有在打磨的过程中,艺术品才会成为精益求精的精品。生命亦是如此。只有不断绽放的生命才能让人连连惊叹。"绽放"就是生命在行动,这是"活"的生命的过程。生命的诉求如何表达?只有从行动中才能发现真实的生命,进而不断表达生命。行动不仅是生命的传声筒和润滑剂,更在于它就体现着生命本身。生命只有在行动中,才能展现想象的力量;生命只有在行动中,才能把可能变成现实,进而实现超越。这是一幅动态的生命图景。而行动正是这幅生命图景的灵魂。

生命在行动,也就是说,行动正在为生命着色,生命中所有美好和打动人心的行动都在为生命着色。只有在这一过程中,生命才会不断地被解读,或者不断地被触动,或者不断地被打磨,或者不断地被震撼。生命之美,不仅在于生命像阳光一样明媚动人,更在于它像秋叶一样哀婉可人。我们都知道,生命时常在一些人身上充满活力,循着它的足迹,感受生命活力的热烈奔放。生命有时却让人感到严肃深沉,当身边的生命随时飘落,那为生命染上一层悲痛和凄凉的,不是生命的滑落,恰是生命的无奈。这些都是生命的色彩。生命因有这些色泽而五彩斑斓。经常会听到,人们用"耐人寻味"这样的字眼来形容生命。生命的味道正在于它的不可捉摸。因为不可捉摸,对生命的追逐才变得趣味盎然。如果让人轻易获得生命的真谛,恐怕生命会被当作工艺品随便摆放。人们从来没有忘记艺术品的价值,那是因为艺术品的独一无二。大多数人也不会忽略生命的价值,这是由于生命的独一无二,更是因为生命的不可逆转。所以,生命在很多人眼里或变成了小心翼翼看护的东西,或变成了一文不值的东西,结果成为庸俗之物,或可弃之物。这时,生命就成为痛苦的来源。因为过分珍惜或不珍惜,生命失去了应有的光泽。

只有把生命当成不断获取之物,才能时刻感受到生命的魅力。这样,生命才会奔流不息。在行动中,人们不断地认识生命,感悟生命。生命因被反思而变得耐人寻味。这种反思可能是基于大彻大悟,也可能是出于大喜大悲,更可能是源于淡泊宁静。生命在绽放的过程中演绎出悲欢离合的大戏。正是悲欢离合让生命驻足在人们的内心深处,成为一种可以想象的源泉。想象不是占领。很多人都自以为对生命已经完全认识或彻底掌握,这是多么不可思议的想法。如果生命真成为探囊之物,那就意味着生命不需要再认识,也就再无必要认真对待生命。然而,生命就像谜一样。谁可以自信地说,已经真正地揭开了谜底。恐怕这种自信是一种妄念,只有在不断地对生命认识的过程中,才能切身感受到生命的力量。这正是生命需要不断着色的道理。生命需要这种不断努力,这是生命的姿态。生命如果没有这种姿态,那就不成其为真正的生命。通常意义上,只要是一个正常的人都会认真对待生命,这不仅仅是应当的问题。生命如果应当如何,那就意味着有很多人没有那样。生命是在应当之上的行动。行动正是说明应当生命的实然状态。在行动中,生命之谜才会不断被揭开神秘的面纱。没有行动,生命永远像谜一样,只能让人感到"近在眼前",却"远在天边"。这就是为什么有的人认真对待生命,有的人却不那么认真;有的人活得认真,有的人却活得盲目。生命就是在行动中逐渐展开,为生命着色就是在行动中开始。这是生命的奥秘。

可以说,为生命着色就是在体验生命的过程中展开。只有在行动中才能体验生命。体验生命就是在感受生命。感受生命的力量,就算是人生得意,也能让人在当下的情景里憧憬生活的美好;感受生命的力量,哪怕是人生失意,也总让人在当下的迷茫中求索生命的真谛;感受生命的力量,不管是悲欢离合,总是在当下的感受里让人体味生命的内涵;感受生命的力量,或是浓妆淡抹,也照样让人在当下的思考中为生命增辉添彩。生命的力量总能让人时刻回响。无视生命的力量,生命才会成为痛苦的源泉。为生命着色,是一场对苍白生命展开的反击;为生命着色,是一种对无奈生命进行的搏击;为生命着色,是一次对不公生命发出的呐喊;为生命着色,是一回对现实生命描绘的蓝图。生命因为在行动而彰显蓬勃的生机。在蓬勃生机中,生命才能演绎出价值。

为生命着色,在无声的积蓄中,把生命演绎成喷薄的源泉;为生命着色,在呐喊的号角中,把生命演绎成磅礴的进行曲;为生命着色,在持续的描绘中,把生命演绎成可歌可泣的故事;为生命着色,在正在进行的过程中,把生命演绎成无悔今生的黄金时代。在为生命着色的过程中,有时候总是觉得生命虚无缥缈,不能让人轻易把玩;有时候又会认为生命精彩纷呈,时刻让人仔细把玩。这是因为生命从来就不是单一的表现。生命的丰富性让人体验着它多彩多姿的意义。正是这种意义让人们眷恋着生命。可能人们眷恋它的美丽动人,可能人们眷恋它的严肃认真,可能人们眷恋它的温暖平和,可能人们眷恋它的热烈奔放。可能以上兼而有之,或全然不是。为生命着色就是在这样的五颜六色中开始展现。那么,谁能一窥生命的全貌。这个问题只能从千万个生命中探寻。

生活姿态

生活是一种姿态,就像尼采认为人是一种生命意志。生活在感性世界的人内心都渴求对生活的理性理解,这是认真对待生活的人生态度。把握生活应从生活姿态入手,才能发现真正的生活。

生活姿态与人对生活的有意识相关。生活姿态来源于人的生活意识。这种意识是人把反映在观念中的生活现象进行思考,然后用经过思考的观念有意识地建构体现人的生活意义的价值世界。这个过程不仅是人用观念构建生活现象,更重要的是人让生活现象符合自身的观念。于是人不仅构建了一个外在于人的生活世界,还形成了一个内在于自身的观念世界。对人的生活观念有意识地进行思考能有效地防止脱离现实生活的生活意识。因为一个脱离现实生活的生活意识会在现实生活中误导人、束缚人,会让人产生思想观念上的错误认识和言行举止上的偏差、谬妄,反过来会让人越来越脱离现实生活,走入生活中的怪圈,进而迷失自我。

一个具有良好生活姿态的人会在自我意识中正确地对待人生中的痛

苦。俗话说，人生不如意的事十之八九，因此人生总会遇到许多痛苦。然而我们应当看到痛苦对于人生的积极意义首先就在于其对于人的锻炼。一个具有良好生活姿态的人会把痛苦当成一种精神财富，在人生的痛苦经历中百折不挠，更加奋发上进。相反如果没有应有的生活姿态则会意志消沉，否定人生，进而否定自我。可见在生活中保持一种积极的姿态是多么重要。

　　一个具有良好生活姿态的人会在自我意识中正确地对待人生中的逆境，并借以提升人的精神境界。人生中总是既有顺境，又有逆境。人总是希望处于顺境。然而盲目的人生姿态总是表现为把逆境和顺境分割，孤立地看待顺境和逆境，处于顺境时得意忘形，处于逆境时悲观失望。其实，逆境总与锻炼人的意志相伴相生。人生境界的提升总是在克服逆境的过程中得到体现。"文王拘而演《周易》；仲尼厄而作《春秋》；屈原放逐乃赋《离骚》；左丘失明厥有《国语》；孙子膑脚《兵法》修列；不韦迁蜀世传《吕览》；韩非囚秦《说难》《孤愤》……"这些能为人普遍传诵的故事主人公都在面临逆境时树立了应有的生活姿态，把人生境界提升到对整个人生的审美高度，才真正地体味到了人生的苦中作乐和苦尽甘来。

　　生活姿态与人对生活的价值判断相关。人生作为人的生命过程就是人的生活。价值就是事物对人的意义。人生价值就在于通过实现人生的自我价值和社会价值使每个人都得到自由而全面的发展，这样人在世界上的生存和发展的价值就得到了满足和实现，从而人也树立了自我在世界上应有的生活姿态。

　　人生的自我塑造首先是人对生活进行价值判断。人是遵循社会性的活动还是屈服生物性的本能就存在一个价值判断。人在生活中总是要使人与动物的生命过程相区别，不断地超越人的生物性走向人的社会性。人是整天沉溺于物质生活还是不断地追求精神生活也存在一个价值判断。如果仅仅从人的饮食男女的需求和满足来看,人与动物的需求似乎差不多。然而人更愿意活在充满情感的精神世界里。生活的人性化也主要是由人的精神生活来决定。人是要过必然的生活还是自由的生活,这是一个重要的价值判断。动物的一生只有必然,从出生就注定了命运的必然趋向。而人的生命掌握在自己手里,没有任何人能随便轻易为他人的命运下结论。每个人的生命过程就是他自己的作品,人的生活是盲目地求生还是海德格尔的"向死而生"是最重要的价值判断。既然生死不分离,最为本真的向死而生就是认真过好别人无法替代的、他人不可剥夺的人生,才有可能达到死的彼岸,生的永恒。

　　人生姿态与人对生活的价值判断相连,直接影响每个人的人生观。人生观是人关于自己人生的基本价值观念,体现着人的价值追求和价值取向。人在生活中总是要通过自己的意志来实现自己的价值。经过反复就会形成生活习惯,并在思想上形成信仰。孔子说,"吾心信其成,则无坚不摧;吾心信其不成,则反掌折枝之易亦不能"。树立正确的人生观与成为人的信念分不开。同样,人生观与爱己爱人相伴相生。爱是社会中的善,爱己就展现于对他人的仁爱之中。人的一种充满爱的生活方式表达了人的生命本质和人生意义。活得有尊严才能成其为人,否则"人"无异于衣冠禽兽或行尸走肉。在现实生活中,人格主要通过人的尊严来表现。自古就有"志士不饮盗泉之水""饿莩不食嗟来之食"的典故。这都是对人格尊严的最好诠释。

　　"士而不先言耻,则为无本之人。"人生姿态与人的耻感,不能分离。耻感让人心生忧患,催人奋进。耻感是人对自己最为本真的价值判断,对人生的自觉自省起着不可估量的作用。耻感就是以否定性的方式来把握善,对自己行为的恶进行否定性的反思，从而"转回自我"（舍勒语），达到人的存在的"本质的完满性"（舍勒语）。人的耻感是做人的资格，所以周敦颐才说，"人之生，不幸，不闻过；大不幸，无耻。必有耻，则可教；闻过，则可贤"。

说到底，人的生活姿态与人的良心息息相关。人要自省是良心所动，人要爱己爱人是良心所动，人要尊严自信是良心所动，人要趋利避害是良心所动。良心是人在生活中最重要的标尺。"人皆有不忍人之心。无恻隐之心，非人也；无羞恶之心，非人也；无辞让之心，非人也；无是非之心，非人也。恻隐之心，仁之端也；羞恶之心，义之端也；辞让之心，礼之端也；是非之心，智之端也。人之有是四端也，犹其有四体也。"让我们用孟子的话共勉人生，树立一个良好的生活姿态。

真实的生活

每个人都在生活，但是并不是每个人都能够读懂生活。对于我来说，真实的生活是生命的意义。

不知从何时开始体验生活的酸甜苦辣，我才逐渐意识到有一个属于自己的生活。生活的意识就这样开始有意无意地刻录我的人生，我也在这样的生活中慢慢成长。当生活的意识渐进强烈，人生的规划愈发清晰，内心的情感日益丰满，就越容易产生对生活的感想，也愈发能够体会到生活的真实。

真实的生活是理解生命价值的一把钥匙。生活不等于生命，生命是自然的恩赐，生活是活着的自己。对于动物来说，它们可以没有生活，但是不能没有生命。但是对于人类来说，我们既不可以没有生命，也不能没有生活。生活是人对生命的一种价值追求。这种追求是人对自己生命的一种积极的肯定。当一个人失去了对生活的信心，他就会轻视生命，走上不归之路。可见，生活是事关每个人的最为重要的事情。

生活是客观的,它只是对每个人的生命存在方式的一种客观描述。所以,尽管人人都在生活,每个人的生活却都是于世独有的。问题的关键不是这种客观的生活出了问题,而是人们对待生活的感受。因为每个人的生活感触不尽相同,所以对待生活的理解就会大相径庭,这是生活冲突的根源。

这种冲突源于真实的生活对我们的影响,然而每个人所面临的生活的真实又各不相同,我们都在这种真实中找寻自己的生活。真实塑造了每个人不一样的生活,尤其是塑造了我们在这种真实下的生活风貌即精神习性。这本没有什么好坏之分。只有每个人都能够适应这种真实,才能够更好地生活。

真实的生活是生活给我们上的第一堂有意义的人生课程,所以我们应当首先意识到自己是在真实地生活。现实中,许多人逃避生活,虚构种种生活方式成为他们逃避生活的表达。他们看不清生活的意义,于是对生活产生了恐惧。通过种种途径麻痹自己,以期冲破生活的藩篱。这种做法往往是徒劳的,因为短暂的逃避带来的只能是越来越大的心灵沟壑,愈难填满通向真实生活的道路。

真实的生活还要求我们能够意识到自己生活的真实性,期望能够更加有效地安排自己的生活,规划未来的人生。能够真实地感受自己生活的人是幸运的,也是幸福的。他们能够看清自己的生活,合理地投入时间和精力,因而更容易达到预想的目标。与此相对,对生活没有清晰认识的人往往会产生困惑、迷茫的情绪,大多因为他们没有看清自己的真实的生活。

怎样的生活才是一种真实的生活。真实的生活因人而异,没有统一的界定标准。大致来说,生活的阶段性要求每个人的生活要达到社会对他的一般要求。如果能够看清并努力达到社会对他的阶段性的生活的一般要求，这样的生活就是一种真实的生活。真实的生活并不禁止高于社会对他的一般要求，但是一定反对没有达到社会对他的一般要求，即底线。因为如果一个人的生活没有达到社会对他的某一阶段的一般要求，意味着这个人的生活是不真实的，他只活在对自己当前生活的幻想之中，同时意味着他从生活中攫取的多，而贡献的少。这样的生活不利于他以后的生活。

生活是发展的。只有真实的生活才是一种发展着的生活。每个人都在渴求成功的生活、有价值的人生、富有意义的生命。然而在所有的这些背后无不存在一个真实的人生，这个真实的人生是建立在一个牢固的真实的生活之上。只有全面认识到、理解了、经历过真实的生活，才是发展了的生活。这样的生活才能成就精彩的人生。

生活也远远不会仅仅对我们要求只是真实的生活，然而真实的生活是活着的我们对自己生命的一种责任感和使命感。生活要求我们必须活得真实，才能对生命产生敬畏，对人生充满自信，对生活葆有希望。

我的生活思考

生活充斥着每个人的情感。人有七情六欲,生活尽现人生百态。

有时候,生活让人困惑。痛苦的时候,人们的生活有两种倾向:一种倾向是活在自己的当下。这种生活是自我沉溺,很多人不能自拔。越来越多的人心灵与生活同样脆弱,为了保护自己,情愿生活在自我设定的生活世界里面。

另一种倾向是活在他者的世界里。既然自己的生活世界有种种的不如意,在他者的世界中寻求理想生活就成为一种可能。身边的很多人把休闲时间用在了看影视作品、读各类小说等活动上面,这是一种用他者的生活世界反照自我的途径。

让人惬意的生活越来越不纯粹。由知性感受到的精神愉悦,被物质欲望土崩瓦解。人们的物质欲求日益膨胀,精神追求日益萎缩,生活越来越让人不满意。在这种情况下,获得的快乐成为转瞬即逝的回忆。你会感觉到生活中抓不住的东西越来越多。

生活会照常进行下去,许多人在痛苦中迷失自我。怎样才能让生活有意义成为拯救生命个体的努力方向。造梦是一种生命解说。造梦有两种途径:一种是向上造梦。这种梦境中的世界个体无法掌握,但是可以给人启迪。在这种梦境中,每个人都是井然有序地生活在他人所造的梦境中。信仰是个体更好生活的精神支撑。

另一种是向下造梦。向下所造的梦境是个体可以把握的。梦有好坏之别,心境不同而已。这种梦境体现了个体的真实心境。每个人都有各种情欲,生活要求都不一样。相应地,梦境中的世界各不相同。梦境是对真实生活的心境诉求。

改造世界是向上造梦的一种表征。每个人都想要生活在自己的梦想国度里,都在为实现自己的梦想不懈奋斗。为自己造一个现实的梦势必影响到梦境中他者的生活。这个梦会带来两种直接后果:一种是让梦境中的世界更加美好,另一种是对梦境中的世界造成不可逆的毁灭性破坏。当造梦的过程对每个人的生活要求越来越高,对于大多数人来说,直接的后果是让每个人的生存现状越来越困难的时候,梦境中的世界正在走向自我毁灭。

向下造梦有可能是在寻求更好的世界。在这个梦想的国度里,每个人都可以有节度地调控梦的过程。你是梦想国度的缔造者,这个梦是你生活情感的体现。生活中的痛苦与快乐、恐惧与幸福、绝望与希望都会在梦境中被你真实地感受到。梦境中的每个人都可以真实地感受自我,这种感受给人带来希望,你会在生活中再度营造梦境中的真实自我。而绝望是现实对梦境的冲击。当现实存在着无法实现梦境的可能性,对于一部分人来说,就失去了造梦的意义。

生活就是梦境中的可能性可能存在,也可能不存在。活在自己的世界里和活在他人的世界里都是在寻求造梦的可能性。梦的筑造是因为梦想永远都为你而存在。每天太阳都会照常升起,你的生活需要梦想的翅膀才能实现。

认真的精神与生活的乐趣

生活的乐趣大都源自认真地做好每一件事情。

从对乐的理解，你就可以领悟认真的乐趣。乐的外化即为乐器。弹奏乐器产生的音乐具有美感。这种美感只有通过人认真地弹奏才能体会，因而成为人感知自己力量的一种真实追求。这种美感体现了美之内在本质，是人超越羁绊的一种精神需要，是人的本质力量对象化的感性显现。

可以从对待生活的认真态度来理解人生的乐趣。越来越多的人不时地感受着生命的无意义感和人生价值的失落。处于精神孤独状态的人本能地排斥生活的一切境遇。尼采说，"上帝死了"。然后，你就是太阳。对待生活的认真态度源自你就是自己的精神太阳。社会中出现的精神分裂和人格分裂这些现象，其根本原因都是自己不能在自己的精神世界里成为自己的主宰。

你对自己的认识和评价影响你的精神需求和生活状态。认识与真、认识与善，联系在一起。"美德即知识"，说明客观道德可以向主观德性转化。

同样,评价与美联系,说明人通过选择行为塑造自我,从而使其生活在"各美其美,美人之美,美美与共,天下大同"的世界里。真善美的一致,说明人生的自我价值与社会价值需要经过自身的努力达成一致,而这需要认真的精神才能体会生活的乐趣,这体现了哲学所追求的"自然与人,合规律性与合目的性,必然与自由"的统一。

"为我关系"是生活中的基本关系。"我"要认真地建立"为我"的关系才能满足内外在的欲望和需求。"我"是指作为主体的我对作为客体的我的反思;"为我"是在客体的我对作为主体的我具有意义,而我又不满足于这种意义对主体的我所建立的一种新的主客体的价值关系。为什么会谈到"为我关系"? 用马克思的一句话来解读,"人体解剖是猴体解剖的一把钥匙"。站在个人发展的当下,即个体人生的最高点上反思以往所走过的道路,将能指引个人未来的发展。

同时,可以借用黑格尔的名言"凡是合理的都是现实的,凡是现实的都是合理的"。个人现状即一种现存是不是现实的即合理的,要看其是否具有必然性。必然性这种属性只能理解为人对生命的价值创造,并且是在生命的展开过程中创造生命的价值,这就是生命的意义。只有理解了生命的意义,才能用认真的精神追求生活的乐趣。

人生充满各种忧患。忧患意识内涵一种进取的精神,又与人的自信相连。自信是影响人类生活的普遍心理。孔子说:"吾心信其成,则无坚不摧;吾心信其不成,则反掌折枝之易亦不能。"这说明自信这种积极的情感体验是人克服自卑与自负,获取人生幸福的一个重要因素。可以说,自信的人会认真地生活,自信的人能够体会到生活的乐趣。这些都是生活中的一种积极的人生表现形式。

十二生肖中的人生

最后一笔，告别鼠年

2008年是鼠年，也是我的本命年。这一年足以让我终生难忘。在这一年里，我走过了很多情感的曲折，这是让我最难以忘怀的。回想走过的日子，现在的我能够以一种平和的心态去面对。这份平和饱含了很多辛酸、泪水，笑声和感动。大学四年的一帆风顺，让我一直不敢面对研究生生活的"惨不忍睹"。于是，一直逃避，一直消沉，一直没有勇气生活！

在即将结束的鼠年，我突然"容光焕发"，对生活有了追求的欲望。虽然还是一样的生活，每天面对一样的烦恼。心态平和了，看得淡了，自然就不像以前那样往心上放了。

主要原因还是以前把生活规划得太美好，想法太单纯。因此，显得有些幼稚。当在现实面前碰壁，一次次地将近绝望后，就变得乖了。欲望少了，浮躁的感觉也渐渐消退。因此，人会更加清醒一些。做事情也会成熟、稳重一些。

这一年里，我完成了一次大的转变——对人生的态度由理想化变成了现实化。对感情的问题，也不像以前那样斤斤计较。对生活中遇到的问题也是淡然处之。

也许这叫作成熟吧！这就是我在本命年的情感经历。24周岁，像是轮回了两圈。

这要感谢我经受的大小挫折，也要感谢我经历的许多事情。在其中，有真心帮助我的人，也有我的磕绊石。不管他们的角色如何，他们都是伴随我走过这段艰辛经历的人。

我是一个内心充满阳光的人。虽然我一直感觉，这一年是我的"严寒期"，但是温暖也常伴我左右。在最寂寞的时候、最无助的时候、最痛苦的时候、最需要温暖的时候、最需要鼓励和帮助的时候，我没有一个人长跑。我身边还有支持我的人、鼓励我的人、帮助我的人。他们给了我在上海生活的勇气，这是他们给我的最好礼物。

一年了，我还是比较庆幸。我能够在许多人的心中留下美好的回忆。他们会在别人最不经意关注我的时候，给我送上简单而温暖的祝福。这往往是最令人感动的时刻。我相信这些感动的时刻会串成一串串美好的回忆，伴随我的生活，成为我美好人生的一部分。

告别鼠年，告别一段难忘的经历。我的人生需要这样的经历。

所以，鼠年应该是我的幸运年。我一直没有这样想，这是我在本命年留下的遗憾。短暂的人生不会有太多的本命年。

和鼠年说声再见。下一次的相见，又是一个十二年以后的事情了。

呵呵。二十四年前，我降生在鼠年，一无所知……激动的人是我的父母。十二年前，激动的人是我自己。到了现在。没有人再为我激动，我自己也不激动了，却发现慢慢长大了……

慢慢地就有了自己的生活。在自己的空间里经营感情的家园。再过十二年,可不会是这个样子的。到时候,生活还是自己的,也是属于家庭的。情感是自己的,也是属于家人的。在没法察觉的变化中,我会幸福地慢慢变老。这也是一件好事!

鼠年,给了我很多的畅想。

鼠年,是我生命中的节点。

珍惜即将过去的鼠年,我相信:我会更加自信地迎接未来!

牛年记忆

牛年,将成为我的记忆里永远也抹不去的一年。

父亲离世也是我这一年来的最大伤痛。一个情感上的支柱轰然而逝,留给我的只有日夜的思念和无尽的懊悔。

记得小时候,父亲经常带我出门探亲访友。每一次,父亲都是骑着自行车。我坐在车的前梁上,凛冽的寒风扑面而来,我们飞驰在坑坑洼洼的土路上。大多数的时候,我都被刺骨的寒风冻的睁不开眼睛,加上屁股长时间地坐在圆木般的前梁上微微作痛,我都盼望着马上能够回到家里。车上的时间,铃铛旁边的纸风车承载了我儿时的梦想,成为我抵御寒风、撇开肉痛的唯一寄托。

纸风车飞速地迎风旋转,合着清脆的铃铛声。有时候,风很大,我都睁不开眼睛。纸风车呼呼的旋转声却带来了一股甜美的感觉荡漾在我的心田,只要它在不停地转动,我的心里就很开心。

这些纸风车是父亲叠给我的。每一次出门,父亲都会为我做一个纸风车。他知道我喜欢纸风车，也爱看《大风车》节目。他知道一个小小的不费什么力气的纸风车就能满足我心灵的快乐。他是很愿意为我做一个纸风车的。

有时候，父亲不仅仅为我做一个纸风车，还教我做其他的东西，纸船、纸飞机、纸灯笼都成了我不可逆转的儿时的一部分。曾有一段时间，家里的纸飞机到处飞。我也跑遍了家里的每个角落。每次下雨，我都会在院子里放上我做的纸船。如果是在晚上，就会在纸船里点上用剩的小蜡烛，看着纸船漂浮在水面上。

儿时的这些美好的场景想不到竟契合了我以后的人生。不停转动的纸风车已经成为永远的回忆。到处在飞的纸飞机，到底能够飞得多高。从没有停止过漂泊的纸船，也一直漂流在没有尽头的地方。

父亲不仅仅用纸点缀了我童年的乐趣，纸张也拉开了我求知的序幕。

每次发下来的新书，父亲都会很仔细地用纸张做好封皮。看着一本本新书就像穿衣服一样，套上了书皮，父亲才会感到心满意足。我也感到心满意足。

父亲常说的一个笑话，至今使我蒙羞，也促成了我的成长。

中考那年，父亲开着自家出租车送我进考场。临近考试还有十几分钟，我突然想上厕所。当时，考生还不能进入考场。我着急得要命，问父亲该怎么办。父亲连忙叫我不要紧张，说附近就有厕所，随即开车带我过去。

事后，论起此事，父亲开玩笑地对家里人说：考试把我弄得紧张的，都找不到厕所了。然后，家里人一阵哄笑。我相信，在父亲半开玩笑的时候，他的心里一定在想：儿子爱学习，以后肯定会很有出息的。我一定要全力以赴地让他把书读好。

　　高中转眼就读完了。父亲最后一次来到我的寝室，收拾我的铺盖的时候对我说："高中三年真快啊。现在你就要离开培养了你三年的地方了。"这个地方给我带来了美好的回忆。也见证了父亲不分白天黑夜的忙碌工作，一切都是为了我的求知。

　　家里的黄河牌彩电牵系了我们一家的命运。

　　1983年，我们家拥有了第一台彩电。这也是南街的第一台彩电。村里的乡邻和亲友从四面八方涌进我家，没日没夜地看着电视剧。俨然我家就是当时的公放电影院。面对家人的抱怨，父亲并不立即驱赶，而是和他们一起乐呵呵地看着电视。当时的我是不能理解的。现在我才懂得：父亲的心胸宽厚仁慈。在娱乐条件相当匮乏的年代，拥有一台电视机对于农民而言意味着生活的希望。父亲是不会轻易拒绝对他人而言的这种希望。黄河牌彩电当时正如日中天。

　　彩电落户家里的第二年，我诞生了。伴着这台电视机我度过了童年。中央电视台的《大风车》《小龙人找妈妈》《封神榜》《新白娘子传奇》，凤凰卫视的《花仙子》《魔法小天使》《樱桃小丸子》《圣斗士星矢》等等。一提起《小龙人找妈妈》，父亲就说：小龙人找不到妈妈，你就急着哭了。小龙人找不到妈妈该怎么办呀。

　　村里的其他小孩整天成群结队地嬉戏玩耍。这些电视剧就是我的童年，但也造成了我孤僻、骄傲的性格，已经成为我的性格的一部分的理性就是在这些漫长的岁月里耳濡目染地形成的。父亲知道我迷上了电视，所以他对我看电视的时间和次数严加限制。他还专门给电视装上了防辐射的树脂"门框"，怕我从小就得了近视。已经上了瘾的我是停不下来的。当父亲和母亲睡觉的时候，我就把电视调成静音，偷偷地打开看。看到了精彩的地方,就把电视的声音微微调大。许多次,父亲被吵醒,很愤怒地对我大打出手。

电视已经落伍了,村里的乡亲现在都热衷买电脑。我们家的黄河牌彩电用了二十七年,只修过一次。现在依然是我们回到家里最好的娱乐方式。

家里的物件除了这台电视见证了我们家的变化,就只剩下父亲曾经出车用过的各类车辆的零部件。这些散落的东西被父亲集中存放在西屋的一个偏房里面,父亲一直舍不得将这些东西卖掉,母亲也不敢把这些东西卖掉,生怕父亲以后会用到它们。它们就被废弃在这间偏房里,像是等待着它们的主人。

属于父亲的这个房间,见证了他自己的一生。他一生都在与车打交道,这些零部件自然就成为他的必备工具。充满油迹的扳手、备用的轮胎,这些现在都被完好无损地废弃在这里,也终将逃脱不了被遗忘的命运。

这些年来,父亲肩上的负担愈加沉重,已经不能靠过去的老本行吃饭了。而父亲一直以来以此为生。父亲东打西拼,依然度日艰难。他逐渐地把废弃在这间房屋里面的零部件卖掉。这对父亲来说是残忍的事情。记得大弟把我以前的书籍都卖掉的时候,父亲狠狠地把他打了一顿。父亲很珍惜以前的一切东西。

牛年,这是让我极为疲倦的一年。

除了情感上的疲惫不堪,生活的欲望填满了我的时间。

父亲一直问我是否通过了司法考试。现在,我可以向父亲做出满意的回答。

返回学校,我开始了奋斗。阅读各类名著、发表学术文章、撰写心情随笔,准备上海市高教类资格考试和国家司法考试,准备博士生入学考试和国家公务员考试。最后,我在我的考博征程中疲倦地倒下。考博一役,摧毁了我所有的天真的理想,毁灭了我的心境。其实,何止是考博一役毁灭了我的心境。

我喜欢学习哲学!这门智慧之学滋养了我的心境,也让我体悟了人世的丑恶与无奈。追求无限的梦想,想要实现永恒的理想,对于现在的我无异于痴人说梦。孤独并不可怕,只要能够为梦而奋斗,就永远不会孤独。现在的我感受到的只有痛苦,无法挣脱的痛苦。被撕得粉碎的梦想暂时就要离我而去,而我还要忍受这可耻的生活。

拉斯科尔尼科夫①啊!我能否像你一样得到最后的拯救。

牛年,爱情之路上,我依然没有收获。生活的旅途,我更加疲惫艰辛。

牛年,我的求学路,怕是要戛然而止。人生的方向,我应当何去何从。

牛年,声声的呐喊,我的回音在何方。心中的理想,我何时还能抓住。

牛年,我们的父亲,铭心刻骨的父爱。伴着您的爱,我们会努力生活。

---

① 小说《罪与罚》中的角色。

走过虎年

　　曾在《最后一笔，告别鼠年》中写下了自己的懵懂，青春在无知和亢奋中悄然滑落；《牛年记忆》是挥之不去的伤痛，至今仍然不敢回忆；走过虎年，生命中的无奈被刻画得淋漓尽致。

　　虎年，大弟的工作依然没有着落。

　　虎年是大弟的本命年。家里一直努力帮他找工作，从二〇一〇年的四月份开始一直到二〇一一年，大弟的工作依然遥遥无期。无数的电话，多次的奔走，长久的盼望，所有的努力都引不起现实的半点改观。大弟的工作在这一年里成为我们家人心头的一块病。

　　岁月催人老。我和大弟都到了谈婚论嫁的年龄，我们的婚事摆在了家庭事务的首要地位。大弟和娜娜走到了一起，他们的婚事成为母亲今明两年心中的头等大事。

　　在这一年里，母亲把家里的房子装修得焕然一新。

　　农村结婚需要缝制多床新被褥。母亲买了一百斤棉花，夜以继日地为他们准备结婚物品。兄弟三人，比肩而立。母亲感到压力很大，想尽早完成父亲的遗愿。

为了给他们幸福的生活增添一些筹码，母亲渴盼尽早启程，到娜娜家提亲纳礼。

虎年，我开始了人生的第一份工作。

告别大学生涯，离开上海大学，在湖北经济学院进行短暂停留，又留在了杭州师范大学，我开始参加工作。喜欢大学里的安静和纯洁，喜欢飘逸书香的图书馆，喜欢活力四射的"90后"们，虽然他们还少不更事。

这一年，杭州师范大学给我提供了展现人生的舞台。我感激关心我的同事们，生命中的严寒渐然过去了。

与网站《龙泉之声》相识，是我这一年最大的收获之一。它给我提供了生产和传播思想的舞台。感谢隆凤师姐，她的大力引荐和支持鼓舞着我一路前行。

离开上海大学，意味着暂别《上海大学学报》。上大学报曾是我精神萌发和成长的好伙伴。它让我在文学爱好的道路上一路走得更加顺畅。这是王怡老姐对我的关怀，也是上大学报编辑部对我努力的肯定。生命中这样的人生经历，将一直温暖着我的生活。

即将告别的虎年，让我的心有些伤感。

姥爷溘然长逝，我将无限悲痛。

虎年，不愿发生的事情频繁发生，

虎年，不该伤逝的至亲溘然辞世；

虎年，不敢忘怀的记忆至今犹存，

虎年，不能改变的一切铭心刻骨。

这个严寒的虎年，让人终生难忘。

辛卯悲欢

时光流逝,一年真的很快,带着痛苦的思考走过一年,内心五味斑杂。回首兔年,几多悲欢。

追梦是青年人内心的一种渴望。"我有一个梦想。"这个梦想在己丑年悄然滑落,在辛卯年不堪回首。鲤鱼跃龙门,梦圆壬辰年。

为自己造梦,是为了生活更精彩。为别人造梦,体验"你是幸福的,我就是快乐的"心境和生活。造梦是自己的事情。梦想可大可小,无须外在繁华。无论是成就自己,还是成全别人,都是支撑生命的杠杆。你或我需要一个支点,不是用来维系别人,而是用来相信自己。

每个晚上都会做梦,直到现在,都还想更加明白那些梦折射的意义。已经忘了那些梦的归属了吗? 没有。已经忘了那些梦的悲欢了吗? 没有。那为什么还一直耿耿在心,不能释怀。月有阴晴圆缺,犹如人有悲欢离合。当灯塔忽明忽暗,最能勾起人的回思。

敢问梦在何方,梦在人心。告别戊子,逝去己丑,滑落庚寅,悲欢辛卯。

母亲盼儿喜,迎娶美人归。母亲盼儿达,事业自有成。母亲盼儿安,儿心亦牵挂。母亲盼儿成,儿诚心行切。心中有梦,梦中有心。

有时候,编织梦想也会带来不能承受的心灵之重。人心有内外之分,向内索取或向外付出。或毫无节制地贪得无厌,或只是一味地倾力付出。没有内外平衡的编织梦想,不管是为了自己还是别人,只会让自己的心灵苦不堪言。

当圆梦只是一种口号而非实际行动,当圆梦只是一种炒作而非真实生活,当圆梦只是一种空洞而无实际内容,当圆梦只是一种距离离你很远之时,你还会为梦激动吗?你还会热血沸腾吗?你还会无限憧憬吗?你还会满怀希望吗?

梦有真情假意。可能梦在你心中很真实,放还社会却很虚假。可能梦在你身边很真实,放归内心却很遥远。时常让人困惑,时常让人激动。让人困惑远非坏事,让人激动亦非乐途。只有宠辱不惊,才能闲看世间万事。

逐梦辛卯,无限悲凉。生活依然,却非绝望。梦在心中,蒙于生活。不断感怀,心力交瘁。不羡权势,不昧况景,只心归切,平和淡然;人过一年,万物一轮。草木一枯,心身一易。追梦一年,心恒一世。人长一岁,境阔一海。天乾一健,地坤一势,龙虎一跃,壬辰一刻。

壬辰龙年的反思

我在壬辰龙年才开始进行真正意义上的生命反思。在即将过去的这一年里，我慢慢地学会了反思。反思自己以前的得失，反思自己的求学生涯，反思自己的家庭，反思自己的学业，反思自己的爱情……在反思中，我有选择地放弃了生活中不能让我承受的生命之重，也有选择地放弃了生活中不能让我承受的生命之轻。这倒不是说我在逃避生活。我现在开始尝试学会放弃，这是一种本领。

在壬辰龙年里，大弟娶妻生子，了却父母一桩心愿。我们家因为这件事忙了一整年，可能很多人无法想象。这是很正常、很自然的一件事啊。有必要提吗？如果问一下母亲，问一下大弟他们，问一下家乡的亲朋好友，就会明白我为什么这样说。对于我们家而言，做任何一件大事都太难了。这个难不仅仅是在物质的方面，还有人事的方面。父亲走了以后，家里连给小麦浇地这样的事情都成了一个难题。我们三兄弟常年在外打拼，留下母亲一个人在家操持农活，维持着这个我们心中的家。母亲每次给庄稼浇地和收割都求爷爷告奶奶般地求人。每当她在电话那头给我诉说这些事情,我的内心都像被刀子划开了血淋淋的口子。大弟的婚事让村里很多人都感到意外。他们中有的人甚至在大弟的婚事当天还很意外并兴奋地说着"真是没有想到"诸如此类的话。虽然很多人都在一边旁观我们这个家,却有谁真正地感同身受过? 当然这不能怪他们。因为对他们来说,生活也很艰辛,他们更多的是爱莫能助。每个家的生活还得靠自己。所以,大弟有了自己的家,我们也就选择了让他们独立地生活。

在壬辰龙年里,我终于实现了近年来自己的一个梦想:攻读博士研究生学位。能够在自己喜欢的大学里,跟着自己认定的导师,学习自己感兴趣的知识,并过已经习惯了的生活,这些都让我倍感珍惜。可以说,在这样的追求中,我的人生定位更加明确。再回首三十年的求学生涯,不禁想到自己一路的成长。成长的过程中充满悲伤与欢乐、失意与收获,然而唯一没有改变的却是自己的心灵。在这样的年纪求学更要清楚心灵的需求与自身的社会定位。面对各种压力,只能用强大的心理勇敢地试错,才能坚守生命中最为重要的东西。三十年的求学生涯犹如酸甜苦辣咸在我的内心五味杂陈。每当我困惑与失意时,求学生涯中的这些记忆就在我的脑海里一幕幕地呈现。它们用永远不能改变的过去,时刻警醒我要努力珍惜当下,用力所能及的积极心态点缀生活的平淡质朴。我应该感谢我的父母,我的求学路一直是踩着他们的肩膀前行。当我慢慢地长大了,才明白父母牺牲了各种幸福陪伴在求知的我们身边,然而我们三兄弟却理所当然地接受了这一切。虽然这是父母的无怨无悔,他们付出了就感到了幸福。我们只能用心读书和工作,只有这样才能对得起父母,更对得起自己。

在壬辰龙年里,我又一次错过了爱情。这里没有谁的过错,只有真实的一个人和另一个人的相处。如果这样的相处不能带来心灵的温暖和生活的意义,那么还是早点结束这种痛苦。我们曾经给对方带来过感动,却终因活在两个不同的世界,无法建立心灵上的沟通。其实,在我的心中,我一直想要建立一个自己的家。人到三十而立,我认为主要是立一个家。这个家能让我传承父母的爱,这个家能给我心灵的温暖,这个家能让我的生命有一个归宿。在这个家里,我需要一个能够和我说话的人,而不是一个只活在自己的"动漫世界"的人。我可以没有房子,但是我不能没有一个能够在狂风暴雨中和我牵手的人。我想要一个有血有肉的人,能够理解我的人,而不是一个抽象玄幻的人,一个整天说自己很忙的人。我理解你,你在自己的事业中能够感受到生命的精彩,我尊重你的这一选择。我只想要过真实平凡的生活,只想有人和我说话,有人关心我的冷暖,这些充满日常感动的事情才是我生命中最重要的东西。而那些所谓的伟大的艺术和思想在我的生活中多一些或是少一些其实并不真正那么要紧。继续寻找,寻找一个能够和我一起组建一个家的人生伴侣。在这个家里,让欣赏和感动成为一种生活情趣。我们会过得平淡而真实。

我相信,我没有辜负这一年的生活。虽然在这一年里,我经历了很多,有顺境也有逆境,却都定格成了我对这一年的美好回忆。我可能再也回不到像过去那样一遇到不顺心的事情就抱怨的那种心态了。我越来越明白自己想要什么,自己要冲破什么束缚,自己要努力做什么。这是生活教会我的,它并没有辜负我,我还要感谢它。癸巳蛇年马上就要到了,我还是很期待。一年年不断地给予我创造自己生活的机会,为什么不好好利用这些机会呢?

蛇年有我

伴我一年的蛇年马上就要过去了,它带给了我很多感动。当我以主人翁的生活姿态努力的时候,它将要把我送入新的一年。我会记住这一年,有成长,有感动,有遗憾,有收获……

这一年对我来说过得特别快。我上半年还在不停地写文章,仿佛就在昨天,辛勤耕耘总会有所收获。到了下半年,学院和学校用各种行动证明我努力的价值,把我上半年没有评上课题的闷闷不乐一扫而光,唯一的憾事是把八月份荒废过去了。

本来暑假想回家,却一直没有勇气回去。直到十一假期,才与家人团聚。喝着为任泽恺补办的庆生酒,才把在外面打拼的风尘全都抖落干净。小家伙深得母亲的喜爱,虽然他还和我们有些认生。经过不到一周的相处,我们就很能玩到一起了。他刚学会走路,就迫不及待地跑着前进,于是摔倒磕伤就成了家常便饭。看着他跑着走,我就知道:他的性子和我一样,很急躁。

今年小弟的工作不顺，接二连三地停了好多次，于是在电话里，我不断地安慰他。我们聊人生，聊各自的生活，聊他的婚事，谈未来的发展。他给我讲了很多他的想法，我感觉到小弟长大了，他会安排自己的生活了。当他跟我说他要回河津工作时，我支持他的决定。小弟常年在外，不免内心疲倦，乘此机会正好可以在家养精蓄锐。另一个支持他的理由是，小弟连着好几年都没有回家过年。并非他不想家，也不是他不想回家过年，总是特别繁忙的工作使他分身乏术。

他今年把他的对象带回家。母亲说他对象聪明伶俐，煞是惹人喜爱。既然他们都见过双方父母，并且俩人都两厢情愿，我和母亲都盼着他们早点成人成家。自从失去父亲的力量以后，我和母亲都感到肩上的担子很重。大弟的婚事让我们稍微松了一口气，接着就是我和小弟。我一直奋斗在求学路上，母亲就把目光集中在小弟的身上。小弟的女朋友谈了好多年了，他们一直在一起，这点燃了我和母亲的希望。加上村里很多与小弟同龄的年轻人都结婚了，这也更加坚定了母亲的想法。

在电话里，我经常和母亲商量小弟的事情，也探讨我的事情。母亲用家长式的口吻关心着我们的终身大事。还好今年我在感情上面总算有了一些新收获，这要感谢我们学院的老师，她们关心着我的生活，就像关心她们自己的孩子一样。在她们的关心下，我在情感上有了收获。之前情感上的坎坷经历让我不再幻想式地天真对待男女之间的情感，我学会了务实地经营这份来之不易、对我来说难能可贵的情感。我不再以偏概全，追求完美；也不再老是幻想，改变别人；更不会徒劳等待，伤感伤情。爱情需要自己勇敢地追求，这对于每个人都是一样。

所以蛇年的我感觉自己在成长，自己在不断地学会处理生活中的烦恼和痛苦。在求学的路上，自己不断地学习、读书和写作。虽然比较艰辛，这条路上却没有成功和失败，只有摸索和前行。正如舍友baby熊在美国给我打电话说的那样："处在一个全新的环境里，只有打开视野才能摸索出一条适合自己的道路。我们已经告别了用成功或失败来衡量人生的判断标准，只有找到合适自己的路才能活出人生的精彩。"我认为他说得很对！人生路上没有平川，只有勇敢地摸索出一条适合自己发展的道路，才能活出自信的我们。

马年得失

中国人活在现世当中，很重视生活中的得失。《史记》有云："观往者得失之变。"人生的成败和利害要用得失来衡量。杜甫诗曰："文章千古事，得失寸心知。"生活中的优劣和短长要用得失来衡量。《管子》甚言："故一人之治乱在其心，一国之存亡在其主，天下得失，道一人出。"一个人乃至一个国家的存亡都要用得失来衡量。因此，如何权衡得失就成为最重要的人生课题。

我在马年不断经历着生活中的得与失。面对所得，我感受着收获的快乐，我多么希望能够与大家一起分享这份喜悦；面对所失，我曾经不断地悲观失望，这种沮丧的情感反复徘徊在我的内心世界。可能面对所得，每一个人都会欣然接受；而面对所失，每一个人都更不容易接受吧。人性就在得与失之间充分地显现出来。

我在马年的最大所得就是小弟的婚事。他的婚事是我们家的一件大事，也是我和母亲肩上的重任。小弟和他媳妇经过长时间马拉松式的爱情长跑，终于在马年结婚了。而我们家为了这场婚礼，也进行了长时间的准备。有得必有失,小弟得到了心中的媳妇,也在婚后盲目丢失了工作,在外两个月的流浪式找工作想必没有他们想象得那么好吧。有些得要经过艰辛的努力才能得到,而有些"失"可能在一时的头脑发热下就失去了。

教训总是能够让人长些记性。小弟现在终于有活干了。我相信,他以后也会慎重对待工作的事情。对于我而言同样如此。我的博士生活马上就要结束了。不到三年的博士生活让我在学术上有所成长,然而也在求学的道路上遍体鳞伤。这两年,我在科研上得到一些收获。这些学术成果能够让我找到一份不错的大学任课教师工作。但由于自己的不小心,让我错失了一系列的评奖评优。

我曾经一度沉迷于所失,任性地放逐自己。在天空灰暗的日子里,我的内心一点儿也不阳光。室友安慰我,让我很受感动。其实,他的日子也不好过。可是,我总觉得他比我坚强。这或许与我是一个悲观主义者,而他是一个乐观主义者有关吧。他的弟弟今年也结婚了。他总是对我说:"我们的弟弟都结婚了,我们也要赶紧找对象,不要让父母操心了。"他说得很对。在这一年,我在情感上面有了收获。虽然在谈恋爱方面屡受打击,上天还是眷顾我。我多么希望他也能早日找到人生伴侣啊!我相信,羊年的他会一帆风顺、万事如意的。

终于要告别即将逝去的马年了。我不知道还能用什么语言来描述我这一年的生活。我一直向往的博士生活就要在这一年与我告别了,而我却没有一丝想要留念的感觉。两年前的我还在拼命地想要开启这段生活,而两年后的我已经有些厌倦这种生活了。倒不是说这两年我过得不好,只是在即将告别博士生活的这段日子里,我知道,我不可能以自己想要的那种方式来结束它。这是一种人生遗憾。这种遗憾可能会长久地停留在我的内心深处。只能等羊年，我再重新开始，才能彻底告别现在的生活。我还是希望羊年的我会活出另一番人生精彩。这让我对羊年有了一些祈盼！Goodbye，马年！Welcome，羊年！

五味羊年

人们常用"五味杂陈"这个词来形容心情的复杂。对我而言,羊年留给我的也是这样的感觉。在即将告别这一年的时候,我才开始回望经历的是是非非,想要从中尝出这酸甜苦辣咸的人生真味道。

刚跨进羊年,我就感觉到了博士毕业的气息。在老家过春节,我的心情相当愉悦,却也感觉到少许潜在的焦虑。我内心不仅装着博士毕业论文的事情,还有毕业以后的去向问题。虽然当时已经有多家签约意向,可是未来的路究竟如何走,还是一直困扰着我。大年初五那天,我就返校开始准备毕业的各种事情。

毕业季总是感伤和欢喜交替出现的季节。与我一起求学的兄弟们到这个时候都各奔东西了,不免让人伤感。可是,我们又满怀希望地在新工作岗位上开始了新生活。初来复旦大学,我就被这里的学习氛围"吓"到了。我所在的学生宿舍,以及附近的数栋楼都是博士后的公寓。一来到这里,准能碰见匆匆忙忙的行人。他们不分男女,都用思考的眼神和沉默的表情从你身边走过。无形之中，一种神秘的压力感就这样产生了。等我熟悉了这里的环境，才知道他们和我一样，都是在站的博士后。

虽说博士后只是一种特殊的工作经历，却与我之前的博士生活很不一样。就在这一年，我开始了全新的博士后生活。与合作导师进行了简单的交流，我就开始自己的科研之路。在别人眼里，我被定义为一名能自主从事科学研究工作的研究人员。我具体搞什么方向的研究，如何来开展研究工作，都得靠自己摸索。这就是博士后生活的特点。它要求你必须规划好自己的两年生活，因为你要在这两年里完成别人用三年或四年，乃至更长时间才能完成的科研任务。换言之，两年的博士后就相当于完成了一个博士阶段的训练，或许还会有更高的要求。所以，我一直感觉压力很大。

可是，学业只是生活的一部分。在情感上，我过得不算顺心。直到现在我还一直在落单，在无尽的寂寞中品尝着孤独的滋味。我时常在想，是不是读书给读傻了呢？还是单纯的性格就容易受伤？抑或我的要求就不低，还是对方的要求比我的还要高。可能我一直在求学，没有稳定的工作，也是一方面原因。我想，一定还有很多原因。在这诸多因素的综合影响下，我就成了现在的我，也就是千万人眼中的"剩男"了。这样的词汇只能让我感到无尽的悲凉。

母亲和两个弟弟轮番给我打电话，询问我的情感问题。我羞于启齿，无言以对。我想，这不能完全怪我。当我真正在为两个人的世界忙碌的时候，得到的回应只是各种达不到的要求和各种理由的拖延。除了果断地结束，我还能怎么做！我开始认真地反思这段经历。我到底想要什么样的人，想要过什么样的生活？这些想过无数遍的问题依然反复出现在我的脑海。痛苦会让人长大，挫折会让人成熟，这个道理真的一点儿都不假。我也开始明白了这个世界为什么会有那么多的"剩男剩女"，才感受到了"宁缺毋滥"的真实滋味。

我现在就是个书呆子，只会写点文章，聊以自慰。这就是天降大任于我的才能。我只能顺势发挥，过着我选择的生活方式。如果家里有什么事情，我就尽其所能地帮助处理。让我心情稍微轻松的一件事是，我今年把上大学时被亲戚赞助的钱给还了，虽然这件事隔了多年，父亲也早已不在人世。这样，我和母亲就不会再觉得内心有愧了。还好家里一切顺当，日子就这样不紧不慢地过着。

就在羊年接近尾声的时候，母亲打电话告诉我，小弟媳妇怀孕了。这是天大的喜事，我也感到特别开心。小弟和老婆都没有像样的工作，自他们去年结婚以来，日子一直过得紧巴巴的，可他们还是很努力地生活着。小弟告诉我，现在就没有什么活计，大多数厨师都失业了。可他硬是在时断时续的工作中，把结婚时所欠的外债都还了。我觉得，他很了不起！与此同时，大弟的小家庭也经历了许多事情。他们购买的商品房建起来了，小侄子今年也上学了。在与他们视频时，我感受着他们一家温暖的气氛，就放心了。

我们这个大家庭在羊年还发生了许多事情。如果用来讲故事，那话就长了。我想，用"五味杂陈"来概括最为妥当。即将告别五味杂陈的羊年，不知道接下来的猴年会有怎样的生活。我还是有些憧憬，大家也都在期待吧。那就让我们带着希望一起步入丙申猴年吧。

猴年取月

中国古代有一成语叫"猿猴取月"，比喻有些人做事情就像猿猴一样，水中捉月，只会白费力气。猴年的我也在取月，只不过我在有些方面就是猿猴，而在另一些方面比它们要好。

猴年的我不管是在学术思考，还是文学写作，都有进步。我能开始独立自主搞研究了，这就是我捞到的最大"月亮"。在我的博士后研究项目上，我能建构一个系统化的理论体系，并能回过头来反思其中的不足。除了发表学术论文，我还受到了两个课题（基金）的资助。这个突破对我有很大鼓励作用。为了用心做好这两个课题，我几乎把生活当成了工作，把工作当成了娱乐。

在科研工作中，我求学阶段的几位导师对我的关怀最让我难以忘怀。博导对我论文的悉心指导，合作导师对我研究进展、日常生活和各类难处的大力帮扶，学院、宣传部、出版社的老师们的热情关怀，上海嘉之会律师事务所的LHJ师兄在实践上的鼎力相助，都让我的生活温馨多彩。复旦老师们的魅力就在于,当他用平等、尊重、宽容与你交往时,你就会感受到人性的美好,以及生活当中的点滴感动。

就在匆忙行程中,我开始记录自己的复旦生活。自从写《复旦心语》系列以来,我就为自己建构了一个"旦旦"精神世界。除了记录我的学习、生活和情感,我通过这一途径表达我对复旦的感恩、感激和感谢。正所谓"取之于'旦',用之于'旦'"。我在这里得到成长,也想在这里发挥我的热情。我要通过这种形式告诉大家,每一个人心中都有一个复旦梦,也都可以实现自己的复旦梦。

以前的我很少写诗歌,现在的我有充足时间大量阅读诗歌。读诗读得多了,就能把自己的思想和情感用诗的语言呈现出来。虽然它以独立的生命成为一个客观存在,我还是由衷地感到兴奋、激动和喜悦。我的作品就是自己的孩子。我付出了心血,就希望它能被认可。人们对它们的解读众说纷纭,却能在不同共鸣中留下深刻印象。这就够了!我深知,这不是一个诗歌时代,若还有人写诗和读诗,就已经很不错了。

我老家的亲人也开始享受天伦之乐。小弟的儿子给已经凄凉多年的庭院带来了希望和热闹。这不仅是小弟的福气,更是母亲多年劳累的硕果。大弟也搬进了新家,开始了崭新的生活。大侄子要上学了,小侄子越长越大了。家里的新变化让人喜悦。母亲也就开始操心我的事情。年复一年又一年,我一直在孤独中忍受寂寞。我了解过谁,谁又了解过我?上海的单身青年都穿上了密不透风的"防弹衣",把自己的心灵裹得严严实实的。谁又会在乎谁的感受。

我很想换个心灵环境。在情感问题上,我确实是一只猿猴,笨拙地捞着水中的"月亮"。"月亮"就在我的眼前,却让我感到离我特别的遥远。我盯着它,不停地打捞,可就是捞不着。猴急的性子,让我越来越敏感。我宁愿关注自己的世界,也不愿把精力浪费在徒劳无果的追逐当中。我就是要走出自己的脚印,活出自己的意义,我就是与你们截然不同。

各取所需,各得其所。猴年这样走过,我一点儿都不后悔。我对鸡年充满信心,因为我人生的事业将会定格在某处。我将会在那里获得事业的丰收、情感的丰收、心灵的丰收。我始终坚信这一点,所以我会用雄鸡的鸣叫奏响鸡年的凯歌。

"鸡"年累月

如果有人问我一直读书是什么样的感受,可以用积年累月来形容我的求学阶段。

从读书开始,一直坚持到现在,起码要找到一份能够糊口的工作。终于在鸡年落定了此事,犹如心中的一块石头落了地。古人云:"三十而立",是指男子到了三十岁应在成家和立业上均有建树。我早已过了三十,尚无一技之长,只是刚开始确立了自己的职业,更惶恐谈及其他。尤其是在飞速变化的现代社会,越来越多的"青椒"正在遭受着和我一样的命运。

在"魔都",做什么事都不容易,若能干成点事,非要用心才行。我在立业上也曾有许多"非分之想",也想有所突破。每往前走一步,非我努力即可如愿。现在这样的安排,是我以前想都不敢想的事情。用别人的话说,在不可能的事情上发生了奇迹。细细想来,确实如此。为什么会这样呢?我要衷心感谢在复旦遇到的老师们,尤其是指导我学业的导师。在我身上,在立业这件事情上,他扭转了乾坤。

在高校生存,老师一般是通过自己的学识影响学生的。老师能把自己的毕生所学传授给学生,就可谓尽心竭力了。对学生而言,这就是在社会上立足的一技之长。然而现实的情况是,仅有一技之长,还是正在形成中的,恐怕也难以在社会上有一席之地。现在的社会最缺人才,也最不缺人才。用人单位招你,是想用你的能力解决燃眉之急,不是让你来浑浑噩噩或颐养天年的。所以在应聘的过程中,你就要对自己有一个清醒的定位,你能否胜任这项工作,是否做好了危机的准备。

在复旦求学期间,导师不仅培养了我的一技之长,而且教我如何在高校生存。著书立说是高校老师的主业,能把自己的思想理论体系转化为造福社会的现实生产力,是古往今来的思想家孜孜以求的事情。在历史的星空,有许多思想家改变了社会,却无法改变自己和身边人的命运。导师是恢复高考的第一届学生,不仅千军万马过独木桥改变了自己的命运,而且我跟着他读书还顺带改变了作为小小鸟的我的命运。在立业比成家还难的当今社会,这是一份我无以为报的大恩。

人生第一次站在曾经无数次渴望过的讲台上,满怀激情也满是紧张。一直憧憬着这样的时刻,已经在心里演绎过无数次的场景,真正实现的时候还是觉得恍恍惚惚。以前做学生的时候,要么用挑剔的眼光盯着老师,要么用极端渴望的期待要求课程,要么用无所谓的心态打发课堂,要么用得过且过的方式忽悠自己,总是爱走各种极端。真正转变了身份,才发现当老师多么不容易。课上站了一次,课下掉了头发。我讲授的内容同学们要是都知道,要我站在讲台上干什么,不是误人子弟,耽误大家的青春年华吗?只有拿出独属于自己的心得体会,方能与学生产生心灵共鸣。于是与大家分享我对人生的看法,与大家探讨到底该如何思考问题。我想为大家的美好青春点缀我的那抹阳光。尤其是当同学们把上课的感想反馈给我时,我从心底生出莫大的感动。以诚待人,必诚以相待。我既喜欢师生之间的那份坦荡,更喜欢朋友之间的那份自如。

转眼间,一学期匆匆走过。莫非是我有当老师的瘾,才会觉得就这样"打发"了一门课?我一直有一种还没有上完的感觉。刚刚和同学们建立起了割舍不开的感情,就面临着期末考试的催逼。现在就连寒假也正在进行,师生们各奔东西,享受小家的天伦之乐了。

我在安静的复旦校园里,享受着一个人的自由。把这半年多没有时间忙活的工作,一件不落地接着干下去。只有通过做好这一件件的小事,才能证明自己在这个地方存在的价值。也只有用这种方式展开自己的人生,我才不会觉得后悔。复旦为我多年的求学画上了一个完美的句号。接下来,我就要把不完美的自己打造成向往中的自己。

直觉告诉我,我所做的每一件都是点燃我生命热情的事情。我喜欢这样的工作环境,我喜欢纯净的校园氛围,我喜欢学生们灿烂的笑容,我喜欢静静地读书和写作,我喜欢阳台的明媚和整洁有序的寝室,我喜欢慢跑校园或与师友打乒乓球,我喜欢固定的生活流程。我所喜欢的这些,复旦都一一满足了我,让我有了回家的感觉。人生从此安顿下来,就开始积年累月的奋斗。

回首鸡年,我明确了人生的努力方向,希望能在狗年有所突破。

回首鸡年,老家的兄弟们都在撸起袖子加油干,让我感到人生有爱。

回首鸡年,我要特别感谢改变我命运的博士后合作导师。

狗年再来,奋发有为!

"狗"且因循

一到年底,就会滋生出苟且之心,还想苟且偷安。这大抵就是苟且因循的生活吧。

我都不敢对狗年进行总结。明明是自己亲身经历过的事情,却以为发生在别人的身上,不免有些荒诞之感。

我去年一口气连做两个课题,差点累坏了身子。当时还在心中发愁,恰好明年同时到了结项之期,如何才能让这两个省部级项目顺利结题。万般无奈之下,只好采取战术上的策略。可以在上半年先申请一个结项,下半年再结掉一个。先把已经做好的交了差,然后再集中精力投入未完成的。此刻,我正庆幸当时就这样做了。虽然这两个课题都匆匆忙忙地结项,极为勉强,却也达到了心中的底线要求。一个"良好",一个"合格",总算得过且过了。于是,我就在心中警告自己,以后无论什么课题,都要慎接、慎做,不要再囫囵吞枣地求多、求大、求快了。因此,在做学校的教改项目时,还是很认真地对待了。可惜,终归能力和水平有限,加之教学经验欠缺的缘故,总觉得做起来不太得心应手。反而承接了学院关于马克思主义发展史的系列课题之一，却越做越有心得。刚开始，我还害怕自己从未接触过马克思和恩格斯首次合作完成并得以公开发表的《神圣家族》，做不了这方面的研究。却想不到，在做的过程中，锻炼了自己的科研能力，促进了自己的教学工作。甚幸！

我的主要工作就是看书、写书。看别人的书，总觉得不过瘾。不是人家写得不好，而是至今还没有一本书是自己写的，心中不免落寞感伤。那就把自己写成的书稿出版了，不免一解出书之瘾。可是，出一本书哪有这么容易，只能把手中的书稿暂且放一放，等待合适的机缘再用了。天无断头路，人有提携心。复旦马院的领导们看到我一片真心，经过层层把关，终于敲定此事，这才有了公开出版的《法律评价论》。诸位导师看到此书出版，不胜感叹。一方面，我能完善和拓展导师的一个领域；另一方面，我可在导师之后开启自己的学术阵地。导师们也乐于其成。我尝此甜头，不免有乘胜追击之感。遂将十多年的随笔玩物整理而出。当六本书稿赫然在目，我才发现，自己多年来竟写出了六十多万的"无用"之字。甚惊！

婚姻大事，不是儿戏。年过三十又有四五，难道要受光棍之苦？我绝对不能容忍此事。可否改变？即使不能改变，也要斗，与自己作战，强行改变！想尽一切办法脱单，用尽一切努力成家。恰在我被婚姻之事折磨得只想在脖子上套圈圈的时候，一个神秘的女子出现在我的生命里。她犹如来自上天的一股甘泉，浇灌了我荒漠干涸的世界。此女何人也？竟有此等本事，让人起"死"回"生"。答曰：复旦花园一朵兰，暗香掠影春风来。灼灼其华在怒放，怎得此兰惹人醉。故而才有迅雷不及掩耳盗铃之势。我不赶紧将此女抱入怀中，更待何时？人生大事，就此敲定。虽尽显着急，却也满满幸福。

从未想过,缘来复旦,更未奢望,喜结书香门第。若无复旦前辈撮合,哪里会来天赐良缘?若非复旦窈窕淑女,哪来风流君子好逑?只好不顾左右采摘,了却梦寐以求之苦。从今往后,不必日常辗转反侧,人生方可优哉游哉。偶尔一日不见美人,恍如春夏秋冬之长。待到日久天长之时,才觉世间万物之美。甚喜!

以上交代,诸君如若不信,可自己经历之。

年复一年,尽显荏苒光阴。狗年有料,故此一记。

 # 蓄力一纪

古人把十二年称之为"一纪"。这是根据木星环绕地球一周的时间来计算的。对于木星而言,这十二年根本算不上什么,但是对于地球上的人类而言,这十二年的意义却非比寻常,以至于古人用"蓄力一纪,可以远矣"来形容和表达。

自2008年我在上海写了《最后一笔,告别鼠年》的"年"纪,之后不管经历了什么,我都在每年的年终之际进行回忆和总结,既为了告别,又为了展望。告别一年当中的痛苦与快乐、收获与失落。反观这些年的"年"纪,大多数的情感基调都是阴郁的,这可能与我的性格有关。我恐怕是一个带有乐观倾向的悲观主义者,对待生活满怀热情却总是信心不足,所以自取绰号"微笑天下",为的是能够面带微笑,迎接人生中随时会来的"暴风雨"。与此同时,在弱小中又不畏现实,在抗争中又不失尊严,这就是展望。

猪年的第一个展望就是改变老家住所的样貌。

老家的房子虽说还达不到破败不堪的程度,但是每逢雨天就奏起了热闹的滴滴答答"交响乐",让母亲很是心烦。她不止一次地对我发狠,"赶紧在城里买房子!"我知道她这说的是气话,发泄出来就好了,却不免在心里感到难过。母亲岁数大了,家务活是逐渐干不动了。这些雨滴偏偏还给她增加生活负担,让她这里放一个盆,那里放一个锅,一点儿都不省心。即便如此,家里还到处都生霉发黑。墙壁外漆剥落还算小事,可怕的是,好好的墙在人不注意的时候突然裂了一道大大的缝,从屋子里就能一清二楚地看到外面的世界。这外面的人当然也可以从裂缝里看到我们家里的情形。隐私事小,要是有毒蛇猛兽乘虚而入,伤了人可咋办?看来解决这个问题已经到了迫在眉睫的地步了。

可是母亲却不让维修老宅,她想凑合在这里生活,让我们兄弟攒钱在城里买房。但我们一时半会儿,还买不起城里的房子,难道对眼下的日子不管不顾,就这样睁一只眼闭一只眼,得过且过吗?我看不行,先要改变眼前的生活!我告诉母亲,一定要解决房子的渗水问题。她说要给屋顶建盖顶棚,"就是给房子加个外套嘛!"我心里想。这个不难,就是花点钱而已,比起买房容易多了。我就请小弟和母亲多费点心,在刚过完年的春天把这个事落实了。北方的春天干旱少雨,晴天多阴天少,适合动工干活。在我的频繁督促下,母亲终于下定决心,要把住处好好整修一番。

这事说难也难、说容易也容易。在未动工的时候,母亲左右犹豫,迟迟下不了决心。自从动工开始,母亲就前后忙碌,不到一月功夫,老宅焕然一新,穿起了"外套"。到了夏季,我们都在心里盼望着赶紧来上一场大雨,检验一下这件"外套"的质量。这要是放在往年,母亲会在心里祈求老天爷千万不要下雨的。结果来了数场大雨,母亲都用欣喜的语气对我说,"家里没有一个地方漏水!这个装修的钱没有白花!"这样的心满意足也是我想要的结果。

猪年的第二个展望就是提升我的能力。

维修老家的房子容易，提升自身的能力很难。这里的能力是指写出好文章的主观能力。能否写出好文章，是检验一个人在学校所受的培养，以及学术水平的关键性指标。我这一年又一年，都是在不断写作的状态中度过的。可是，我却感觉到自己的进步极为有限，很是焦虑。学术能力的提升遇到了瓶颈问题，就想在这方面多下点功夫。于是，就从马克思和恩格斯首次合写的《神圣家族》入手，从事专门的马克思主义研究，解决自己没有入门的硬伤。

这一年来的研究心得，可以用"过山车"来形容。刚开始，我满怀希望地投入一个全新的研究领域，很是兴奋，也很有动力。可是，想要把一个文本解读成一本书，却还是相当有难度的。激情过后的冷静，逼得人只有安下心来，一步一个脚印地读书、码字。接下来，我一连写出了好几篇文章，有些还被录用或发表，颇感欣慰。可是，自己一直未曾在所谓的权威期刊上发表过文章，渐渐地就开始有了憧憬。我暗示自己，一定能做到的。随着数篇文章石沉大海，我开始怀疑自己的能力。"怎么就一直找不到突破口？"随着研究的成果形成一部书稿的轮廓，我发现，当初对自己的期望没有达到时，内心的失落马上就转化为情绪上的不安。这份不安来自评职称的压力，以及对未来生活的恐惧。可是，能力不行就得想办法提升，光是着急也无济于事。既然书稿已经完成，就要好好修改。文章千古事，一点儿也马虎不得。再说，这部书稿就是猪年为数不多的奋斗成果。加之，所编写的另一部书稿，记录了我这匆匆忙忙的一年。再怎么样，也得尽其所能，精心打磨。长久的努力换来了些许的温暖，老师们肯定了书稿，也为岁末平添了一份温情。

猪年的第三个展望就是希望兰花如愿以偿。

兰花在这一年里受苦了。经过无数次的奔波,终于把"谜"一般的困难慢慢地呈现了出来。接下来,就是如何克服困难的事情了。这个经历确实不轻松,还很麻烦和苦痛,她却没有半点退缩。只因为在我们的内心都藏着一个希望,我们都想尽快实现这个心愿。我被她所展现出来的果敢所感染。我的抗压性一直很差,做起事情来也不果断。兰花正好与我相反,她是一个耿直爽快的女子。我顶不住的压力,她毫不犹豫地扛在自己肩上,很有女侠的范儿。这就更加让我自愧不如了。

人与人相处,贵在宽容。我和兰花生活在一起,虽免不了磕磕绊绊,却互相总能理解。这让我在工作上频繁受挫后,内心还能怀有最后的坚守。这份坚守就是来自兰花。

猪年,是我和兰花结婚后独立生活的第一个年头。她给我带来了许多惊喜,这是我始料未及的,也因此让我极为感动。随着猪年从现实生活成为一种回忆,我们也同时展开了对鼠年的憧憬。

"一纪"就这样,又从我们的本命年开始了,我们也要更加用心地生活了。

人与社会

牵手大学生公益活动

当中国高等教育进入大众化阶段,大学生公益活动离我们越来越近还是越来越远? 可能这个问题你从来没有关注过,或许你也有过瞬间思考。当公益时代不再成为过去,大学生公益活动就成为一个我们再也不能回避的问题。

以学生为主力是大学生公益活动的最大特色,也是大学生公益活动的生命力源泉。作为社会公益力量不可或缺的一个重要组成部分,大学生只有在实际行动中才能更好地诠释公益活动。各类大学生社会实践活动正逐渐成为大学生参与社会公益活动的一股重要力量。

以"支农、支教、支医、扶贫"(简称"三支一扶")为主要内容的大学生社会实践活动,是世纪之交团中央为破解中国"三农"问题做贡献的一项新举措,也是高校反哺社会的一种新途径。这一行动引领大学生实践"用我所学,奉献社会"的理念,强调理论知识与现实社会的结合,在很多领域起到了建设性的积极影响作用。

大学生社会实践活动也给我们带来了多样化的思考。在现实的诸如大学生暑期"三下乡"社会实践活动中,不乏只重视形式花哨和对外宣传,被称为"旅游""烧钱"甚至"扰民"的大学生社会实践活动。

然而我们应当看到,大学生社会实践活动本身不是大家反感或者不积极支持的活动,只是有些活动反映出来的不良社会现象:形式化、高代价、低收获,这些高消耗却低回报的活动令很多大学生对社会实践活动失去了信心,缺少了参与的动力,相应地降低了大学生社会实践活动的公信力。

微公益时代,大学生的社会实践活动只有走进老百姓的日常生活,才能使大学生公益活动离我们越来越近。我们只有做好身边的小事情,才能说公益就在我们身边。或许我们应当转变对公益的理解,公益不仅仅是一种形式、一项成果,也可以是一种理念、一个宣传、一个启迪、一种生活方式。一种健康的生活方式对于社会就是一项公益活动,一个积极的心态对于他人来说就是一个公益的启迪和感受。

所以,当我们绞尽脑汁想要创新大学生社会实践活动的时候,不妨把时间投入到看书、学习当中,用一个充实的内心世界和不断完善的自我才能更好地照亮他人。

在众多的社会问题当中,贫穷并不是最严重、最可怕的问题。大学生社会实践活动想要为解决中国的贫穷问题流汗出力本无可非议,如果舍本逐末,忘记求知是学生的第一本职要义,这样的大学生公益活动只会与真正的公益精神背道而驰。

大学生社会实践活动需要知识的积淀作为实践支撑,实践需要系统的知识铺垫才能厚积薄发。如果大学生在开展社会实践活动之前,不具备相应的知识素养,只能让实践活动流于形式,浪费了稀缺的社会资源。从另一方面来说,大学生把时间和精力投入相应的知识学习和能力储备当中,才能日积月累地增长才干,最终发挥的是栋梁而不是火柴的作用。

公益活动需要一颗公益的心。公益活动只能小中见大,越是能够做好身边的小事情,公益就会离我们越来越近,也会离社会越来越近。大学生公益活动的题中第一要义就是用心求学。常怀一颗勤奋求知的心,我们就会感到社会浮躁的风气离我们越来越远,我们生活的社会环境和心理环境不再受到过分挤压。我们会更加重视个人的修为,尤其是个人心灵的成长,并在从事公益活动的过程中升华自己的生命体验。

公益活动缓解了现代人紧张的心情和生活压力,让人们感觉到生活的温暖和美好。大学生公益活动,尤其是大学生社会实践活动是高校开展社会公益活动的集中体现。走进公益时代,我们只有更好地反思大学生公益活动的现状,才能心手相连共创一个更好的世界。

大学生公益联盟畅想

你曾经从事过公益活动吗？你现在还在从事公益活动吗？

长期从事公益活动的隆凤师姐深情地说道："从事公益事业最大的感觉就是，不是公益事业需要我，而是我需要公益事业。在这个过程中，我所获得的远远大于我所付出的，如果真正把做公益事业和自己的生活、自己的心灵成长结合起来，就能够扩大自己的心量，交到更多的朋友，学到更多的东西，最后带给我们的精神财富绝对是终身受益的。"

公益活动已经成为引领思想发展的社会潮流。有这么一群人，他们长期在中国各大高校发起并开展各类公益活动。他们深入中国偏远的乡村义务支农、支医、支教，给渴望读书的孩子带来了书籍和知识。他们甘做草根义工，为农村经济的发展和农民的温饱奔波劳累。他们是当代中国的大学生，够得上这个称谓的"80后""90后"们。他们太应该相聚在一起了。2010年10月22日，他们相聚"新乡村建设公益联盟QQ群"，畅谈大学生公益事业，畅想大学生公益联盟。

他们针对一个大学生公益实例"襄樊学院大学生公益援助计划"展开讨论。襄樊学院2010年8月至9月在襄阳市周边贫困地区开展大学生公益援助计划,其具体内容为:利用襄樊人民广播电台和公益捐助晚会在校内外广泛发起爱心物资募捐活动,将善款善物捐助留守儿童学校南漳县九集镇龙门中学。襄樊学院的实例带给我们很多的思考。

一、大学生公益活动的生命力何在?

以学生为主力是大学生公益活动的最大特色。上海大学杨双燕认为,大学生是社会公益力量不可或缺的一个重要组成部分,大学生只有在实际行动中才能更好地诠释公益活动。吉林农业大学姜足提了一个问题,大学生可以参与公益活动,但是无论小学生还是大学生,让学生作为主力的公益捐款都不好。湖北经济学院姚兰认为,大学生公益活动可能存在很多局限性,当代大学生缺少一些在学校开展公益活动的平台,这应当成为我们认真思考的问题。襄樊学院甘琦、刘旭和岑杰等提出,我们缺少一个可以长期承担公益活动的组织。如果有一个正式的公益性组织去操作、搭线的话,相信会有很多学生参与进来。山西农业大学李俊、何志强等认为,建立大学生公益联盟组织的关键在于增强公益意识,培养公益信仰。他们认为,中国公益事业面临的困惑是:有钱的人往往不愿意去做,有能力愿意做的人却没有财力。找有公信度的单位或许可以说是我们现在的一个选择。长治医学院谢贵宝认为,可以先做调研。在一个浮躁的功利性社会,发展非政府组织往往很难,但是我们可以通过提高公益活动的档次寻求公信度高的单位进行合作。杭州师范大学沈群凯进行经验分享,他曾就读的高中与《湖州晚报》联合举办的"义务支教学生暑期社会实践活动",连续多年都很成功。

可见,大学生公益活动的动力在于大学生自身。大学生可以依托各自学校的相关学生组织,善于借助各类社会力量开展形式多样的公益活动。大学生公益活动发展的趋势是成立全国性的大学生公益联盟组织,协调并服务各地学校的大学生公益事业。

二、大学生公益联盟的意义何在?

大学生公益联盟的意义首先在于,它是全国大学生开展公益事业的心灵家园。济南大学岳晋飞认为,大学生公益联盟存在诸如政策环境的强力压制、学生自身的流动性和不可持续性等特点,因此组建大学生公益联盟不必操之过急,可先进行一些模式的探索。山西省百佳大学生村官杨洲、王峻巍等认为,大学生公益联盟需要一个稳定的核心,首要任务是分清工作的重心和中心,公益活动的中心问题是社会改造问题。开展公益活动可以联合两种力量即高校工委和地方民政部门开展系统的诸如"三支一扶"等公益活动。暨南大学连欢认为,大学生开展义工和支教等相关活动,能够坚持就是胜利。她赞成杨洲的观点,从事公益事业是不需要理由的,更不需要摆出一大堆物质与现实的理由,不需要考虑有没有物质保障,有没有政治压力,问题在于我们到底心诚不诚。

石河子大学刘旺鸿认为,大学生公益联盟要考虑资金问题。公益事业需要资金支持,大学生公益联盟应当为各地大学生公益活动的开展争取一个好的资金环境。四川大学王俊峰介绍了四川大学生公益联盟的经验。他说,大学生公益资金主要靠社会力量尤其是基金会的资助。中南林业科技大学陈海亮补充道,一般情况下把大学生公益活动做成品牌能够争取到更多的社会资金。大连理工大学申亮则认为,公益性活动主要靠自己,但是发动社会力量参与是现在壮大公益性活动的一个有效途径。

吉林大学陆昌圣认为,大学生公益联盟在开展公益活动时,要注意专业性问题,专业性越强,活动就越有生命力,影响力就越大。华中科技大学周琳老师同意陆昌圣的观点,认为专业性是公益活动的法宝。大学生公益联盟的生命力就在于能够对各地公益活动的开展进行专业性指导。厦门大学王琳珂阐述得更为具体,她说我们都应当成为公益性活动的专家。实践出真知,在进行公益活动的同时,我们就完成了自我超越,自然而然成为这一领域的专家,对于以后公益活动的开展大有益处。

中山大学路月玲赞成尽早成立大学生公益联盟实体性组织,这样各地的公益联盟经验可以得到交流,信息可以互通有无。山东大学高星星说:"'新乡村建设公益联盟QQ群'以论坛的形式暂时地承担了这一职能,随着共识的深入,相信这样的实体性组织是可以建立起来的。"复旦大学侯孟炎认为,从农村来,到农村去,大学生公益联盟实体组织要广泛吸收各地农村生源大学生,并尽快制定可以实施的规章细则。

其实公益性活动就像和风细雨一样,不经意间潜入我们的内心,不需要任何的浮躁和聒噪。用心了,我们就会感到成长和进步。正是因为有差距,我们才会前进,这就是我们成长的动力和理由。我们要抱成一个团,相互鼓励和支持,这样我们的努力才能彰显,我们的社会才会更加美丽,我们的人生才会更加精彩。最重要的是,我们都有一颗热爱公益的心,这是凝聚我们在一起做好事情、做大事情的动力和保障。

中国高等教育之兴殇

2012年1月4日，新乡村建设公益联盟群以"中国的高等教育，你怎么了?"为主题专题讨论中国大学教育之道。来自全国各地的科研院所和乡建骨干围绕"教育与成长""应试教育与素质教育""中西方高等教育""教育改革"等主题展开热烈讨论。现将讨论成果整理如下：

一、中国高等教育应培养什么样的人? ——重视人格教育应成为中国高等教育培养"全面发展的人"的必经之路

在"钱伟长之问"中，钱伟长提出："一个全面的人，是一个爱国者，一个辩证唯物主义者，一个有文化修养、道德品质高尚、心灵美好的人;其次才是一个拥有学科专业知识的人，一个未来的工程师、专门家。"由此展开，中国高等教育应当培养什么样的学生、怎样培养学生的问题。

来自上海大学的博士生杨双燕谈到，高等教育是培养学生德智体美劳全面发展的形式。我们不能片面地说高等教育没用,高等教育还是为社会培养了很多精英。一个稍有良知的人在接受高等教育之后,对于他个人的成长还是很有帮助的。他可以通过看书、交往、学习使自己得到全面发展。那目前的高等教育何种问题最为突出?她认为,最大的问题还是在于个人。当然老师的影响和作用也很大。如果老师能起到很好的方向盘作用,可以让学生少走很多弯路。同时需要看到,老师也会受到教育体制的影响,老师不能任由自己的教育方式来育人。

九江支农人余认为,中国的高等教育仍然属于精英教育。加强人格教育是提升人的素质的关键举措,提升人的素质就要普及高等教育,没有普及,就无法广泛地推广,应该让高等教育更加普及变成平民教育,措施之一就是继续扩大招生。他提出中国教育一定在以下的某一方面出现了问题:教师的教育方式、学生的修养,知识结构和知识传承,思维和心灵的培养以及社会大环境。

杭州师范大学教师任帅军则认为:教育的目的是培养人,不仅仅是培养精英。教育是通过教师,通过知识,通过思维(体悟),通过交友等来影响人的成长。高等教育客观的原因不是靠每个大学生自省就能解决问题的,但我们能做好的就是自我批评,这是正确的做法。自省是君子修身修心的途径。学习中国传统文化,接受高等教育首先要自省,就像自学一样,这是必修功课。

广东的黄老庄则认为,现在的大学生普遍缺少人格教育,这折射了中国传统文化在高等教育过程中的缺失。人格就是"富贵不能淫,威武不能屈,贫贱不能移"。文化是有品格的,教育也应当反映这种品格。

上海大学教师高明谈到,人格教育属于实践教育,需积跬步才能不断完善自身。想要影响到制度层面必须营造对话的空间,只有相互理解才能改变现状,这需要修身修心。

中国人民大学梁漱溟乡村建设中心梁少雄提出,沟通和对话是文明思考的一种方式。人格教育就是要让我们做最好的自己。但是,我们每天只要做更好的自己就行,这体现在自己的心情想法和生活方式上,这个是自己能够给予自己的。

二、中国高等教育应如何培养人?——素质教育与应试教育之争

"钱学森之问"曾经拷问中国的教育工作者:"为什么我们的学校总是培养不出杰出人才?"钱伟长用实践回答,要"拆除四堵墙"即学校和社会、教学和科研、各学院和各专业、教与学之间的墙。

黄老庄的回答是,教育在一定程度上由教师的素质决定。素质,应是指一个人生存与发展的综合素质。结合实际的、有助于可持续发展的教育才能体现素质教育。关于价值理性教育,书面的与现实的是有差距的,只有将知识内化成自己的行为方式,才是真正属于自己的。他继续说,人应该有个目标系统,目标要符合社会需要。人生的最终目标可定得比较高远,然后把目标分解成几个小目标。真正可行的目标,也是在工作后,在发现了自己的真正兴趣之后,才可能逐渐确定。对于个人来讲,人生最重要的两点是:历史使命感和科学思维方法。

山西省大学生村干部王峻巍说,儿童启蒙读物《弟子规》记载:"首孝悌,次谨信,泛爱众,而亲仁,有余力,则学文。"这说明素质教育应当体现为智育和德育的结合。

甘肃公务员杨燕燕结合自身经验谈到,父母的言传身教对孩子的影响是不可忽视的。为打破应试教育,素质教育应当从父母对孩子的教育开始。

杭州师范大学沈群凯则认为,现在的教育很多还是为了考试。很多家长送孩子学这学那,多数是为了在升学考试中加分,首先家长对于教育的理解就有偏差。教育不仅是智的发展,也是身心的发展。

任帅军这样思考,素质教育的提法比起应试教育科学了很多。素质教育冠名"素质",本意应为培养全面发展的人。个人有没有素质是说这个人有没有道德,两者不太相同。同时,大学以前的教育和大学教育是有区别的,前者为升学教育,后者应为入世教育。素质教育贯穿始终,是一种心灵教育、人格教育、修身教育。我们的教育在传授具体的知识上面做得很好,但我们只知其然,不知其所以然。知识是活的东西,却被我们教成了死的东西。只有当教育成为一种思维、一种生活方式、一种心态,才可能会助力我们今后的人生。而且价值在于内化和引导,理性在于沟通与批判,理想总是灯塔。素质教育的一般目标在于培养一个全面发展的人,最高目标在于让人走向圣人之心。

三、中国高等教育应怎样借鉴古今中外高等教育典范?——大学精神需要自由生长

任帅军谈到,这个主题涉及一个问题即教育的过程和教育的结果哪个更重要。其一直反思中国的高等教育问题。他认为,美国的高等教育是由大学来行使有关教育的权利,教育部不是管理部门,是有关协调教育的部门。所以,美国的大学思想比较自由,教育各有特色。这种管理理念和管理

模式值得借鉴。

杭州师范大学教师骆韦认为，教育需要自由生长，尤其是中国的高等教育。中国的高等教育缺乏西方高等教育的核心理念，即学术自由、大学自治和学生个性发展。

接下来的讨论以南方科技大学为例展开。襄樊学院的黄安认为，南科大可以放手来搞，也许会成为教育界成功的典范。南科大终能吃到第一个螃蟹，但是要注意的是，成功的模板不可以复制。

四、中国高等教育应如何屹立世界高等教育之林？——破除利益垄断链条

广西大学的詹荣认为：改革要打破利益集团的垄断。

任帅军认为，中国的高等教育已经在改革的路上了。从设立奖学金、试行校企合作到高校之间联合办学，但这好像都不是应当的重点。在某种程度来说，现在有些大学已经被一些利益集团把持。其实，如果放开教育，可能会更好一些。教育的发展自有规律，不会自己越变越坏的。美国的一部电影《录取通知》就很好地反映了这个规律。

杨双燕则认为，改革教育首先要从小抓起，培养小孩的创新思维。要重视德育教育，还有其他各方面的教育，不能一味地应试教育。对于高校来说，给老师和学生更多的科研自由，也要多尊重老师和学生的发言权。

王峻巍谈到，改革不能只谈高校教育制度的改革，这是一个盘根错节的问题，改革还有赖于政府的宽容。

济南大学的岳晋飞详细阐述了他的观点，大家在谈改革，其实教育的改

革不会是个单一的行动,也需要其他的相关改革同步甚至提前进行,才能解决教育的问题。利益缘何能够进入高校系统,并且越来越希望染指其中?这里面,首先就是高校本身成为可以获得利益的地方而不是一块净土。其次,高校行政不止有去行政化的问题,我同意是"容纳"或者接纳的观点。一定程度上放开管制特别是思想和课程方面,允许部分高校获得自主。再次,需要高校行政系统本身具有负责任的运作——监督机制。有了自主权反而多了寻租的空间而不是改革。所以教育改革必须多向作为,有一个长远、周全的顶层设计来启动改革大局,从部分有革新意愿的高校逐步开展,影响全局。社会以及学生的行动也是必要的,我们需要公民社会的觉醒,不外乎就是公民力所能及的点滴行动来推动整体的改善和改变。

对旅游中不文明行为的一些思考

2013年10月8日,新乡村建设公益联盟围绕"国人旅游中的不文明行为"展开热烈讨论。现将讨论的基本内容及观点和思想予以记录,希望能够激发大家对这一问题的进一步思考。

一、现象描述

延安大学林涛从长城十一旅游109吨垃圾、国外对国人游客的不文明行为进行抗议说起,国人在旅游的过程中频频出现不文明行为,表现出较低的素质。他还列举了在文物古迹上刻画、随地大小便等不文明行为。

二、原因分析

莲认为国内许多企业商品过于注重包装,人为制造了许多垃圾,要承担很大一部分责任。

林涛认为国外的游客也是旅游污染源中不可忽视的一个重要因素。

太原理工大学杨斌斌认为素质归根结底还是管理的问题，素质不高意味着管理不好。

三、应对措施

天津科技大学冯羽风认为可以通过网上订票或者电话到景区订票，以此减少旅游中客流量大的问题。他还建议对于文物性质的景点应该采取保护性开放。

莲认为可以通过宣传使国人逐渐形成一种良好习惯。社会习惯可以无形中促使民众相互监督，达到社会管理的效果。

杨斌斌认为人的素质可以通过规章制度来改善。他提出两条具体建议：一是制定合理规范的制度，并且做到合理落实。二是落实方式要做到很具体。

林涛认为人的行为与精神境界有关，可以通过提升精神境界，修正不当行为。

路晋杰认为管理只是手段，关键还是个人的修养问题。法律只是规则，其所蕴含的原则都是道德的。通过道德约束才能标本兼治。

四、围绕契约的构成、作用和范围等问题展开讨论

云南民族大学杨开亮认为习惯、制度等都体现着契约精神或契约意识。

契约是一种共有的东西(共识),社会是一个契约集合体,它是在某个阶段自然形成的,就是建立在制度的基础上形成的普遍共识。人们之间建立社会契约并不否认人的私欲,而是根据约定俗成的共同的东西对人的利益的一种表达和保护。他接着探讨了契约形成的路径:自然契约——社会契约——自然契约。

杨斌斌意识到契约的作用范围问题。他提出一个问题,契约到底适用一个村子、一个小队,还是一个庞大的人群? 如果适用一个庞大的人群,契约如何能够做到约束所有的人? 他认为契约表达了一个社会的思想的高度统一。如果用数学上的专用术语"渐近线"来表达,契约只能是人类无限接近但永远达不到的一种社会理想。他最后认为只能小范围适用契约,大范围要靠制度保障。

莲探讨了契约的性质,认为契约是人们之间的一种约定。

林涛探讨了契约的构成,认为建立契约首先要有一个共同的认知。

五、评语

人的行为与其日常生活习惯有关,好的生活习惯有助于塑造好的行为。把一个人的好行为放大,就会在全社会形成一个良好的社会风气,所以每个人都应当注意自己的言行举止。

人的行为与人的素质呈现复杂的关系。这种复杂性有时候表现为正相关,有时候表现为负相关,需要根据行为当时的情境而定。但是不可否认的是,社会有道德底线,当一个人的行为触犯了这一底线,那么他的这一行为肯定与低素质的否定评价联系在一起。

　　契约是人类为了生活而联合在一起的方式,这一理论武器被古今中外许多思想家誉为最好的人类生活的结合方式。霍布斯、洛克、卢梭、罗尔斯、诺齐克等人都有过集中表述。卢梭认为社会契约理论能够达至每一个人既是共同体中的一员,又是自己的主人的目的。罗尔斯的正义理论认为契约能够达到社会正义等。由此可见,契约理论成为研究当代社会问题绕不开的一个重要的理论问题。

畅谈大学生义工
进社区公益活动

近日,新乡村建设公益联盟以"大学生公益活动之大学生义工进社区"为主题展开专题讨论,来自全国各地部分高校师生及支农骨干参与本次讨论。

一、时代的呼唤与大学生的追求

王善人说过:世界不好,怎能没有我们的不是? 从社会层面讲,当代社会公益事业正蓬勃发展有力地说明了社会自身的自我优化功能。"大学生义工进社区"公益活动是社会承担自我管理的有效手段。从社会组织角度看,个体是社会的细胞,个体的精神风貌直接影响社会的整体环境。

中国人民大学梁漱溟乡村建设中心梁少雄认为,当代大学生从事公益活动是进行自我教育而非刻意教育他人。他说,大学生个体从事各种公益活动是顺应时代的呼唤。在活动中,大学生并非刻意教育并影响他人,恰恰相反,大学生能在这些活动中进行自我反思、自我教育并自我完善。

上海大学高明认为,"大学生义工进社区"公益活动参与了社区文化的构建。各类公益活动都是参与者的一种精神表现,其本质是人的一种文化表征,是社会文明的表达。大学生的公益活动是对社区文明的一种文化积累,有利于提升参与者和受益者的综合素养。

"游走的榕树"认为,大学生个体从事社会公益活动是对自身生存的一种思考。他结合自身体会谈到,从农村走出来的大学生都非常关注中国的"三农"问题。然而身在城市的他只有用工作的稳定收入才能支撑他去了解、研究并实践他的社会理想。

杭州师范大学任帅军认为,大学生个体从事社会公益活动是否具有可持续性非常重要,这是他对自身作为志愿者的一种反思。他谈到,公益事业应当脱离各种一次性的公益活动,尤其要与具有一定功利性目的的单纯搞活动相脱离。

那么"大学生义工进社区"公益活动是否需要有组织、有制度?"百无医用"认为,大学生义工活动必须有组织地进行,而且必须是在合法的组织指导下进行。以娱乐或消遣等为目的的松散的大学生公益活动不仅影响活动的质量和效果,而且严重影响社区居民对大学生的看法,尤其是某些社区居民对大学生义工进社区存在误解的情况下。

延安大学林涛认为,当前大学生义工进社区首先面临制度的问题。制度与经济利益挂钩,于是某些社区领导通过做事情比如"大学生义工进社区"公益活动为自己谋好处。襄樊学院黄安认为,既然社会上存在功利主义的思想,就会有人把它奉为机制取向,研究如何在承认它的基础上去约束它的行为机制成为一种可能。

二、现有的经验与可能的选择

《大学》载言:"心诚求之,虽不中不远矣。"从个体行动而言,大学生社区义工的行为本身本质上能够体现"奉献、友爱、互助、进步"的志愿者核心精神。从个体发展而言,大学生社区义工是否具有可持续性,一方面取决于大学生的自我认识和自我认同,另一方面取决于社会发展的文明程度,两者相互影响。

襄樊学院甘琦认为,中国新农村建设的最终目标是社区义工的出现。新农村建设过程中出现的诸如棚户区改造等社会问题为社区义工提供了许多服务性公益性岗位。许多高校纷纷推出"义工"学分制等措施,结合学生所学专业与相关社会需求,既锻炼学生知行合一的能力,又实现了个人价值与社会价值的统一。

吉林农业大学栾俊认为,义工应与常住社区不可分开。他坚持每天都在校园里捡拾垃圾。他认为自己在心灵上很有收获,并成为自己行动的最大受益者。这也印证了黑格尔的名言"一个人做了这样或那样一件合乎伦理的事,还不能就说他是有德的;只有当这种行为方式成为他性格中的固定因素时,他才可能说是有德的。"

成都大学的周娜认为,面对农村的三无状态即"无青年、无文化、无科技",大学生义工的作为应当放在如何与闲暇老年人对接这一问题上面。因为村里的老人需要关怀,而大学生需要长辈的"唠叨"。大学生进行口述历史和影像记录可以很好地实现这一目的。一方面,大学生能够将所学知识加以利用;另一方面,农村的文化传统等精神财富可以得到传承。更重要的是大学生与老年人的沟通交流能够有效化解当前农村出现的各种社会问题，使得双方都互惠受益。

延安大学林涛认为，农民需要表达声音的组织，而大学生对农村的影响力有限。大学生义工在农村开展公益性活动，一要经过本地政府同意，二要当地村民在生活习惯上接受，三要政府官员、大学生和农民都能跳出狭隘的个人利益。只有转变农村基层体制，各类乡建活动才能真正地解决中国的"三农"问题。

"游走的榕树"认为，培养公益事业接班人应当从中学生做起，从二、三线城市做起，从带动公民意识做起。中学生是未来的大学生，放弃一代又一代的未来的大学生不去引导，等他们学会现实利益纠葛之后再去要求他们，实在是我们的不对。只有解决社会关注盲区的中学生的思想和行为问题，才能解决大学生从事公益活动的问题。

针对当前中国高校大学生公益社团普遍存在的问题，诸如以娱乐消遣、增加资本为目的的学生社团越来越多，纯粹服务社会、参与公共事业的学生社团越来越少，社团官僚化的现象越来越严重等问题，与会人员普遍认为，一方面高校不应当为了达到一定目的功利性地引导大学生盲目参与各类学生活动，另一方面大学生应当加强自身修养，增强自我辨别意识和能力。

民间非物质文化遗产保护得与失

　　2012年4月27日,新乡村建设公益联盟展开主题为"民间非物质文化遗产的保护与当代大学生的选择"专题讨论。现将讨论结果整理如下,期盼能引起身边的人关注与思考中国民间非物质文化遗产(以下简称"非遗")的保护。

一、沉痛的话题与"非遗"的保护

　　针对中国广大农村祠堂的保护这一"非遗"话题展开争论,湖北襄樊学院甘琦认为,中国文物保护目前面临很多问题。首先,上下组织不协调。各级政府对"非遗"和"申遗"有不同认识。在政府没有足够重视的情况下就会出现缺资金和技术以及无人管理等保护不到位,导致文物损毁严重。他认为,保护"非遗"应当引起大学生村官的重视。大学生村官作为有文化的青年人,可以成为保护"非遗"的一股重要力量。

上海大学任帅军认为,民间古文物无人重视的根本原因是文化不是现金,对现在的人缺乏吸引力。承载文化的文物等物质形态或者非物质形态的文化对现在人们的生活影响较小,尤其是现代人的思想观念、行为选择和生活习惯。根据马斯洛的需求层次理论,低层次的需求得到满足,才能考虑较高层次的需求。当前大部分人整天都忙碌在解决生理需求这一低层次的需求上面,谁还会向保护"非遗"这一较高层次的需求发展。

井冈山大学朱华兴认为,以"非遗"为代表的优秀传统文化势弱,正反映出当前中国社会在一定程度上存在流氓文化。一般来说,人会随着文化的进步而更加的自由,这是文化对自由的意义;就自由对文化而言,文化的进步离不开自由,需要自由。没有自由宽松的环境,人们对真善美的追求受到压制,它们的对立物——假丑恶便相应滋生。当前,社会人为打造的某些文化氛围对大学生产生了不良影响。表现为,一是"贵族文化"氛围。如今反映青春生活的电视和电影,反映奋斗、拼搏、朴素和进取的内容有限,这很容易让学生把它拿来和现实对比,产生悲观厌世心理。二是对生命冷漠的文化氛围。暴力影视就是佐证,难道人的生命就能随便被暴力侵犯?这很容易让人产生对生命的不尊重和亵渎。

二、文化的意义与行为的选择

香港大学刘嵩松认为,多样生存方式的存在,才会有多元文化的根基。你可以把文化理解为一种信仰、一种内心的真实感受、一种行为选择,或一种生活方式。他举例进行说明,2007年,"开平碉楼与村落"被正式列入《世界遗产名录》,成为中国第35处世界遗产。中国由此诞生了首个华侨文化的世界遗产项目。"开平碉楼与村落"的申遗成功与当地人的认识分不开。开平老百姓和当地政府向联合国教科文组织（UNESCO）提出申请并获成功，说明文化源自生活。

杭州师范大学沈群凯认为，大学生要有独立的人格和主见，要学会判断是非，不要被别人牵着鼻子走。大学生在大学接受知识教育不是要一味地抱怨社会，而是去影响和改变社会，所以现在的大学生应当走向实践，多做调查研究、多读书、多思考。针对文化的失落这一问题，他用文学作类比。他说，著名评论家雷达曾提出当代文学的"四个缺少"：首先是生命写作、灵魂写作、孤独写作、独创性写作的缺少。其次是肯定和弘扬正面精神的能力缺少。再次是对现实生存的精神超越和对时代生活的整体性把握缺少。最后是宝贵的原创能力缺少，增大了畸形的复制能力。这也是当代文化缺失的内容。他提出，高校应当重视生命教育，引导学生探究进行持久知识更新的能力和关注社会发展的责任感。

"壹加壹"认为，"礼失求诸野"。拯救一种濒临灭绝的文化不能仅靠一种力量团体。不能带来直接收益的"非遗"主要集中在农村，一个可行的保护措施是大家可以通过过年回家等方式把自己家乡的过年场景、庙会等，总之有特色的东西，包括建筑，用文字、视频和照片记录下来，并与城市里的消费者进行交流。因为文化是当地各种习惯慢慢积累而成的，即文化就是一种人化，说白了就是人为什么要这样活而不是那样活。当人们逐渐接触并熟悉了"非遗"，才能真正做到传承与保护。

延安大学林涛认为，精诚所至，金石为开。保护"非遗"最重要的是要拥有一颗认真的心。目前绝大多数高校没有专门以"非遗"为主题的学生公益社团，所以要通过政府相关单位与高校合作共同保护"非遗"，利用各种渠道让"非遗"获得政府的认可和保护。另外，要让"非遗"保护等知识成为大学生的必修科目。

钱伟长

——你到底离我们有多远

2010年7月30日,中国科学巨擘钱伟长因病医治无效在上海逝世。12月10日,新乡村建设公益联盟召开了钱伟长专题讨论会,包括钱伟长的教育思想、力学思想、社会活动思想、政治思想、钱氏家训、钱伟长成长历程等一系列相关讨论和研究。此次讨论带给我们多样的启迪。

一、中国大学生离钱伟长到底有多远?

讨论者来自全国各地高校,他们对钱伟长其人其事不是很了解。刚开始,讨论就陷于僵局。经过组织学习,他们展开了对钱伟长生平经历的讨论。

钱伟长是中国著名的科学家、教育家、社会活动家和政治家。他曾出任清华大学、上海大学等多所大学校长,是中国"力学之父""应用数学之父"。为什么中国很多大学生都不知道钱伟长其人其事?中国大学生离钱伟长到底有多远？

山西农业大学宋志勇认为，当今中国高等教育体制需要调整。学校培养不出理想化的人才，钱伟长就是一位终生拥有理想并实现其理想的伟人。中国教育需要理想设计师，把学生的理想和这个社会接轨。他进一步说，为什么当今许多大学生都不知道钱伟长？因为大学生越来越缺乏精神追求，相应地越来越不关注像钱伟长这样的伟人。

济南大学岳晋飞提出，钱伟长的影响可以从两个方面探讨。第一，杰出人物的影响都需要时间和实践的检验。有这么一段话可以给我们以启迪，"付出一点想马上有回报的人只适合做钟点工；如果能耐心按月得到回报，则适合做工薪族；耐心按年领取回报的是职业经理人；能耐心等待3~5年的是投资家；可以耐心等待10~20年的是企业家；能等待50~100年的是教育家；能等候300年的回报，那就是伟人；能耐心等待3000年才见到效果的，那就是圣人。"第二，很多人都认同钱伟长，认同者想要让更多的人认同钱伟长，就必须鼓舞和影响他人，不然永远只能是"独行者"，而要做到这一点，则需要身体力行，做出成绩，让别人认可你。

二、钱伟长为中国大学生留下了什么？

上海大学刘嵩松认为，钱伟长是中国著名的教育家。他创办了新上海大学，钱伟长教育思想在上海大学生根发芽，是对中国高等教育理论的突出贡献。校友丁国浩继续说，"钱伟长之问"是钱校长从教一生对中国高等教育思考的结晶。"为什么我们的学校总是培养不出杰出人才？""钱伟长之问"是对"钱学森之问"的探解和继续追问。钱伟长校长深情寄语上海大学学子，"先天下之忧而忧，后天下之乐而乐！天下就是老百姓，百姓之忧、民族之忧，你们是否放在心上？先天下之忧而忧，忧过没有？后天下之乐而乐，乐过没有？"为了培养"一个全面发展的人"，他提出了中国教育史上著名的"拆除四堵墙"理论，即学校和社会、教学和科研、各学院和各专业、教与学之间的墙。上海大学坚持学分制、选课制和短学期制的"三制"教育教学改革方针。在钱伟长教育思想的引领下，上海大学成为一所"现代化的大学"，一所向"研究性综合型"大学迈进的中国著名学府。

暨南大学连欢深有感触地说，钱伟长是暨南大学的主要创始人。作为母校董事长、名誉校长，钱伟长为中国华侨高等教育事业四处奔波。广州大学杨斌也积极发言，钱伟长年逾八旬毅然重新投入中国高等教育领域，说明了一个道理：但凡有成就的人不一定是最有才华的人，但一定是耐得住寂寞的人。坚持自己的理想不容易，但只要这样的生活是自己想要的，也一样乐在其中。那个年代，像钱伟长这样的人都很伟大。我们都应当像钱伟长一样不要放弃自己的理想，有希望、有事做、能爱人，这就是幸福。他相信，钱伟长就是这样一路走过来的。看他的人生经历，会让我们感觉到某种踏实。

山西农业大学何志强则认为，钱伟长对中国很多高校学生的影响是有限度的。第一，每个人的起点差别很大，大家可能会对身临其境的事情更有感觉。生活和学习当中如果没有关涉钱伟长的研究领域，可能就不一定了解钱伟长。第二，大学会适应地域性发展的要求，钱伟长开创或影响的大学模式在其他地域的推广需要认真研究。

华中科技大学周琳老师指出，大学教育需要创新。钱伟长是个体创新的典范，这种创新不仅体现在他提出了一系列教育理念，创办了多所大学，更体现在他的精神自由上面。教育之道就是精神的自由，是为了更好地培养"人"。钱伟长是中国教育史上的一座丰碑,值得后人好好研究和学习。

大家都一致认为:虽然钱伟长走了,反而离我们更近了。只有不断缅怀伟人,才能更加奋进求知。

刘湘波

——唤醒当代大学生良知的先行者

河南农业大学王林杰深情地说，他是我内心道德和人性的化身。在我的心中，他就是道德的制高点。他是我内心深处真正渴望成为的那种人。他是我良心的坐标。

他被成千上万青年学生亲切地称为"刘老石"，他被全国各地支农队员誉为中国乡土大百科教师。各地基层农民骨干说他是能够自然地融入乡土社会的真正知识分子。

他是谁？刘湘波，十年如一日为破解中国"三农"问题甘当铺路石。用他自己的话来说，"老师是用来牺牲的""成长是一个凄美的故事"。他走了，我们不得不用泪水浇灌生命。他走了，把这种失去当作力量鞭策自己继续前行。他走了，在这人生当中精神上的信念让他永远活着。

立德行善　君子风范

上海大学杨双燕说，刘老师是一位"学高为师　德高为范"的好老师。他敢于带领有志青年冲破樊篱到广阔的农村天地学习"活"的知识。农村生活条件艰苦，乡建工作繁重操劳，他却从未愁苦焦虑，虽负重前行，亦乐在其中。

井冈山大学徐艳艳讲到，刘老师是一位真正意义上的理想主义者。他一生都平易近人，这是一种美德，在平凡中显得更加伟大。吉林农业大学李杰进一步说道，刘老师像一位父亲，关怀着青年一代的成长，把自己无私奉献于乡建事业中，这种高尚的情怀需要我们一生学习。

在江西农业大学黄圣的眼里，刘老师恰似一块玉，晶莹剔透。有怎样的心性就会有怎样的行动，行动的积累就是心性的养成。王林杰与大家分享了一个发生在身边的小故事。2010年暑期，刘老师组织全国各地的同学到北京参加支农校内班培训。我们的水平参差不齐，且不少同学任性固执、不服管教，有时还把自己固封在主观意识里，刘老师不厌其烦地教导我们。有一次他说："当我看到院子里的丝瓜藤掉下来的时候，我会顺手把它扶起来，让它向上正确地成长。但是那丝瓜藤扶了还会一而再、再而三地掉下来，有时候真想撒手不问了，但是回头一想，还是会再回来把瓜藤扶正。"其实我们就是那些扶不正的丝瓜藤，本质上我们也想健康地成长，但是面对良莠不齐的社会环境，加上自身的问题让我们一次又一次偏离了方向。刘老师就是那个"扶藤者"，在看到的时候就会把我们扶正，让我们能够更好地成长。

敢于担当　勇为师表

暨南大学的连欢看到刘老师的自述文字："面对着那些茫然困惑的眼睛,我知道我必须改变他们,必须引领这些青年人向前走"时,深有感触地说,刘老师将青年人的教育视为己任的责任感,正是当代人所缺失的责任感和使命感。很多人只是为了一己利益做一些事,很少有人像刘老师放眼大局,真正地为理想和使命做事,这正是刘老师的过人之处。

江西农业大学胡文龙谈道,当代大学教育最缺失的便是对学生的责任感教育。杭州师范大学任帅军老师接着说道,刘老师关心青年人的责任感是用行动为铺路石铸成的。责任感、坚忍刚毅、阳光乐观是他在青年人培养方面给我留下的最深刻印象。

吉林农业大学李斌进行详细分析,刘老师总是很愿意帮助和开导大家。他希望青年人结伴成长,进行自我救赎,因为当代的社会需要青年人敢于担当。山西农业大学梁少雄认为,刘老师对青年人的希望可以概括为:反思现实,注重实践,探寻理想。

反思教育　坚守理想

长春理工大学刘仁源认为,当代青年人正在面临自身发展危机。这种危机绝不仅是个人意义上的发展危机,而是对我们国家和民族能不能担当的重大危机。贵州财经学院的席巧认同这种看法,指出危机与反省相辅相成。年轻人并不是没有理想,或许是因为有许多理想,这个也想做,那个也想做,到头来就会一事无成。如果都能像刘老师那样,在一个领域坚持下去,相信我们都会取得成功。

上海大学陈娇提出,理想的坚持,从小事上就能看出来。教育效果的内化需要我们的行动和实践。一定要行动才能有所改变,无论是改变劣根性还是建立新的行为习惯或者其他理想的实践,行动都是最必要的。正如刘老师以身作则,说到就会去做到。

青岛农业大学刘小龙进一步展开说,一个人经历与知识能力的缺乏是可以通过不懈地学习与奋斗获得的。然而一个人的精神与人格的塑造,却是要用心去感受与领悟的,刘老师用坚实的行动与坚定的信仰教育着我,让我明白守望星空、坚守理想的重要性。

强健体魄　献身"三农"

沈阳理工大学张海颖谈到,刘老师让我记忆最深刻的一句话是:"当你最累的时候就去锻炼。"暑假培训期间,刘老师会让"喊累"的学生做俯卧撑。这是我第一次听到刘老师关于成长的独特见解,"成长是哭出来的"。

太原理工大学张成彪认为,刘老师教会我们比知识更重要的东西,那就是拥有一个健康的身体才能够坚强地面对并解决一切问题。山西农业大学王茜深有感触地说:"青年是用来成长的。"刘老师这句话概括得真好。我们就是要在挫折中,在磨炼中得到锻炼。

西安财经学院黄志鹏说,刘老师本人非常重视锻炼身体。他回忆刘老师讲过的话:"我很简单就能打败你们这些年轻人,那就是身体,所以,我一直认为现在的大学连长身体的地方都不是。我们现在急需要认清大学的环境,然后不断地思考与行动,注重细节和习惯。"

山西省优秀大学生村官杨洲认为,投身农村合作社事业需要强健的体魄。虽然人们对真假合作社争议很大,毫无疑问健康的身体是献身"三农"事业的前提。

短暂的讨论,让我们学到了很多东西。正如任帅军老师所说,坚定信念,勇敢前行!用每一个人的努力增强大家的信念!坚持下去,在人生最累的时候,最需要精神支柱的时候,有些人用生命为我们描绘了人生图景。我们活着的人还能有什么抱怨呢。

有些人一直活着,这种存在的生存方式是无法用自然生命来衡量的。或许刘老师就属于这类人吧。这些人把生命耗尽了,却很幸福;这些人把人生走完了,却还活着。

心中的痛是永远不可能褪去的,心中的希望也永远不会消逝,每个人都在思考人生,都在努力生活,都在认识社会。这个世界有这么一类人用自己的一切让周围的人更好地生活、更好地思考。我们都是幸福的,刘老师已经留给了我们很多东西。我们要做的是:用一生认真实践他的理想!

人在旅途

世博游记

如果有机会一定要游上海世博会。如果世博就在身边，一定要亲临其境。

看过2010年上海世博会，才真正体会到世博会是世界文明的盛会。"城市，让生活更美好！"是本届世博会的主题。围绕着五个副主题"城市多元文化的融合、城市经济的繁荣、城市科技的创新、城市社区的重塑、城市和乡村的互动"，世博会设立了相应的主题馆即城市人馆、城市生命馆、城市地球馆、城市足迹馆和城市未来馆。五大主题馆在"海宝之家""活力海宝""护林海宝""海宝教授"和"太空海宝"的卡通形象下诠释人、城市、地球、足迹和梦想五个展示概念。

五大主题馆分别位于浦东世博园区和浦西世博园区。其中，城市人馆、城市生命馆和城市地球馆位于浦东世博园区，城市未来馆和城市足迹馆位于浦西世博园区。我有幸参观了城市地球馆、城市生命馆和城市未来馆这三个主题馆。城市地球馆设有"城市蔓延""危机之路""蓝色星球""解决之道""我们只有一个地球"五个展区,充分表达了人类、城市、地球是共赢、共生的关系。城市生命馆设有"序厅""活力车站""循环管道""城市广场""生活街区"五个展区,充分传达了城市如同生命活体,需要人类共同呵护的理念。城市未来馆设有"昨日之梦""梦想与实践""多种可能性""未来正在实现"四个展区,充分诠释了梦想引领城市的未来这一思想。

上海世博会分为 A 片区、B 片区、C 片区、D 片区和 E 片区。其中 A 片区、B 片区和 C 片区位于浦东世博园区,D 片区和 E 片区位于浦西世博园区。A 片区是亚洲国家馆(除东南亚),B 片区是东南亚及大洋洲国家馆及国际组织馆,C 片区是欧洲、非洲和美洲国家馆,D 片区是企业馆、E 片区是城市最佳实践区。我坐地铁七号世博专线在后滩站 8 号入口进入世博 C 片园区。首先参观了非洲国家联合馆,主要体验到了非洲各国不同的文化风情。接着参观了英国馆,"种子圣殿"的触须汇聚了六万多类种子,让你体会大自然的神奇。加勒比共同体联合馆集中介绍了这一地区各国的风土人情,其中海地的世博徽章简洁醒目,给人留下了深刻的印象。随后,我参观了古巴馆、委内瑞拉馆、智利馆和格林纳达馆。

离开非洲广场和美洲广场,来到了欧洲广场。我先后参观了波黑馆、捷克馆、白俄罗斯馆、斯洛伐克馆和葡萄牙馆。波斯尼亚和黑塞哥维那馆的主题是"整个国家——一个城市",捷克馆的主题是"城市本身就是文明果实"。我对白俄罗斯馆记忆犹新,其场馆外墙是由本国儿童设计的生活居所,异常鲜艳亮丽。葡萄牙馆给人们呈现了本国丰富的葡萄酒文化,这里的葡萄酒瓶子都透露了一种高雅的艺术情调。黑山馆位于欧洲联合馆二,其主题是"黑山——文明与自然的桥梁"。

来到世博 B 片区,我们参观了世博主题馆的城市地球馆和城市生命馆。

城市地球馆展现了人类对城市及环境问题的认知、觉醒、转变与努力。"城市蔓延"讲述了百年来城市的发展以及城市在全球的扩张;"危机之路"借用"金、木、水、火、土"五个符号,对应"矿藏""自然生态""水资源""能源""垃圾处理"五个方面的演绎,告诫人们,城市不加节制的蔓延和过度发展可能造成对地球的伤害;"解决之道"从全球层面来探讨解决生态环境问题的措施;"我们只有一个地球"通过穹顶播放展现人类通过努力正在实现城市与星球的和谐发展;城市生命馆通过相遇、历险、寻找、对话的展示内容,让我们感受城市如同生命,城市的和谐发展需要人类共同呵护的思想内涵。其中"城市广场"让人激情澎湃:360度的环形七折屏幕带领我们行走于布宜诺斯艾利斯、内罗毕、孟买、汶川、埃德蒙顿这世界五大城市的广场。通过讲述各自发生的故事,让我们感受城市生活的丰富多彩。

B片园区的菲律宾馆、文莱馆、柬埔寨馆、尼泊尔馆让我们充分领略了东南亚国家的旅游和宗教文化。菲律宾馆内有现场音乐会演出,值得参观的一处地方是菲律宾的现场按摩服务。文莱馆主要介绍了中国和文莱的传统友谊关系。柬埔寨馆介绍了吴哥时期的石窟、乌栋时期的木材和金边时期的首都。最值得一看的是尼泊尔馆,这是佛祖释迦牟尼出生的地方,整个场馆就是根据释迦牟尼为自己设计的舍利塔建造的。新西兰馆建造别致,整个场馆成梯形半开放式,充分体现了其参展主题"自然之城:生活在天与地之间"。我们参观的B片园区的最后一个场馆是国际组织联合馆。这里有上海合作组织馆、国际竹藤组织馆、世界城市与地方政府联合组织馆、世界水理事会馆等十三个场馆。其中上合组织是唯一的一个中国居于主导地位的国际组织,国际竹藤组织馆是唯一一个会址在中国北京的世界性国际组织,世界城市与地方政府联合组织的会址在西班牙,世界水理事会的会址在法国的巴黎。

A片区是中国国家馆(中国省区市联合馆)以及亚洲国家馆所在的区域，可谓是世博园区最令人向往的地方。我们去了亚洲联合馆一、亚洲联合馆二、伊朗馆和朝鲜馆。亚洲联合馆一有马尔代夫馆、东帝汶馆、吉尔吉斯斯坦馆、孟加拉国馆、塔吉克斯坦馆和蒙古馆。马尔代夫是印度洋航道上的国家，是一个旅游胜地。蒙古馆的世博徽章头像是中国的成吉思汗大帝，让我欣喜不已。波斯地毯是蒙古馆的重头戏之一。在这里，我看到了一条价值360万元的波斯地毯，真是让人惊叹啊。亚洲联合馆二有也门馆、巴林馆、巴勒斯坦馆、约旦馆、阿富汗馆和叙利亚馆。也门馆内小伙子正在跳着也门的当地舞蹈，让人感受到了异国独有的风情。巴林是盛产珍珠的地方。伊朗馆的主题"城市多元文化的融合"是这个国家的典型写照，这里的文物透露着历史的气息。朝鲜馆发行有关上海世博会的邮票，很有纪念意义。

浦西世博园区同样精彩纷呈。我们参观了E片区城市最佳实践区。首先我们参观了中国船舶馆，这里有最值得中国人自豪的船舶模型。场馆建在江南造船厂原址上，具有特殊的历史意义。"江南制造局"是中国近代船舶工业发展的一个里程碑。江南造船厂是上海工人阶级的摇篮，也是我国现代造船工业发展的重要基地。随后，我们参观了中国民企联合馆。这是最让我激动的一个场馆。民企馆见证了中国经济的发展历史，其中的表演项目采用了世博会开幕式的彩球联动技术，结合舞蹈表演让人充分感受到创新、坚持的深刻意蕴。信息通信馆也很精彩。"信息通信，尽情城市梦想"是该馆的主题。馆内有两个视频信息互动环节，非常精彩。通过信息的互动，可以让人们预测和了解未来社会的发展趋势，值得一看。远大馆真是建筑史上的奇迹，仅用一天建造而成。该馆充分体现了科技推动环保的理念，其看点非常多:看点之一,体验汶川八级地震;看点之二,体验纯净清新空气;看点之三,参观垃圾回收装置。中国航空馆也非常值得一看,来到该馆可以体验当飞行员的乐趣。

我们参观了城市最佳实践区之台北案例、香港案例、国奥村案例、巴塞罗那案例。台北案例做得非常出色。台北案例之一是对台北的介绍,通过三个视频介绍,立体的台北就呈现在人的眼前。台北的101大厦是台湾最高的标志性建筑。台北的宽屏覆盖在90度以上,随时随地通信都极为方便,台北的文化生活也非常丰富。希望以后有机会,我能真的到台北转转。香港案例也做得不错。香港是亚洲国际都会,这里本身就是一个地球村,是中西文化荟萃的地方。这里也是作家的天堂,已经连续举办多届香港国际文学节。这里不仅是最自由的经济地区之一,也是电影的王国。总之要来体会中西文化的交融,请到香港来吧。

我们的最后一站是浦西世博园E片区的世博会主题馆之一——城市未来馆。其核心思想是"梦想引领城市的未来"。城市未来馆以不同历史阶段的人们对于未来城市的梦想、实践和追求为主线,表达了未来城市的各种可能性。"昨日之梦"通过多个巨型屏幕,表达了过去的人们对未来城市的梦想;"梦想与实践"讲述历史上人们对未来城市的描述以及今日已经实现的案例;"多种可能性"通过采访全球六个城市的城市规划师、社会工作者等,讲述城市发展的现状与未来的挑战;"未来正在实现"通过"智能家居、健康社区、低碳城市、和谐环境"四个展示内容,让参观者深刻感知未来是可以实现的。

世博之旅是幸福之旅。旅途中,身体是困乏的,精神是愉悦的。

世博之旅是生命之旅。旅途中,已知是有限的,未知是无限的。

世博之旅是成长之旅。旅途中,我与昨天告别,未来向我招手!

观博心旅

心旅意境之一：上海世博会主题——城市让生活更美好

围绕本届世博会的主题："城市，让生活更美好"，我的"观博心旅"拉开了帷幕。

什么样的城市让生活更美好？这是上海世博会给我们提出的问题，也是要向我们回答的主题。作为五大主题馆之一的"城市人馆"告诉我们这样一个命题：人的全面发展是城市可持续发展的前提。让生活更美好的城市应该是能够实现人的全面发展的城市。城市人馆讲述了"人的故事"，通过聚焦城市人在家居、工作、交往、学习和健康五个方面的基本需求与发展，揭示城市与人之间的关系，让我们能够深入了解真实的城市生活，以及人们进入城市是为了追求更加美好生活的目的。世界五大洲的人们生活各异，其共同之处就是人们越来越多地向城市聚集。城市承载着人们的梦想，是人们追求美好生活的载体。城市人馆设立了"工作""学习""健康"三个板块，向人们揭示城市生活的主题。工作是人和城市共同发展的动力。通过设立图书墙壁揭示人在城市生活的精神依归，在学海无涯的氛围中震撼人的心灵。健康是城市人生活的焦点之一，透明帘幕通过六个家庭成员在健康方面的影像和数据向人们讲述健康的故事。

什么样的生活观念和实践让城市更美好？"生命阳光馆"和"公众参与馆"回答了这个问题。世博会已有一百五十多年的历史，上海世博会首次设立了体现残疾人的尊严和价值的生命阳光馆。生命阳光馆表达这样一个道理：如果道德的真正情怀、真正韵味、真正感人的东西总是在少数人那里才能感受到，总是只在少数人那里体现出来。那么关注作为少数人群体之一的残疾人的城市才是真正文明的城市。"消除歧视、摆脱贫穷、关爱生命、共享阳光"这一城市生活观念和实践更能够体现城市的多元和包容，也更能够表达包括残疾人在内的整个人类追求平等、对美好生活的向往以及人类相互融合、共创美好未来的愿景。

人是历史的创造者，推动社会前进的主体是广大人民。公众参与馆强调"你的每一个行动，都将改变我们的生活"。这一理念表达了人们的生活观念和实践让城市更美好。展馆别出心裁，"见证与记载"展区表达：昨天，你的参与，将世博带到了我们面前。"参与演绎精彩"展区表达：今天，你的参与，将获得更多的知识、快乐和成长。"承载梦想与期待"展区表达：明天，你的参与，将成就我们家园未来的美好。展馆通过现代化的互动展示手段，凸显公众参与性，让参观者感受到自己既是"观展者"，又是"参与者"。

什么样的城市发展模式让地球家园更美好？"城市足迹馆"以其核心思想"探究城市历史的足迹，揭示人类文明的智慧"回答了这一问题。"理想幻城"向人们呈现了世界文明史上城市发展的足迹,展区通过"东西方城市理想""理想城市的舒展""理想城市的营造"三大板块勾勒出理想城市的幻影,反映人类对理想城市的孜孜追求。"城市起源厅"展现人类早期的城市面貌,探寻古代城市的起源,演绎中国黄河、长江流域的古代城市以及埃及、印度和玛雅等地城市崛起的足迹;"城市发展厅"呈现东西方文明发展历程中臻于成熟阶段的城市面貌,城市如同生命活体,这一阶段的城市表达了人类艺术发展的高超、思想成熟的深刻以及人们生活的丰富多彩;"城市智慧厅"解答工业革命时代人类如何应对技术发展为城市带来的种种问题,通过全景式展现纽约、伦敦等城市的改造计划,以及上海石库门往昔与今日的生活景象,展示人们在城市改造过程中的智慧。

心旅意境之二:世博永久性建筑——世博让上海更完美

上海世博文化中心作为上海世博会的永久性建筑之一,是世界一流水准的现代文化演艺综合场馆。它是集综合演艺、艺术展示、时尚娱乐于一体的文化集聚中心区,将成为中国上海文化娱乐的新地标、都市旅游的新亮点。世博开幕式阶段,世博文化中心发挥了庆典集会的功能。中国国家领导人及世界各国政要在此地庆典广场观看了2010年上海世博会的开幕式演出。世博期间,世博文化中心是各类综艺表演、庆典集会、艺术交流、学术研究、休闲娱乐、旅游观赏的多功能演艺场所。除主场馆外,文化中心里还设有音乐俱乐部、影剧院、溜冰场、世界各国美食街、安徒生儿童乐园、NBA互动馆,以及近两万平方米的商业零售、文化休闲娱乐区。文化中心的外观特色值得一提,飞碟状的文化中心在不同角度与不同时间会呈现出不同形态。

白天如"时空飞梭",似"艺海贝壳";夜晚则梦幻迷离,恍如"浮游都市"。文化中心的落成和使用标志着上海作为国际化大都市在文化的传播与影响力上将在世界上发挥更加宽广深远的影响。

上海世博会博物馆的主题理念是回顾世博历程,展现世博会魅力。它和综艺大厅、文明馆被誉为浦西世博园区的"三大馆"。如果想切身感受世博会一百五十多年的历史,应该逐一游历历届世博会的举办城市。但从2010年开始,普通游客无需走遍全球,即可在上海感受这段历史。世博会博物馆是迄今世界范围内唯一一个关于世博会的博物馆。它将是世博会过去的延续和未来的开篇。博物馆里珍藏了世界各大著名博物馆的镇馆之宝,比如珍藏于大英帝国博物馆爱迪生发明的世界上第一个电灯泡等。博物馆以其陈列的馆藏震撼人们的心灵,向人们揭示了世界文明的足迹,预示着世界未来的希望。

中国省区市联合馆位于"东方之冠"——中国国家馆的底层。游览省区市联合馆,你会想到:一天就可以浏览整个中国,中国就在你的眼前。比如在北京馆里,你可以看到三件镇馆之宝:北京奥运会会徽——中国印玉雕、景泰蓝汉皇方鼎,还有两支北京奥运会祥云火炬。在上海馆里,你可以感受到4D电影的效果,从头到脚都被荧屏包围的立体动态感觉。在激动中,让你体验上海百年的变迁和城市的发展。所谓十里不同天,百里不同风,千里不同俗。各省市展馆风情各异,美景尽收眼底,让你感受不一样的生活、不一样的情调,成为世博会的最佳旅游景点之一。

心旅意境之三：世博超热门场馆——世博让你终生难忘

澳大利亚馆是上海世博会的热门场馆之一。我有幸排队参观到澳大利亚馆。澳大利亚馆的外观特征就让人意境涟涟，其砖红色流水的外形设计与其国家的枫叶交相辉映，让人远观就知道澳大利亚馆就在眼前。澳大利亚馆的馆内展区也让人流连忘返。澳大利亚馆的吉祥物翠鸟"鹏鹏"首先带我们参观了"旅行"展区。展区由多幅介绍成功人士的壁画组成，通过世界各地聚到澳大利亚的名人介绍，你会充分感受到澳大利亚文化的多元和生活的宽松惬意。"发现"展区是一个环形剧场，在此你能够感受到视觉和听觉的饕餮盛宴。随着环形剧场的上下左右升降旋转，你会不断探索并发现澳大利亚的生活场景。加上澳大利亚馆的志愿者的中文和英文的交互流利讲解，你会在文明的对话中感受文明带给你的震撼。"畅想"活动区是展示澳大利亚特产的地方，在这里你会欣赏到来自澳大利亚艺术家的表演。

日本产业馆是浦西世博园区的热门场馆之一。场馆由"高原之风"、白面剧场"THE GATEWAY TO JAPAN"、"宴UTAGE"、"生命之星"、"医疗的进化"、"人类和地球的珍宝"、"诞生的轨迹"、"心的桥梁"和"梦幻般的美好生活"九个展区组成，每个展区分别由日本一个产业集团赞助。每个展区的内容都比较精彩，由穿着同一服饰的志愿者负责为游客逐一讲解。这样我们既能够了解每个展区的内容，也能够对日本的整个产业状况和日本的城市生活风貌有一个大致的了解。

国家电网馆是浦西世博园区的热门场馆之一，平时需要电话预约或者排队很长时间才能进入。它以"创新，点亮梦想"为主题，展现未来自然、人和社会的和谐共生关系。其核心展项"六面影像、悬浮体验"的精彩"魔盒"将上演一场持续4分50秒的720度空间多媒体视听盛宴,让参观者"沉浸式"地体验自然能量的可持续利用将带来的美好未来。通过观感,你会感悟到设计者要表达的"环保、节能、亲民"的良苦用心。

第二次参观上海世博会,较第一次世博游历,情感体验更为深刻。

感悟世博之旅,世界文明尽收眼底。

亲临主题展馆,城市生活精彩纷呈。

参观世博名馆,人文自然尽在眼前。

传说兴寺

——访灵隐寺有感

当今社会，传说似乎离我们越来越远。

自盘古开天辟地，女娲补天造人开始，人类就拥有了自己的文明。传说以其悠久的历史、丰富的内涵为我们开辟了最初的精神来源。

杭州佛教古刹灵隐寺以其传说的传神和许愿的神灵吸引了无数信徒顶礼朝拜。为什么灵隐寺香火旺盛，历尽沧桑，千年不朽？灵隐寺对中华优秀传统文化之一佛教文化的兴盛和发展有哪些启迪以及可以借鉴的地方？这是灵隐寺让我心之向往的奥秘所在。

先说说它的传奇身世吧。灵隐寺位于飞来峰景区。飞来峰取自一段令人感动的神话传说。相传，有一天，灵隐寺的济公和尚突然心血来潮，经过推算得知有一座山峰就要从远处飞来，那时，灵隐寺前是个村庄，济公怕飞来的山峰压到人，就奔进村里劝大家赶快离开。村里人因平时看惯济公疯疯癫癫，爱捉弄人，以为这次又是寻大家的开心，因此谁也没有听他的话。眼看山峰就要飞来，济公急了，就冲进一户娶新娘的人家，背起正在拜堂的新娘子就跑。村人见和尚抢新娘,就都呼喊着追了出来。人们正追着,忽听风声呼呼,天昏地暗,"轰隆隆"一声,一座山峰飞降灵隐寺前,毁掉了整个村庄。这时,人们才明白济公抢新娘是为了拯救大家。

飞来峰的传说是为了让人们记住扶危济困、彰善瘅恶的神灵济公,并教化世人向善除恶,帮扶他人。灵隐寺的历史从距今一千六百多年前的东晋咸和元年开始算起。当时的印度僧人慧理来杭州,看到这里山峰奇秀,以为是"仙灵所隐",就在这里建寺,取名灵隐。五代时吴越国王钱俶崇信佛教,广建寺宇,灵隐寺开始兴盛,有九楼、十八阁、七十二殿堂,僧徒达三千余众。

有关灵隐寺身世的传说不止于此。灵隐寺又名灵鹰寺。相传一千四百多年以前,今秦岭湾门前有一座笔架山,笔架山左侧是块凤凰朝阳地。原先这里荆棘纵横,荒无人烟。后有一吴姓僧人在山后住,以打柴种地为生。一天,僧人在笔架山丛林打柴,因为天热,将僧袍脱下,挂在树枝上,又去忙活。忽然,一只大雁凌空而下,将袍子叼走,向南飞去,至现在的灵隐寺落下。吴僧望着天空,向南一路追来,但见此处绿树森森,翠柳成荫。绿影婆娑间,一岭土坨南头北尾,前饮碧水绿荷,后交浮菱青湖,左右两侧隆起两扇翼状土丘,整个地貌犹如巨鹰卧地。吴僧人感悟为神灵指点,遂于此焚香祷告,搭棚立寺,故名灵鹰寺。从此,灵鹰寺就香火兴旺,庙宇初具规模。传至碧钵和尚时,寺内有僧人一百多人,耕地两百多亩,牛有十多头,水井十多口,影响到上五府、下八县。

唐朝贞观年间,有一天,碧钵大师在寺内说法,大将军尉迟恭接受朝廷的委派,前来平叛剿匪,路过此寺,见寺庙巍峨庄严,井井有条,特进庙朝拜神圣,祈祷此去如能平叛剿匪,定禀告皇上拨款重修庙宇。尉迟恭果然一举平息叛乱。班师回朝后,尉迟恭立即禀奏皇上。大唐天子李世民准奏,还钦命灵鹰寺改为灵隐寺。

如果说灵鹰寺的创建应神灵感召,那么灵鹰寺的兴旺则是世人心诚的努力。中国自汉朝董仲舒提出"天人感应"学说以来,人们一直崇尚"天人合一"的理念,灵隐寺的千年传奇就是中国这一优秀传统文化的集中体现。那么,灵隐寺又名云林禅寺又是怎么一回事呢?

相传,康熙皇帝南下江南,来到了杭州。他在西湖四周到处游山玩水,吟诗题字。一天,他来到灵隐寺,见到灵隐有高高的山峰,清清的泉水,山上长满绿茵茵的树,地下开遍红艳艳的花,真是一个好地方,于是就设宴用膳。寺中住持知道皇帝喜欢吟诗题字,恳请他题词赠匾。康熙兴致勃勃,提笔写下一个占大半张纸的"雨"字。灵隐寺的"灵"字,按老写法,在"雨"下面还有三个"口"和一个"巫"。现在只剩下这小半张纸的地位,随你怎样也摆不下了。重新写一个吧,甚为难堪。此时,大学士高江村在其手掌写了"云林"二字,并佯装磨墨,呈交康熙。康熙大喜,随笔一扬,写下"云林禅寺"四个大字,并说"这地方天上有云,地下有林",就叫"云林禅寺"。从此,灵隐寺就挂着"云林禅寺"这块大匾。但是,杭州百姓并不买他的账,尽管"云林禅寺"这块匾额一直挂了三百年,大家却仍然称呼这儿为"灵隐寺"。

灵隐寺的传说,既体现了这块风水宝地拥有深厚的历史文化底蕴,又呈现出它秀美的风光。说到灵隐寺不能不说一下古刹的镇寺之宝"生天堂"古缸。"生天堂"相传为灵隐寺第一代掌门大师碧钵和尚坐化的灵缸。灵缸曾在20世纪失窃,现任住持释常久大师历尽千辛万苦探得灵缸的下落。因无钱赎缸,便无法开口索宝。大师每天鸡鸣三更便跪在持宝蔡姓人家门口,跪到了第九天,大师晕倒过去。蔡家人急忙喂养姜汤,将大师救醒。大师说明来历,蔡姓人家深明大义,之后三年,古刹迎来镇寺之宝"生天堂"古缸。

　　古刹灵缸的失落和归位正是灵隐寺历经沧桑的见证。镇寺之宝是灵隐寺生生不息、延绵不绝的希望所在。"生天堂"古缸体现了灵隐寺佛教文化的艺术魅力，集中传承了灵隐寺的精神文明，集中表达了灵隐寺的历史底蕴。每一段传说都可能伴有一种宝物。灵隐寺的传说不能缺失"生天堂"。宝物是吉祥的表征，是福康的意象。正是因为有了"生天堂"古缸的传说，灵隐寺佛教文化的传承更加生动、更加可信、更加厚重。

　　杭城的历史文化名人历来重视有传说的地方。白居易与灵隐寺结缘，题有《冷泉亭记》："东南山水，余杭郡为最。就郡言，灵隐寺为尤。時观，冷泉亭为甲……"之后他夜宿灵隐寺，写有《留题天竺、灵隐两寺》："在郡六百日，入山十二回。宿因月桂落，醉为海榴开。黄纸除书到，青宫诏命催。僧徒多怅望，宾从亦徘徊。寺暗烟埋竹，林香雨落梅。别桥怜白石，辞洞乱青苔。渐出松间路，犹飞马上杯。谁教冷泉水，送我下山来。"他还专门成诗一篇《寄韬光禅师》："一山门作两山门，两寺原从一寺分。东涧水流西涧水，南山云起北山云。前台花发后台见，上界钟声下界闻。遥想吾师行道处，天香桂子落纷纷。"可见他对灵隐寺的热爱之情溢于言表。

　　如果说传说可以兴盛寺宇，只是因为传说穿透了历史，道尽了文明。这从一个侧面说明，当今时代是一个需要传说而又缺失传说的时代。传说不应远离我们，传说也不应仅仅存在于承载文明的几处残存或复修寺宇。灵隐寺因拥有动人的传说熠熠生辉，承载中华优秀传统文化的其他寺宇，扩而大之有形体如建筑、艺术品等，无形体如故事、宗教等更应当挖掘传说的力量。只有这样，传说这一文明的历史形态才能绵延至今，并不断得以开创新的文明。

日本北海道见闻

日本是一个非常适合自由行的国家。只要准备工作充分，就可以出行无忧。

一、准备篇

（一）准备工作

由于之前已经有过两次自由行的经历，根据2019年日本签证新政策，我们可以申办三年多次签证，不限目的地，当然每次停留时间依旧不能超过十五日。签证所需的材料这里不再赘述。

这次预订酒店选择的是 www.agoda.com，使用安可达在线预定有很多优惠，但需要注意的是，必须绑定信用卡结算，且扣款是按照实时汇率来结算的。而之前的 www.booking.com 上预订酒店，不需要预付费，可以随时修改。

确定行程后记得在网上订购 Wi-Fi，下载 GOOGLE 地图，这样到了目的地就可以查询交通路线。

(二)温度

夏季的北海道虽然气温维持在25度至30度之间,但是千万不要轻信天气预报。由于北海道地势较高,太阳直射很强,所以体感温度会远远高于30度!只有在早晚时期比较凉爽,且北海道属于日本北方地区,夏天地铁站和商场的空调明显不足,有些地方甚至只有暖气片而没有空调,所以要格外注意防暑降温!

(三)语言

近几年日本对赴日的签证越来越宽松,日本的机场、地铁、大型商场、免税店等都采用中文、英语等多种语言来方便游客。餐饮店一般都配有中英文菜单,甚至有些还配了韩国语菜单。北海道新千岁机场的收银员都会简单中文,整个机场大幅标语鼓励使用"微信"支付,这时候我就可以假装自己看懂了日文……

(四)饮食文化

日本的饮食以花样品种繁多,制作精细闻名,常见的食物有饭团、天妇罗、肉饼、拉面、荞麦面、寿司、沙拉、寿喜锅等等。日本人酷爱油炸烧烤食品,烤串和烤肉更是铺天盖地,就连大学食堂也单独开辟油炸食品区供选择。

(五)车票介绍

日本的JR火车票有各种不同套餐,根据出行计划合理安排的话,可以更优惠。具体详情可以参考JR北海道旅游官方网站,有各种JR票的旅游咨询信息。

二、旭川篇

北海道是日本最北的一级行政区,为日本除了本州以外最大的岛,也是世界面积第21大岛屿,略小于爱尔兰岛,北临库页岛,冬季比较寒冷,不少动物园都饲养了北极熊和企鹅供游客参观。抵达新千岁机场后,一路都有非常可爱的熊熊和哆啦A梦。

在B1层专门设有外籍旅客服务处,配有中文服务,可以购买当天或预购之后的火车票。

我们同时买了机场—札幌的火车票和"富良野·美瑛铁路车票",售票员非常贴心地告诉我们,只要把A券和机场—札幌的火车票叠在一起通过自动检票机,到了札幌站就可以不要出站,站内换乘札幌—旭川的火车即可!

日本的JR站台对于时间和班次标示得非常清楚,且都是汉字,绝对不会错过。JR一般都会留出几节车厢作为自由席,不固定座位,如果客满也可以站,跟我们的地铁很像;而指定席是需要提前预约的,并在标准的票价之外收取额外的费用;新干线虽然也属于JR的一种,但是JR PASS如果搭乘新干线需要额外收费。

火车到达旭川站,在出口处有北极熊和各类企鹅的毛绒玩具摆设。旭川站不算很大的站,所以人流量也相比札幌站要少很多,站内有一处放置了木桌椅,专供旅客休息,四周是落地玻璃,随时可欣赏窗外的景色。我个人是非常喜欢旭川站的。JR站内有行李寄存箱,投币可寄存24小时。

出了旭川站不知道酒店方向,问了路口的人。个人感觉日本国民还是非常友善的,对于问路都很热情。如果目的地就在附近,他会直接领着你到达目的地;如果较远,他会明确指出方向,并且等你走到正确的路口他才离开。辅警当场拿出一张附近街区的简易地图,用简单的英语一边交谈,一边用水彩笔标注出了酒店的位置。日本的酒店房间普遍比较小,但是所有的设施一应俱全,细节方面令人叹为观止,服务也绝对不打折扣,还可以提供免费行李寄存服务。

晚饭我们就选择了酒店附近的山之猿炭烧居酒屋,当天就吃起烤鱿鱼来了。

三、旭山动物园篇

在旭川站前6号站台就有开往旭山动物园的巴士,四十分钟左右即可到达,从中门上车记得拿整理券,下车按照巴士上方的票价指示投币到司机旁边的票箱即可。

旭山动物园是北海道必打卡的景点,之所以有很高的人气,其秘诀就在于其独特的行动展示与生态展示理念。比如海豹馆中设计建造了一个直径一米的圆柱体玻璃观察窗。好奇心很强的海豹,在其中上下穿梭,环绕嬉戏。游客通过这个玻璃窗可以360度自由观察海豹。而且由于折射,海豹的身形要比实际显得大一些,这样游客可以更清楚地观察到海豹的姿态。行动展示理念打破了动物园中常见的动物躲在笼子的一角那种沉闷的静态。动物们展示的全新的动态美成为吸引游客目光的亮点。动物园运用各种精心设计的说明看板,以文字和漫画的形式向游客介绍动物的小档案及生活习性,充分发挥了寓教于乐的功能。这些遍布动物园各个角落的看板中有许多都是手绘的,就连进门的门票每张图案也是不同的,动物园导览图也是可爱的卡通形象,体现了员工们对动物人性化的关怀。

企鹅馆里居住着四种企鹅,其中包括"王企鹅"。馆中有一个水中隧道,游人可以从这里观看企鹅在水里来回游动。企鹅还会以非常快的速度在水中跳跃,真令人难以想象它在陆地上行走时摇摇晃晃的可爱样子。企鹅早已习惯了被游客们关注,非常淡定。

在有两根高柱耸立的猩猩馆,一到"吃食时间",就会有大批的游人围在四周,为的是观看猩猩的"空中散步"。这铁架就在游人的头顶上方,且游人与猩猩之间没有隔网等任何遮挡物,观看的人提心吊胆,担心猩猩会不会掉下来。当然,雄猩猩的握力达500公斤,从来没有掉下来过。不过,它们有在高处小便的习性,所以,站在正下方的人要特别当心。

旭山动物园于1967年开园,也曾经有过繁荣。后来,随着闲暇生活的多元化,旭山动物园游客越来越少,并一度陷于关闭的危机。"动物都不动,光是睡觉,真没意思。"发现了游客的不满,动物园马上着手,通过改变场馆的展示方式,让小动物聪明活泼的姿态展现于游客的面前。2004年7月、8月旭山动物园的访问量曾一度超过东京都上野动物园,可谓成功逆袭的典范,很值得国内动物园管理层反思和借鉴。

晚上在酒店附近发现一家叫"串鸟"的烧烤店,据说是网红店,还好来得早,入座后没多久店外就排起了长队。这家的烤牛舌、牛里脊、猪头肉、烤鸡翅都嫩得出水。大家完全不用担心语言的问题,店里有平板点餐机。不过每种烤串量都很少,店内环境也是很随意,允许室内吸烟和大声笑谈,介意的朋友可以绕道。

四、富良野篇

使用之前购买的"富良野·美瑛铁路车票"可直接抵达中富良野站。"薰衣草花田站"属于临时站点，只有"富良野·美瑛号"和"富良野·美瑛慢车号"才停靠，如果搭乘的是普通列车，在中富良野站下车后步行十分钟左右，即可到达薰衣草花田。

富良野的夏天是紫色的，整个富良野丘陵就像一片广阔的紫色花海，让人目不暇接。整个丘陵的斜面坡即被整片的紫色覆盖。壮观的画面不知打动了多少人心。薰衣草花田可以自行散步走上去，也可以购买上下缆车的车票，来回四百日元，在花海中沐浴紫色的醉人香气。

从薰衣草花田步行十分钟左右就可到达多彩缤纷的富田农场。农场分为五个色彩缤纷的花区，其中后方的彩色花田更是代表性景观，宛如一条宇宙超豪华的花毯伸向花田边的松林。

不仅如此，农场自家通过研发，精心制造了香水、沐浴球、薰衣草糖、冰激凌、易拉罐式的简易栽培薰衣草罐等。游客还可体验亲手制作薰衣草枕头，带回北海道春天的气息。

从富田农场出来，对面就是薰衣草花田临时站点。搭乘"富良野·美瑛号"和"富良野·美瑛慢车号"的乘客，可获得乘车证明书一张。

这里应朋友之邀，给了北海道蜜瓜特写。蜜瓜原产日本北海道夕张市，1500日元（折合人民币90多元）半个。果皮灰绿色覆盖细绳状的均一网纹，美观漂亮，口感香醇甜腻，水分十足。2500日元可以买一个，服务员会耐心地询问食用日期，并挑选最佳赏味期的蜜瓜精心包装好。

晚饭选择了性价比较高的松屋，旭川的松屋完全不用排队，点餐直接选择在门口的自助点餐机完成，不必担心语言障碍，因为有中文菜单。

五、美瑛篇

使用之前购买的"富良野·美瑛铁路车票"可直接抵达美瑛站。旁边就是四季情报馆，可直接购买当天的美游大巴。大巴有四十五个座位，完全不用担心客满的问题。买票之后，服务员会给一个小吊牌挂在脖子上，标示清楚几号车，以便车上的导游清点人数避免坐错车。游客也可以在旁边的松浦商行租赁自行车，电动自行车600日元/小时，普通自行车200日元/小时。当然如果资金充裕且人数较多，可以选择包车前往，中巴8000日元/小时，可坐九人，小出租车6000日元/小时，时间方面完全自由。

上午路线是：白金青池—白须瀑布—四季彩之丘—新荣之丘展望公园（车窗远观），最后返回四季情报馆，2500日元/人。

白金青池是美瑛的一大奇景。美瑛白金温泉街的"白须瀑布"等处的地下泉水和美瑛川的河水混合形成的微粒子，在阳光的照射下，一年四季都呈现神秘的蓝色。在不同天气下，蓝色还会有不同深浅变化！冬天下雪的时候，配上雪景犹如仙境。

白须瀑布是日本国内少有的潜流瀑布，因从岩石的缝隙间倾泻而下，如白须般的水流而得名"白须瀑布"。从地下涌出的水流，磅礴的气势拍打着岩石，激起泛着蓝色光芒的浪花。

四季彩之丘占地七公顷的花园，种了约三十种花卉，在起伏的丘陵上，一排排井然有序的薰衣草、羽扇豆花、波斯菊、向日葵等，铺成七彩缤纷的天梯。花田内还有巨型的稻草人屹立着，非常可爱。

下午路线是：Ken & Mary 之树—七星之树—亲子之树—北西之丘展望公园（车窗远观）—Zerubu-no-oka 之丘，最后返回四季情报馆，1500 日元/人。

Ken & Mary 之树：因为出现在 1972 年日产汽车的"爱之地平线"广告片中而出名。广告片中的男女主角名叫 Ken & Mary。其实这是两棵紧贴在一起的白杨，远远望去像一棵树。在美瑛辽阔的丘陵上，这棵树显得非常醒目，具有标志性的视觉效果，是游客拍照留念的首选地之一。

七星之树：1976 年，这棵高大的柏树连同周边的美丽风景，被用于日本七星香烟的包装，因而闻名，它也被命名为"七星之树"。矗立在美瑛的丘陵上，蓝天白云，一派自然之美。这是拼布之路的途经景点之一。

在拼布之路上有一片盛开的向日葵，导游提前一分钟提醒了大家，运气非常好，我们观赏到了美景。

亲子之树：在起伏的丘陵中，两棵大树中间夹一棵小树，矗立在高岗上，远远看去，就像一家三口，爸爸妈妈带着小孩，当地人称之为"亲子之树"。周围都是低矮的农作物，三棵树在蓝天白云的衬托下，特别有画面感，非常适合拍照。

Zerubu-no-oka 之丘位于国道 237 号沿线的丘陵上，薰衣草、向日葵、罂粟花在花期争相盛开。

用 B 券回到札幌站。札幌是一座以雪而著称的旅游城市，冬季滑雪是主要项目。札幌是继东京都市圈、大阪都市圈、名古屋都市圈之外的第四大都市圈。

札幌站是一个重要的交通枢纽，地下是南北线与东丰线的地铁转换口以及 Paseo 商店街。札幌站两侧分别是大丸百货、Esta 百货、Big Camera、Loft

百货等等,马路对面有东急百货。

札幌站内有三处可以购买JR车票,其中的外籍旅客服务处有大量的旅游路线可供参考。

大通公园离札幌站步行十分钟左右的路程,公园旁的烤玉米和马铃薯,更是不能错过的美味。札幌电视塔就在大通公园内,不过札幌电视塔比起东京塔和东京晴空塔没有太多景致,就不推荐上塔了。

六、洞爷篇

在"马蜂窝"上报了登别一日游。巴士开了两个小时左右到达了支笏洞爷国立公园。洞爷湖位于北海道西南部,属于支笏洞爷国立公园。在火山频繁爆发后,形成了这座湖泊。洞爷湖由于湖面较宽阔,相比之下外轮山离湖面较低,给人一种十分广阔的感觉。湖岸近处有昭和新山,至今还在喷发白烟。在湖上,可以聆听到被羊蹄山、昭和新山及大自然环抱湖面的波浪声,尽情感受四季之美。在湖沼上面,有日本比较大的双体船"Espoir",中世纪的造型,犹如漂浮在湖面的梦幻城堡。夏季烟花大会期间,烟花观赏船每晚都会航行。

湖岸近处有昭和新山,这是1943年在地震造成的断层处而隆起的一块新地形,至今可望见不断有白烟从红褐色的山脉中喷发,故称为"新山",如今它依然在不断成长。

在山脚下有一个私人熊牧场,门票850日元。牧场很小,大约十五分钟就能参观完。要注意的是,出了熊牧场后,这个旅游景点居然就只有一家拉面馆可以吃饭,缆车旁边的店要下午两点以后才开门,而另一家定食的店只招待旅游团。

这里是太平洋边的一处悬崖,有一座灯塔和地球雕塑。从这里远望一望无际的太平洋,海平面的天际线呈弧度,可以真切地感受到"地球是圆的"。相机一般无法记录所看到的地球圆形边界,天气不好也无法看到。这里曾被"北海道自然100选"评选为第一名。每年的元旦,许多日本人会来到这里,等待新的一年日出的升起。

离开地球岬之后就来到了地狱谷附近的原始森林,带着火山喷发后余温的小溪缓缓流淌在丛林间,大量火山泥沉淀在小溪底部。据说用来泡足可以活血化瘀,美容养颜。

地狱谷是位于日本北海道登别市的一个火山口遗迹,邻近洞爷湖。火山爆发后,由熔岩所形成的一个奇形诡异的谷地;灰白和褐色的岩层加上许多地热自地底喷出,形成特殊的火山地形景观。走在地狱谷的小径,空气中浓重的硫黄味道扑鼻而来,而来自地底深处的岩浆,从岩缝中喷涌而出凝结,把整个地表染成了猩红的颜色,更给这炽热的谷地带来了几分狰狞。

巴士回到札幌站后,直接去了ESTA十层的拉面共和国,其实就是将北海道内味道出名的拉面店汇集一堂,是可以享受各种店铺各种拉面的主题公园。我个人比较推荐ESTA十层美食,性价比较高,如果去札幌站六层,价格就会非常贵。酱油拉面和盐味拉面是北海道拉面的基础款,据说汤汁是用上等的猪骨加鸡骨熬煮十几个小时之后,在外加上叉烧肉的汤汁勾兑而成的,浓郁的香味再加上叉烧的香气,令人回味无穷。

七、圆山动物园篇

在大通站地下乘坐东西线十五分钟左右到达圆山公园站,单程200日元。出站后沿着山上一直走到底就是圆山公园和圆山原始森林,最深处就是圆山动物园。需要注意的是,圆山动物园在每个月第2周和第4周的周三是休馆日,4月和11月的第2周从周一至周五均休馆,12月的29、30、31日为固定休馆日。游客出行前一定记得查好日期,避开休馆日。

圆山动物园并不大,动物种类也不如之前的旭山动物园有吸引力,但是展馆设计得很好,每个展馆距离都非常近。

狐獴是一种社会性极强的动物,当其他狐獴在觅食或嬉戏时,会有狐獴主动站出来,肩负起放哨的任务。"哨兵"非常尽职尽责,始终留心天空和四周的潜在威胁,而一旦真的发现了猎食者,"哨兵"会发出大声警告,其他成员便赶快寻找洞穴入口躲避危险。

从圆山动物园出来后,一路往山下就能到达北海道神宫。它被参天的古树包围着。巨大的鸟居显得安静庄严肃穆,有一种特别的灵气。

乌鸦见到人并不害怕。

晚饭依然选择的是ESTA十层,在尝试了日本的居酒屋、烧烤、定食、刺身、拉面等后,忽然想尝试一下日本的西餐。我们惊喜地发现西餐量很大,远远大于等值的日式料理,非常适合我们这种"大胃王"。

八、小樽篇

使用之前购买的"小樽水族馆套票"到达小樽站。如果不赶时间,也可以从南小樽站下来,沿着运河慢慢走到小樽。小樽站旁边就是巴士车站,选好要去水族馆的巴士,在下车后只需出示车票给司机确认即可,千万不要投入票箱。

兑换水族馆门票后就可进入。这里要强烈推荐小樽水族馆,虽然占地面积不大,但是游玩体验与其他水族馆完全不同。游客不仅可以触摸到巨大的章鱼,最吸引人的莫过于露天海兽公园内欢乐的海豚表演、精彩的海象表演、可爱的企鹅表演、聪明的海豹表演、威武的海狮表演等,而体重超过一吨的海象进食节目更是充满幽默感,不容错过。而且每种动物表演的时间互相错开,建议可以从海豚表演一路看到海狮,然后再从头循环看一遍都不觉得腻。

看完表演,可以到小摊处购买小鱼。海豹和海狮们看到装着小鱼的水桶都兴奋得作出各种姿态来讨要食物。

海兽公园临近海边,风景也是异常的美丽。很多人只顾着看海豹、海狮、海象、海豚和企鹅,忽略了如此美妙的海景。

出了小樽水族馆之后,巴士车站就在门口。无意中发现水族馆门口有几只羊在吃草。

乘巴士返回小樽站之后,需要将车票投入到票箱内。小樽运河就在小樽站不远处,步行大约十分钟左右的路程。小樽运河是很多游客必经打卡之处。这条在明治、大正时期建造的运河,虽然目前只保存了一半,但是依然韵味十足。虽然比不上我们的名山大川,但是运河边维多利亚风格的煤油路灯和沿岸的红砖外墙的仓库添加了不少异国情调。

如果想购买玻璃制品,一定不能错过小樽浪漫馆。各种小动物造型的玻璃制品琳琅满目,价格也不高且可以免税。大正哨子馆以风铃为主,制作相对比较精细,当然价值也很高,不能免税。我们比较推荐小樽浪漫馆。

九、北海道大学篇

旅程已接近尾声,去了离札幌站不远的北海道大学。其前身为札幌农学校,是日本最早的高等教育机构,后期增加了医学部、工学部、理学部、兽医学部等,2010年诺贝尔化学奖就由北海道大学铃木章获得。

大野池也是北海道大学著名景观之一。

北海道农学部有自己的农场,学校超市内售卖农场产出的农产品。农学院门口屹立着大学创始人、首任副校长克拉克博士的雕塑。他在返回美国之际,向学生们留下了"Boys, be ambitious!"寓意要"胸怀大志,开拓进取"。这句话流传至今,成了北海道大学的校训。

北海道大学的食堂是对外开放的,可以直接用现金结算。可以说北海道大学的午餐是我来北海道十天内吃过的最好吃的饭菜,性价比超级高,价格几乎只有外面餐厅的一半,果然我是离不开食堂的命。

北海道大学综合博物馆的一楼是学术展,展厅中设有"北海道大学历史""学术主题""学术资料"等展览,二楼是资料库,三楼藏有千万年前的恐龙和一些昆虫的标本以及化石和矿物等。

我们晚餐尝试了ESTA十层的咖喱汤。咖喱可以选择一到十级,米饭还可以增量,肉超级嫩。

十、机场篇

最后一天返程。乘JR到达新千岁机场后,如果时间充裕,可以参观一下机场三层的smile road。它是国内出发和国际出发的连接通道。哆啦A梦博物馆就在靠近国际出发的smile road上。另外需要注意的是,北海道特产纪念品、白色恋人和royce巧克力在海关外就有售。另外日本人好像比较喜欢集章,公园和景区都有盖纪念章的地方。新千岁机场还特别制作了盖章页,标明盖章的地点,共十二个章,遍布机场的各个角落,集齐图章就可以兑换一份小礼物。

机场各处都是哆啦A梦的身影。虽然我自己是哆啦A梦忠实粉丝,但是也并不推荐哆啦A梦博物馆,里面几乎都是道具布景,拍照的话十分钟就可以出来了,相比之下门票800日元,性价比很低了,还不如旁边的哆啦A梦商店和哆啦A梦餐厅有趣,充满了童年的回忆。

总的来说,日本人非常爱干净,而且这并非国家行为,而是成为普通民众的一种习惯,渗透进日常生活的方方面面,成为日本人的一种本能。无论是公共厕所,还是公园绿化,哪怕是景区的公共设施,都维持得非常好。

众所周知,日本人注重细节,但是把细节发挥到极致,恐怕也只有日本人。酒店房间虽然狭小,设施却很齐全;在各类场所都用最直接的图文方式;自动购票机里,人数的选择直接用图片的方式展示;盲道全覆盖,连井盖都特意浇铸盲道条纹,市民也绝对不会占用盲道停车;坐公交车发现没零钱是乘客的一大痛点,在日本完全不需要有这方面的担心,公交上设有专门的

"零钱兑换机";几乎所有的公共厕所都为用户备下了充足的纸巾,同时它可完全溶

于水,再也不用担心马桶堵塞的问题;最令人叹为观止的,竟然发明了一款叫"音姬"的消声器,可播放二十五秒钟的流水乐声来遮盖如厕的尴尬声音……

日本的服务态度也是闻名世界的。这次去大丸百货,已临近关门时间,所到之处服务员不停地鞠躬表示欢迎,出门时又不停说再见,足以让人为之动容。

以上种种,都值得我们思考。

 后 记

对于文学这一爱好,我一直有些偏执。

从大学本科时期开始,我就不满足于阅读文学作品,而是尝试着进行文学写作。我把自以为好的作品拿去投稿,结果可想而知,就是一次又一次杳无音信。

按照常理推测,我应该浅尝辄止,就此罢休,不要再动这方面的歪脑筋了。自己不是这根"葱",既然把玩过了,就要果断放手。这样做,既不会丢人现眼,又不会遭人耻笑。可是我硬要把自己当成那根"葱",非要把自己的文字搬到众人面前,搬上大雅之堂。这不是妄自尊大,还能是什么?!

这么多年过去了,我竟然从未统计自己到底写过多少随笔。我遵循"爱写什么,就写什么"的原则,随心所欲地写。写了散文,写了诗歌,写了杂文,还写了小说。人要是真把自己当成一回事了,可是会吓着别人的。

我一边写,一边把自己一个字一个字写出来的文章在网络上公开出来。刚开始压根儿没有什么人关注,也引不起别人的一丁点儿注意。这份失落,

无异于又一次打击。

虽然如此，我还是继续写了下去，一段时间不写，就情绪不佳，感觉整个人都神情恍惚。再这样下去，搞不好就骨瘦如柴，一命呜呼了。看来，还得硬着头皮"厚颜无耻"地继续写下去。

靠这个"精神鸦片"而活，是我的特殊怪癖。我有这个认识，也是事后才感悟到的。

刚开始，简单的文字涂鸦纯粹只是一个爱好，连文学都谈不上。我只觉得写着好玩，权当调剂生活的一味药。可是当看过王小波的《一只特立独行的猪》，我才意识到，人要活出属于自己的独特性，是很难的一件事。然而就是这种独特性，才为每个人提供了安身立命的根本。在千篇一律的人群中，我是不是一个独特的人？能否在格式化的人群中间，仅凭别人的一种直觉，马上就被感知出不一样的地方来？这引起了我的反思……

于是，我一直思考，一直写。

这些年来，一不小心就写了这么多字。这些字既是我引以为傲的精神财富，又是让我倍感压力的精神负担。在我成长的关键阶段，本应把有限的精力投入到学业和工作当中，可这些文字"浪费"了我太多的时间，注入我太多的情感，以至于我产生了一种执念，就是一定要给它们找到一个好的归宿。只有这样，才能既对得起它们，又对得起我自己。

它们既见证了我的青春，温暖了我的情感；又"消耗"了我的精力，"耽误"了我的正业。我对这些文字又爱又恨，简直不知道该如何处理。于是，就在对这些年写作的总结中想到，该是与它们以另一种方式相处的时候了。

以什么样的形式"告别"，这对我而言是一个极大的挑战。

要是告别得随意了，就是对这些文字的不负责任，也是不尊重过去的自己;要是告别得隆重了,显得自己有些轻浮,还以为自己真有几斤几两,闹成笑话,那可就成为别人茶余饭后的谈资了。

可是,我有这个隆重告别的本事吗?答案是显而易见的!这让我头疼得不行。要是本领强,早就为它们寻觅到好的去处了,还用得着年复一年的苦恼吗?

我该如何放下这份割舍不掉的情感呢?经过一番思来想去,还是觉得要简单一些,同时也正式一些。只有正式对待它们,才能真正赋予它们另一种生命和另一种意义。也只有正式告别过去,我才能真正开始新的未来。于是,就有了呈现在大家面前的这套丛书。

这套丛书比起正规的文学作品,无疑会显得幼嫩、质朴。但这套丛书耗费了我数年的心血,表达了我对待这个世界的真情实感,是我看待人生的独特视角,因此它绝对是原创性质的作品。

可以说,这套丛书的独特之处就在于:

第一,这套丛书属于原创性质的校园文学作品。校园文学是校园文化建设和校园文明创建活动的重要组成部分。这套丛书讲述了一个普通的年轻学子如何通过求学阶段的所思所想、所感所悟,成长为一个向往真理、追求理想、获得思想的年轻教师。因此,从加强校园文化建设和营造文明校园的角度来看,这套丛书可以作为加强高校校园文化建设的重要抓手,成为建设文明校园和解读校园文化生活的重要读物。

第二,这套丛书可以作为高校青年大学生成才的育人载体,成为培养青年教师、助力青年教师成长的重要途径。青年兴则国家兴,青年强则国家强。青年一代要有理想、有本领、有担当,中国才会有前途,中华民族才会有希望。全社会只有关心和爱护青年,为他们实现人生价值创造机会、搭建舞台,广大青年才能更好地坚定理想信念。这当然也要求当代青年志存高远,脚踏实地,勇做时代的弄潮儿,在实现人生价值的生动实践中放飞青春梦想,在为推进全人类文明进步的不懈奋斗中书写人生的华章。青年在发展中既有机遇,也有挑战。这表明,青年施展才干的舞台非常广阔,实现梦想的前景并不遥远。这套丛书愿意以文字形式做青年的知心人、热心人、引路人,让青年怀抱梦想又脚踏实地,敢想敢为又稳扎稳打。我作为从事高校通识教育和研究工作的青年教师,通过出版反映青年教师成长成才的读物,希望能给那些和我一样渴望得到成长的人提供一个现实参照。

第三,我在高校里从事"思想道德修养与法律基础""社会主义核心价值观""马克思主义基本原理"等课程的教学和研究工作。这套丛书是否可以作为这些通识教育课程的教辅、教参读物,乃至成为新时代公民道德建设的一个重要读物,为全社会的求真、向善、审美发出萤火之光,还请大家尽情指教。我一定会根据大家的反馈,优化今后的日常工作,争取把教书育人的事业做得更好。若是这套丛书能把通识教育所要求的培养"四有新人"案例化、生活化、生动化,把显性的道德要求隐性融入学子日常生活的体悟当中,帮助高校学子树立信心、坚定理想、把握人生、健康成长,就真的太好了。

第四,这套丛书自带启蒙的性质,旨在从通识教育和思想启蒙这两个立足点发力,实现立德树人的目的。每个人都是先明白事理,才去做正确的事情。教育的目的,就是尽量使越来越多的人能够明白事理,摆脱愚昧和迷信,这就是教育的启蒙作用。这套丛书展现了我在求学的过程中,如何用理性之光驱散笼罩在身上的愚昧和黑暗,如何用爱克服人生中的挫折和生活中的苦难,如何用思想充实贫瘠的生活,如何用理想照亮迷茫的命运。可以说,这套丛书为我的未来作了情感和思想上的准备。我真心期盼,这套丛书也能照亮千千万万的学子，为这个大千世界增添一份属于我的温暖。

　　我还想说的是，呈现在大家面前的这套丛书，凝结了许多人的汗水。在此，感谢上海大学陈新汉教授、复旦大学肖巍教授、上海大学校报退休职工王怡老师和许昭诺老师、感谢岳父宋贤杰教授和岳母罗君逸女士，以及爱妻宋敏思女士，感谢天津人民出版社的编辑王佳欢女士。没有你们的辛勤付出，想要出版这套丛书只会遥遥无期。

　　最后，谨以这套丛书作为礼物，送给我的儿子任薪泽。愿他在成长的路上，能够勇敢地闯出一片自己的天地！

任帅军

2025年春

写于上海市杨浦区兰花教师公寓南区